女がペンを執る時

19世紀フランス・女性職業作家の誕生

村田京子
murata kyoko

新評論

序——女たちの「書く行為《エクリチュール》」

一七八九年に勃発した大革命後、フランスでは自由・平等のスローガンのもとに普通教育の普及や印刷術の発達、ジャーナリズムの台頭などが見られ、それによって文学が一般大衆にとって身近なものとなった。識字率の低かったアンシャン・レジーム〔大革命以前の旧体制〕下では、本は読者層も限られ、値段が高かったことから少ない部数しか売れず、作家は筆一本で身を立てることは不可能であった。ディドロをはじめとする一八世紀の啓蒙思想家たちにしても、王侯貴族の庇護のもとで初めて活躍できたのである。

作家が職業として成立するようになるのは一九世紀になってからであり、その時代にレアリスムの先駆者とみなされるバルザックやスタンダール、ロマン主義を代表するユゴーなど、現在も読まれ続けている様々な流派の作家が登場していったのである。女性作家に関しても事情は同様であった。確かに一九世紀以前にも女性の作家は存在した。一七世紀には書簡文学を代表するセヴィニエ夫人や、心理小説の傑作『クレーヴの奥方』を書いたラファイエット夫人がいたし、一八世紀には名門夫人が主宰するサロン文化が隆盛し、ボーモン夫人の『美女と野獣』などの妖精物語が大流行した。しかし、こうした女性たちは貴族階級や裕福なブルジョワ階級に属し、作家として身を立てていたわけではなかった。

それに対して一九世紀の女性作家たちは、まぎれもなく職業作家であった。スタール夫人は自由主義的思想をナポレオンに危険視され、亡命先のスイスのコペーで文学サロンを開き、その影響力はヨーロッパ全土に及んだ。次の世代にあたるジョルジュ・サンドはまさに、文学作品を書くことで大家族を養っていた。スタール夫人やサンドはロマン主義運動およびフェミニズム運動の先駆者として、フランス文学史において一定の評価がなされてきた。しかし、このほかにも一九世紀フランスには、数は少ないとはいえ、異なる階級の独創的な女性職業作家が存在した。

本書では、こうした日本ではあまり知られていない女性職業作家の先駆者たちに光を当て、彼女たちがどのような生き方をして、どのような作品を生み出したのかを探っていく。同時に、依然として男性中心だった文壇で、女性作家がどのような評価を受けていたのかを、ジェンダーの視点から分析していく。それによって、「女が書くこと」の本質的な意味を探り、職業作家となった女性が社会と関わっていく中で、女性の解放への道に進んでいく過程を辿りたい。

第一部ではまず、近代小説の祖とみなされるバルザックの作品『ベアトリクス』を軸に、一九世紀文壇の実態をジェンダーの視点から浮き彫りにする。この作品にはバルザックが個人的にも親しかったサンドをモデルにした女性作家が登場する。彼女が作品の中でどのように描かれているのかを、「女流作家」と「女性作家」という二つの呼び名をキーワードに読み解くことで、当時の男性作家が抱いていた女性作家像が明らかになるだろう。

第二部では、「女流作家」の典型とされるジャンリス夫人に焦点を当てる。ルイ一五世の宮廷に参内し、その五代後に国王となるルイ・フィリップの養育掛を務め、続くルイ一六世治世から大革命を経て七月革命までの激動の時代を生き抜いた彼女の波乱に満ちた生涯を紹介しつつ、職業作家としての地位を確立していく過程を追う。さらに、彼女が最も力を注いだ女子教育の近代性と保守性を明らかにし、彼女が当時の教育や文学に及ぼした影響を探る。

第三部では、少女時代には詩人として「ロマン派のミューズ」と称揚され、結婚後は、当時新しいメディアとして台頭しつつあったジャーナリズムの世界に身を投じて活躍したデルフィーヌ・ド・ジラルダンを取り上げる。女性ジャーナリストの草分けとして、特に男性ジャーナリストから彼女がどのような評価を受けたかを検証することで、ジャーナリズムの草創期におけるジェンダーの問題と女性の役割を明らかにしたい。

第四部では、単身ペルーに赴き、ペルー旅行記を書いて女性初の「偉大なルポルタージュ作家」となると同時に、労働者階級の解放のために身を捧げたフロラ・トリスタンの数奇な運命とその作品を取り上げる。資本主義体制が確立した一八四〇年頃からフランスでは労働者階級の貧困が大きな社会問題として顕在化しつつあった。そのような状況下で、女性の立場から労働者階級について論じたトリスタンに焦点を当てることで、労働・貧困・女性をめぐる問題の原点を探っていきたい。そこから、現代の「貧困」問題にも何がしかの示唆を与える視点が引き出せればと思う。

本書で取り上げる作家は、従来のフランス文学史、フランス思想史でほとんど取り上げられてこなかった女性たちである。しかし、彼女たちが「書く行為《エクリチュール》」を通して社会に及ぼした影響は無視できないように思える。貴族、ブルジョワ、労働者階級と出自を異にし、活動の場も全く違う三人の女性作家を取り上げることで、女性と文学、女性と社会との関係を掘り下げていきたい。また、彼女たちの生きた一八世紀後半から一九世紀前半のフランス社会は、私たちの生きる現代社会のルーツを成している。したがって、こうした歴史に埋もれた女性作家たちの功績を発掘することは、一九世紀フランスという狭い次元を超えて、「女・文学・社会・労働」といった現在にも通底する普遍的なテーマにも深く関わっていくことになろう。

女がペンを執る時／目次

＊本文中、作品の引用文中に付された傍点は作者自身による強調を、傍線は引用者による強調を示す。

第一部　男性作家から見た女性作家像

1848年二月革命の際のジョルジュ・サンドを
揶揄するカリカチュア（作者不明）

「彼女の中に何かしら処女的なもの，抑えがたいものを見出して，人は皆，恐怖を抱く。強い女は象徴としてのみ存在すべきで，実際に眼にすると人を怯えさせるものだ。」

（バルザック『ベアトリクス』）

はじめに

バルザックの『ベアトリクス』（一八四五）――とりわけ、一八三九年に『ベアトリクスまたは強いられた愛』というタイトルで出版された第一部――は、一八三八年二月二四日から三月二日までの六日間、彼がジョルジュ・サンドのノアンの館〔フランス中部ベリー地方の小村ノアンにあるサンドの父方の祖母の館〕に滞在した時（コラム1）に、サンドから聞かされたピアニストのフランツ・リストとマリー・ダグー伯爵夫人との恋愛話に着想を得て書いたものである。

マリー・ダグー伯爵夫人は名門貴族の出で、社交界の花としてもてはやされていたが、当時パリで人気を集めていた六つ年下のリストと恋に落ち、一八三五年五月にスイスのバーゼルに駆け落ちをして大スキャンダルを引き起こした。

一八三七年、夫人とリストはサンドに招かれてノアンの館に滞在する。しかし、恋人リストと、音楽に造詣の深いサンドが深く理解し合っている様子を見た夫人は、嫉妬からリストへの猜疑心を露わにするようになる。二人はパリの社交界と縁を切って恋に熱中し、それを世間に誇示し過ぎたため、互いに相手から束縛されていると感じ始めてもいた。また、リストは優れたピアニストとしてヨーロッパ中の社交界で寵児となっていたが、誇り高いダグー夫人にとって、もといた階級から閉め出されての逃避行の状況は屈辱的であった。サンドはこうした二人の険悪な状態をバルザックに語ったとされている。

それゆえ、『ベアトリクス』の最初の構想は、ダグー夫人をモデルとしたベアトリクス・ド・ロシュフィード侯爵夫人と、リストをモデルにした歌手のジェナロ・コンティ(1)の「強いられた愛」、すなわち、

(左) フランツ・リストとジョルジュ・サンド（モーリス・サンド画）　容姿端麗で才能豊かなリストは，サロンの女性たちのアイドルだった。また，サンドの煙草好きは有名で，女だてらに煙草を吹かす姿が世間の顰蹙をかった。
(右) マリー・ダグー伯爵夫人（レーマン画）　マリーは22歳の時に，由緒ある家柄のシャルル・ダグー伯爵（彼女より15歳年上）と結婚し，二人の子どもを設けたが，夫婦仲はあまり良くなかった。リストとの間にも三人子どもができるが，そのうちの一人が，後にリヒャルト・ワーグナーの二度目の妻となるコジマである。
マリーは後に，ダニエル・ステルンというペンネームで新聞・雑誌に寄稿し，評論や小説を出版した。その中でも『1848年革命史』は革命を身近に体験した者の立場から民衆を活写したもので，歴史的にも評価が高い。

「互いにすでに愛情は冷めているのに世間体から別れられない恋人たち」を主題とするものであった。(2) しかし執筆が進むにつれ、作者の関心は次第にベアトリクスの「強いられた愛」よりも、「優れた女」を体現する別の登場人物に移っていく。実際、本文の中で語り手は「彼女は脇役に過ぎないが、[…] 現代の文学史において重要な役割を果たしているので、この人物の前に、現代の文学詩法が要求するよりも多少長く立ち止まっても誰も遺憾には思わないだろう」とことわって、「この人物」を詳細に描写している。

「この人物」とは、作中でカミーユ・モーパンというペンネームで戯曲や小説を書いて有名になったフェリシテ・デ・トゥーシュのことである。バルザックは、カミーユを「ジョルジュ・サンドと並び称されるほどの才能のある」女性作家として『人間喜劇』〔『ベアトリクス』を含む、九〇篇以上にのぼるバルザックの作品群の総称〕に登場させたのである。

バルザックの周りには、サンドの他にも、デル

コラム1　サンドとバルザックの友情

ジョルジュ・サンド（本名オーロール・デュドヴァン）とバルザックの最初の出会いは，オーロールがまだジョルジュのペンネームを名乗る前の1831年，彼女がノアンを出てパリで暮らすようになった時で，恋人のジュール・サンドーを通してであった。彼女は同年12月，ジュールと二人で書いた『ローズとブランシュ』をJ.サンドというペンネームで出版する。そして，1832年には単独で書いた『アンディヤナ』を初めてジョルジュ・サンドの名で出版し（初版ではG.サンドとなっている），作家としての華々しいデビューを飾った。翌33年3月に恋人のジュールと別れた時には，バルザックはジュールの側に立ち，彼を自らの秘書として雇った。しかし，ジュールの怠け癖に手を焼いたバルザックは結局彼を解雇し，かねてより作家としての力量を評価していたサンドと親しくなる。二人の友情は，バルザックが1838年2月24日から3月2日までノアンの館に滞在したことでさらに深まった。

その時の様子を描いたのが，サンドの長男モーリスの描いたデッサンである。ドラクロワに師事したモーリスは，母親とその友人を描いたカリカチュアを多く残している。このデッサンでは，サンドの二人の子どもたち（モーリスとソランジュ）が人形遊びをしているのを，サンドとバルザック（彼は執筆時にはゆったりした僧服を着るので有名で，モーリスの絵はそれをふまえている）が見つめている様子が描かれている。「子どもたちは楽しんでいるわ」というサンドのセリフに対し，バルザックは「とても面白い，これは人間喜劇だ」と応じている。サンドは後に，本格的なマリオネット劇場をノアンの館の敷地内に建て，子どもたちと一緒に様々な劇を上演した。

「人形遊び」（モーリス・サンド画）

二人の友情はバルザックの死まで続き，彼の死後も，サンドはウシオー版『人間喜劇』（1853-55）に序文を寄せている。

フィーヌ・ド・ジラルダン〔本書第三部参照〕やダブランテス公爵夫人〔バルザックの愛人の一人で、バルザックは彼女の回想録執筆を手伝った〕、カロリーヌ・マルブーティ夫人〔リモージュ出身の女性作家。バルザックの愛人となり、男装して彼とイタリアを旅したことで有名〕など、作家として活躍している女性たちが何人もいた。バルザックの実妹ロール・シュルヴィルも、兄の死後ではあるが三冊の本を出版している[3]。

では一体、バルザックは女性作家についてどのように考えていたのだろうか。第一部では、バルザックの作り出したキャラクター、カミーユ・モーパンを通して、一九世紀当時の男性作家の女性作家像がどのようなものだったかを見てみよう。

その前に、女の作家を表す語彙について注意を払う必要があろう。というのも、バルザックは二つの語彙（femme auteur と femme écrivain）を明確に区別して使っているからだ。

作中で、カミーユ・モーパンは「一種の文学革命」を引き起こした作家としてスタール夫人やサンドと同列に扱われている一方で、「femme auteur らしいところは何一つなかった」とされている。確かに、カミーユに関してバルザックは femme auteur と呼ぶことは一度もなく、grand écrivain（偉大な作家）と表現している。『人間喜劇』の他の作品においても、例えば『幻滅』ではカミーユは écrivain éminent（優れた作家）と表現されており、écrivain という語が常に用いられていることがわかる。

クリスチーヌ・プランテによれば、一九世紀において femme auteur は作家（écrivain）とはみなされていなかった。écrivain は確固とした文体を有する文学作品の作者を指すが、auteur は文学だけではなく科学などあらゆるジャンルを含む単なる物書きに過ぎなかった[4]。

つまり、femme auteur という語には、ちょうど一昔前の日本において男性ばかりの文壇に現れた少数の女性の書き手が「女流作家」という名を冠せられ、特別扱いされたのと同じようなニュアンスがあるようだ。したがって、ここでは便宜上、femme auteur を「女流作家」と訳し、「女性作家（femme écrivain）」と区別しておきたい。第一章ではまず、「女流作家」がどのように捉えられていたのかを見ていくことにしよう。

第一章　「女流作家」への眼差し

1　バルザックの『女流作家』

バルザックには、文字通り『女流作家』（一八四七〜四八）というタイトルの未完の作品がある。主人公は「一〇番目のミューズ」〔ギリシア・ローマ神話に登場する九人のミューズに連なる、の意〕と称されるジャラント夫人。彼女は詩集や小説のほか、『教訓話』を出版し、「本によって社会を教化しよう」としていた。要するに、「ジャンリス夫人風の文学」を目指す「女流作家」である。

ジャンリス夫人は、後に国王となったルイ・フィリップの養育掛を務めた女性で、保守主義の旗頭として、革命前夜から第一帝政時代、王政復古期にかけて青少年の教育に関する書物を多く出版した。彼女が前提とする読者の社会的モデルは、自身が属する貴族階級にもましてブルジョワ階級〔資本家や銀行家など、都市の富裕な商工業者〕であった〔詳細は本書第二部参照〕。

したがって、彼女の作品がとりわけ七月王政時代にもてはやされたのも当然と言える。というのも、七月王政とは「フランス市民の王」を標榜するルイ・フィリップのもと、ブルジョワの覇権が確立した時代であるからだ。それは、ブルジョワ階級が古い貴族階級を排して財産や地位、名誉を獲得し、文化的にも成熟した時期に当たる。

それゆえ、こうしたブルジョワ階級の女性たちがジャンリス夫人にならって、文学の世界で名をなそうと考えたとしても不思議ではない。実際、バルザックの『女流作家』では、ジャラント夫人が本を書くようになったのは若さも美しさも色あせた四〇歳になってからで、「虚栄心を満たす」ためであった。しかも、彼女の作る詩句は彼女のサロンの常連の詩人が、散文は作家のルストーが手直しをしたものであり、お金の力で新聞に宣伝記事を書いてもらっている。実のところ、彼女には真の文学的才能はない。

バルザックは作中で、ジャンリス夫人風の文学を「道徳のバターをたっぷり塗りたくった塩抜きのパン切れ」と揶揄し、痛烈に批判している。「女流作家」に対するバルザックのこうした辛辣な態度には、彼がモンティヨン賞〔道徳的で社会に役立つ作品に与えられる賞〕を狙って一八三四年に書いた『田舎医者』が賞を取れず、ソフィ゠ユルリアック・トレマドゥールという女性の『せむしの小人と木靴工の家族』という「子どもっぽい作品」(1)が受賞したことへの個人的な恨みが多分に影響しているであろう。

バルザックは親しい友人であったデルフィーヌ・ド・ジラルダンに対しても、その文学的才能をあまり評価していない〔本書第三部参照〕。バルザックはサンドやスタール夫人など一部を例外とみなし、それ以外の女性作家に対してはあまり肯定的な評価は与えていなかったようだ。したがって、『女流作家』の中で一人の登場人物が述べる次のようなセリフは、作者自身の本音と言えよう。

女は母、妻としての人生の純潔さを新聞の第四面〔＝広告欄〕に決して結びつけてはならない。作家になることで、女ではなくなってしまう。女性的な弱さを持たない例外はあまりに稀で、一八〇〇年間でたった一〇人しか存在しなかった。貧困が女流作家になる唯一の口実だ。

2　ブルーストッキング（bas-bleu）

ところで、ジャラント夫人は作中で bas-bleu とも呼ばれている。『一九世紀ラルース大辞典』によれば、bas-bleu は「女流作家（femme-auteur）」、「才人（bel esprit）」、「学者ぶる女（pédante）」を指す蔑称である。これは英語の「ブルーストッキング（blue-stocking）」をフランス語に直訳した語で、日本では「青鞜派」と訳されている。[2]『一九世紀ラルース大辞典』の編者は bas-bleu の項目で、「イギリス人はブルーストッキングという綽名によって、家事を疎かにして文学に専念し、散文や詩を書くことに時間を費やしている女性たちを笑いものにしようと考えた」と書いている。また、女流作家が「ブルーストッキング」と名づけられたのは、「普通、男だけが果たすことになっている職務・機能《フォンクション》を彼女たちが横取りしようとしているように見えるからだ」としている。この編者は、さらに続けて次のように述べている。

実際、女性は普通、白の靴下をはく。形のいい足を持っていれば、その足を見せたがるものだし、足の形をより引き立ててくれるのは白の靴下だからである。確かにモードが異なる地方では、女性は色のついた靴下をはいているが、それらは赤など非常に派手な色のものだ。青はあまりに冴えない色なので、粗野な百姓女ででもなければ決して選ばない。しかし、大っぴらに女学者のように見せかけたい時、女性は言わば美的感覚を断念し、恐らく女の魅力を捨てているのだろう。その時、彼女は男になるのだから、青の靴下をはいてはいけない理由はもはやない。

女性が文学を志すことに対するこうした揶揄や非難の言葉には、当時のジェンダー規範が大きく関わっている。ジョルジュ・デュビィとミシェル・ペローは、フランス革命後、公的空間と私的空間の分離が生じ、その分離が固定されたことを指摘して次のように述べている。

人々は、細心の注意をはらって、公的な生活と私的な生活を区別し、市民社会と政治の世界とを分離するようになる。そして結局女性たちは、政治から遠ざけられ、市民社会のなかで従属した地位に縛りつけられる(3)。

言い換えれば、父権制に基づいた当時の社会において、女性の役割は「妻」、「母」という家庭内の私的な領域に限られていた。それゆえ、たとえ本または新聞の広告欄であれ、女性が公の空間に身を晒すことは、ジェンダー規範に抵触することになったのである。

先に見たバルザックの文章においても、「作家になることで、女ではなくなってしまう」と訳した部分は、原文の直訳では「作家になることで、自分の性の外に出る(4)」となる。バルザックの時代は、女性が作家となって私的空間から公的空間に移行することは、「性の外に出る」、すなわち「女ではなくなる」ことに他ならなかった。しかも、「作家」は男の特権とみなされてきた知的創造に関わる職業である。それだけではない。フランス・ロマン主義時代においては、「作家」は聖職者に代わって真実を伝え民衆を導く存在であるという意識が生まれていた。(5)「作家」は、男の管轄に委ねられた職業の中でも、言わば高次の職務・機能を果たすものであった。それだけに、女性がそこに参入することには抵抗が大きかったのであろう。こうした「作家」の神聖な使命を女性が不当にも「横取りした」という男性側の意識が、「女の魅力を捨てて男になる」という表現の裏に透けて見える。そして、ものを書くような女は家事を蔑ろにし、身なりにも構わないという決めつけがそこに見出せる。

当代の有名作家たちが寄稿していた『パリ、または一〇一人の書』（一八三二）は、当時のパリの風俗習慣・思想を知る上で、一つの指標となる書物である。その中でも「パリの女性たちが及ぼす文学的影響について」という項目で、興味深い指摘がなされている。それによれば、女性たちによって文学の新しい分野が開発され、その特徴は「私生活の真の描写」と「内面の感情の発露」にある。筆者は「この素朴な詩情、心の内なる生を反映した言葉は、デボルド・ヴァルモール、タステュ、デルフィーヌ・ゲイ、セガラ夫人など、詩の王杖《おうじょう》を握る女性たちのものだ(6)」と述べ、同時代の女性作家や女性詩人を称賛している。

しかしながら、こうした新しい文学の流れは男性作家にとって脅威となる。というのも、「空間が厳密に性化され、内面性が女性だけのものとされる社会において、文学は女性性《フェミニテ》の産物とそのテーマを取り込むことで、女性の側に移行せざるを得なくなった(7)」からだ。逆に言えば、こうした文学は、家庭内の私的な領域に閉じ込められ、内面的な生のみを生きることを余儀なくされた女性こそが、書く「主体」となり得るものであった。

ところで、bas-bleu という語がフランスで初めて使われたのは、作家エチエンヌ・ド・ジュイの『ロン

「ブルーストッキングたち」（ドーミエ画）
絵の下には，次のようなキャプションがついている。「母親は作品制作の火の中，子どもは浴槽の水の中！」

ドンの隠者』（一八二一）という作品においてである。[8]一方バルザックは『結婚の生理学』（一八二九）で初めてこの言葉を用いている。『結婚の生理学』では、「寝取られ男《コキュ》」にならないための夫への忠告として、妻が本を読みたいと言い出したら、「まずブルーストッキングの名を軽蔑の念を込めて発音しなさい。それについて妻から尋ねられたら、隣国で学識をひけらかす女たちについて回る滑稽さを説明してやりなさい」とある。ここではまだ、あくまでも隣国イギリスの話としてブルーストッキングが言及されているに過ぎない。しかも、その「滑稽さ」を揶揄するだけで、知的な女性が男のライヴァルとはみなされていない。

しかし、一八四四年に出版されたバルザックの『モデスト・ミニョン』では、主人公のモデストをカナリスが「ブルーストッキング」と呼び、「人を怯えあがらせるほどの教養の持ち主で、すべてを読み、頭の中ではすべてを知る」彼女は、結婚相手にはふさわしくないと述べている。この頃には、「ブルーストッキング」の精神はフランス国内に定着し、男性にとって身近な「恐怖」となっていた。

実際、一八四〇年代には、当時流行した生理学ものの一つ、フレデリック・スーリエの『ブルーストッキングの生理学』（一八四一）をはじめとして、様々な戯曲や小説の中で、女流作家や文学好きの女性が揶揄・中傷の的となった。また、社会風刺画家として有名なオノレ・ドーミエが、四〇枚にわたるカリカチュア集『ブルーストッキングたち』を出版したのも一八四四年であった。

この頃、女性の文学熱が高まり、文学の世界への女性の進出が目覚しくなって男性作家の存在を脅かし始めていた。また、「家族・家庭《ファミーユ》」を基盤とする社会において、女性が創作活動を通じて個としての意識を持ち、自立精神に目覚めると、家庭、ひいては社会の秩序そのものが乱れかねない。そうした男性中心社会の危機感が、ブルーストッキングに対する批判をさらに強めていた。一八四〇～四二年にかけて出版された『フランス人の自画像』にも、「ブルーストッキング」の項目があり、そこでは批評家として著名なジュール・ジャナンが何頁にもわたって、様々な社会階層に属するブルーストッキングの生態を詳細に分析している。ジャナンは詩人バイロンの言葉を援用して、先に見た『一九世紀ラルース大辞典』の編者と同様の定義づけを行っている。ジャナンによれば、ブルーストッキングとは「つい最近生まれた人種。美、優雅さ、若さ、結婚の幸福、母性愛という清らかな心遣いを捨て、家庭に関するあらゆる事柄――家族、家庭内での休息、世間の敬意――を顧みず、自らの才気で生きていこうと企てる不幸な女たち」[9]のことである。

（左）「ブルーストッキングたち」（ドーミエ画）　絵の下のキャプションには次のようにある。「この鏡では私の体つきがずん胴に映り，胸が痩せて見えて奇妙だわ。でもそれが一体なんだっていうの？　スタール夫人もビュフォン先生も『天才には性がない』と断言されているのだから」。
（右）スーリエ『ブルーストッキングの生理学』表紙

　ジャナンはまた、ブルーストッキングの大半は「老嬢」「夫に捨てられた女」、あるいは「散文的なものへの嫌悪から夫を捨てた女」であるという。とりわけ、地方に住む文学かぶれの若い娘が読書に没頭するあまり、「瞑想・理

コラム2　ブルーストッキングの作品に対する男性の批評

ジュール・ジャナンは『フランス人の自画像』の中で，ブルーストッキングが書く作品の種類を次のように分類している。

① 中世などから題材をとり，戦争，嵐，涙がふんだんに盛り込まれた血なまぐさい物語。
② ジャンリス夫人にならった道徳的なもの。子どもの教育，美徳，キリスト教的な慈善・義務を説く作品。
③ 元娼婦の回想録。
④ フォブール・サン＝ジェルマン［パリ左岸の屋敷街］に住む由緒ある貴族の家柄の女性が，これまでサロンで耳にした警句や機知に富んだ言葉を拾って書いたコント集。

①は，イギリス·ゴシック小説の影響を受けて，フランスで1820年代に流行した「暗黒小説（ロマン・ノワール）」または「狂熱小説（ロマン・フレネティック）」と呼ばれるジャンルを指している。そこでは，古城や廃墟，墓場などを舞台とした怪奇的な現象が繰り広げられ，しばしばおぞましい殺人や強姦，堕胎が物語に組み込まれている。こうした小説を若い娘が書くことで「慎み」や「良識」が失われ，その道徳観が歪められるとジャナンは憂えている。
②については，バルザックが「道徳のバターをたっぷり塗りたくった塩抜きのパン切れ」に喩えているように，俗っぽいブルジョワ女性が目指す，道徳的な教訓に満ちた文学である。
③に関しては，娼婦が年老いて稼げなくなった時，生活の糧を得るために書くもので，その出版によって彼女の周囲の人々の名誉が著しく損なわれることになる，と皮肉交じりに説明されている。
④に関しては，本を出版するために気位を捨てて奔走する貴族の女性に周りの者が失笑し，それまで彼女が保っていた威厳と周囲から寄せられていた敬意を一挙に失ってしまうとされている。それはまさに「階級落ち」と形容できよう。また，バルザックの『あら皮』には，主人公のラファエルが伯母のモンボーロン侯爵夫人［革命の嵐の中，ギロチン刑に処された］の名前で回想録を書くことを編集者から勧められる場面がある。しかし，彼はその提案を即座に断る。家門を汚すことを恐れたからであった。実際，当時女性作家が本名で本を出すことは家名を汚すことになるとして，夫の親族から禁じられることがまれではなかった。
このように，ブルーストッキングたちの作品は，男性作家や批評家から極めて否定的に見られ，揶揄と中傷の的でしかなかった。

想・芸術・愛・無限・メランコリー」に取りつかれ、現実から逃避して結婚もせず、子どもを作ることもなく年老いていく「老嬢」のタイプが特筆される。そして、小説のような情熱的な恋愛を夢見て結婚したが、夫の凡庸さや「散文的」な日常に嫌気がさして、理想の愛を求めて恋愛遍歴をするタイプは、後にギュスターヴ・フロベールが造形したボヴァリー夫人的な気質、ボヴァリスムと呼べるものであろう。

3　女流作家と性的メタファー

前節で見たように、ジャナンは女性の創作行為を全く否定的に捉えている。とりわけ興味深い点は、彼が性的メタファーを使って「ブルーストッキング」を批判していることだ。彼は、女性が自作の詩や小説を出版することを「思想の売春」という言葉で表している。自らの心の内奥から湧き出る詩情を見ず知らずの読者（＝大衆）に曝け出すことは、思想の切り売りであり、肉体を曝け出して体を売るのと同じ「売春」にあたるというのだ。彼は次のように述べている。

当地のアカデミーは残酷にも、その子ども［＝詩才を認められた娘］に公衆の真っただ中で賞を与えたのではないか。当地の評論紙は、［記事にすべき］売る土地や貸し家がないために［その穴埋めとして］、その美しい詩句を急いで印刷したのではないか。事は成し遂げられた。強姦は完遂された。正真正銘の、疑いの余地のない公の強姦だ。ここに、永遠に破滅した売春婦が誕生したのだ。(10)

若い娘の詩を、売買・賃貸の対象となる土地や家と同じ「物」として新聞に掲載し、不特定多数の大衆の眼に晒すことによって、娘そのものが「物」化される。彼女の心の内を吐露した詩句が値踏みされることで、無垢な精神が汚される。それをジャナンは「強姦」と呼んでいるのだ。

この「思想の売春」に関しては、男の作家自身にもつきまとう強迫観念であり、バルザックはこれをまさに「出版という名のこの思想の売春」[11]と述べている。男性作家でさえ出版という行為に「売春」のイメージが伴うのだから、ましてや女性の場合、「思想の売春」と女の肉体が容易に結びつけられ、「売春婦」扱いされてしまう。

こうした観点からジャナンが導き出した結論は、まず、女性の才気や詩情は家庭の領域を越えてはならないということであった。彼にとって、女性は家庭内においてのみ夢想し、詩を口ずさむ権利があるに過ぎない。さらにジャナンは、自分の才能を公の空間でひけらかすよりは、天分を持った偉大な男に献身的に尽くし、彼を慰め励ますのが女の務めであると諭《さと》し、「内助の功」を勧めている。そこには、女性をあくまでも私的な家庭空間に閉じ込め、男性の優位を維持していこうとする男の支配欲が見出せる。女性作家は、様々な点でこうした男性原理を侵害するがゆえに、激しい非難の的になったと言えよう。

一九世紀に入って目覚しい発展を遂げた医学や解剖学、衛生学もまた、「女は子宮で考える」といった何ら科学的根拠を持たない従来の偏見を正すどころか、女性作家批判を助長する役目を担った。女性が知的活動に従事することは安産の妨げになるとか、脳の発達は子宮を損ない、不妊症や冷感症を引き起こす恐れがある、などといった「医学的」言説がまことしやかに世間に流布されたのである[12]。一八二七年に卵子の存在が発見され、一八四〇年代には女性性器の機能や月経の周期に関する医学的発見が次々になされたにもかかわらず、そうした知見もアルフォンス・カールやジュール・ミシュレなど同時代の男性知識人にとっては「女性の特異性、その根源的な他者性、とりわけ、いかなる真面目な知的活動にも不向きな生理的弱さ[13]」を改めて「科学的に」証明するものでしかなかった。

バルザックの「女流作家」に関する見解も、こうした時代の風潮と無関係ではない。例えば『県のミューズ』の中では、七月革命以降、ジョルジュ・サンドの栄光が彼女の故郷ベリー地方の誇りとなったことを羨んで、多くの町が「ほんの少しでも才能のある女性」を「ミューズ」として祀り上げるようになり、その結果、「見かけの栄光のために平和な生活から逸れてしまった娘や若妻」が「フランスの一〇番目のミューズ」として多く輩出されてしまった、というくだりがある。バルザックはそれを「サンド主義(Sandisme)」と呼んで、否定的に捉えている。主人公のディナもサンセールの町で「優れた女性」ともてはやされるが、しょせん「地方のミューズ」に過ぎず、パリからやってきた凡庸で卑劣な作家ルストーの手に落ちて身を持ち崩し、最後は「家族」と「結婚」のくびきに戻らざるを得ない。

『平役人』においては、「優れた女性」と呼ばれるラブールルダン夫人は、自分の才覚で夫の昇進を実現しようと画策して失敗する。彼女が最後に行き着いた教訓は、「優れた女性」の幸福とは、「エゴイスティックな個性の高揚ではなく、貞淑さを保ちつつその優れた才能を家族の幸福を育むことに用いること[14]」であった。このようにバルザックの世界では、私的空間を越え出てその知的能力を発揮しようとする女性には、常に挫折の運命が待ち構えている。

ところが、『ベアトリクス』に登場するフェリシテ・デ・トゥーシュことカミーユ・モーパンには、これまで見てきた「女流作家」の特徴があてはまらない。『女流作家』のジャラント夫人や『県のミューズ』のディナとは異なり、カミーユはブルジョワの虚栄心とも無縁で、高貴な心と真の天分に恵まれた作家として登場している。次章では、このカミーユ・モーパンが「女性作家」としてどのように描かれているのかを具体的に見ていくことにしよう。

第二章 「女性作家」のイメージ——バルザックのサンド像

1 ジョルジュ・サンドとカミーユ・モーパンの類似性

バルザックが『ベアトリクス』で作り出したカミーユ・モーパン（本名フェリシテ・デ・トゥーシュ）という女性キャラクターは、彼自身がハンスカ夫人〔バルザックと長らく恋人の関係にあり、彼の晩年に結婚する〕に宛てた手紙で「そう、デ・トゥーシュ嬢はジョルジュ・サンドです(1)」と明言しているように、サンドがモデルとなっている。実際、カミーユの生い立ちや受けた教育、身体的特徴などはサンドと酷似している。幼くして両親を亡くし、大叔父に男の子として育てられ、何の束縛もなく読書に没頭して知性を磨いたというフェリシテの生い立ちは、父を失い、母とも別れて祖母のもとで育ち、独学で教養を深めたサンドの生い立ちと似通っている。

また、サンドと同様にフェリシテも馬に乗り、男装を好み、音楽に造詣が深く、一流の音楽家でもある。身体的特徴も、小柄で黒髪、オリーヴ色の肌を持ち、「魂を映し出す眼」が共通している。カミーユの華

(左) 息子にパイプを勧めるサンド (モーリス・サンド画, 1836)　中央がサンド, 左端が息子のモーリス。その間 (後景) でパイプを吸っているのが, サンドがビニャという渾名をつけたエマニュエル・アラゴで, サンドの当時の恋人であった。右端で水煙管 (houka) を吸っているのが版画家のリュイジ・カラマッタ。水煙管はトルコからフランスに伝わり, 専用の香りづけがされた煙草の葉に炭を載せて熱し, 出た煙をフラスコ状のガラス瓶の中の水を通して吸うというもの。この当時, フランスの作家や詩人, 芸術家たちの間で大流行した。

(右) ジョルジュ・サンドの肖像画 (シャルパンチエ画)　『ベアトリクス』ではカミーユ・モーパンの眼差しは次のように描写されている。「情熱の瞬間, カミーユの眼は崇高になる。黄金の眼差しは黄色の白目に火をつけ, 全てが燃え上がる。しかし, 休息している時には, 眼差しは曇る。瞑想に耽って麻痺した状態の時には, しばしば呆けたように見える。魂の光がそこに欠ける時には, 顔の線も同様に悲しげになる」。サンドに関しても, バルザックは同様の描写をしている。

やかな男性遍歴もサンドのそれを彷彿とさせる。しかも、サンドがノアンの館で好んで吸った水煙管やパイプがそのままカミーユの部屋の小道具となっている。さらに、サンドがジョルジュという男の名をペンネームに用い、当初男性作家と間違えられたように、フェリシテもカミーユ・モーパンというペンネームとデビュー作の文体の「力強さ」によって長い間、男性だと思われていた。

それだけではない。バルザックはサンドを評して、「彼女は男の持つ偉大な特徴を持っている。それゆえ、彼女は女ではない(2)」と断言している。同様にカミーユについても、彼女は「男となり、作家となった」と語っている。これは、前章で見たような、女性として留まるべき家庭内の私的領域を越え出て「男となった」というよりはむしろ、「女の体の中に男の脳を宿している(3)」という意味において述べられている。

フェリシテの場合、身体的特徴において、女性的な「優雅さ」と男性的な「力強さ」の共存が何度も繰り返し強調されている。その例を幾つか挙げてみよう。

「ピアノに向かうフランツ・リスト」(ヨーゼフ・ダウンハウザー画, 1840) 左からアレクサンドル・デュマ, ヴィクトル・ユゴー, サンド, パガニーニ, ロッシーニ, リスト。ピアノの前の床に座ってリストの演奏を聞いているのがマリー・ダグー。部屋の左奥にはロマン派詩人バイロンの肖像画がかかっている。ベートーヴェンの胸像を載せたピアノに向かって曲を弾くリストを中心に, 著名な作家や詩人, 音楽家が居並ぶ左側の男性グループに, 男装のサンドも属している。一方, マリー・ダグーは, 女性美を際立たせるかのように肩を大きく出したエレガントな衣装を身にまとっている。彼女がいわば, 男性芸術家を仰ぎ見, 称賛する従来通りの「女」の側に立っているとすれば, サンドはむしろ天分を持った「男」として扱われていることが, この絵から読み取れる。

> 〔フェリシテの〕瞼には褐色を帯びた赤い繊維が散りばめられており、それが彼女に優雅さと力強さを同時に与えている。それは女性が兼ね備えるのが難しい二つの性質である。
> 腰骨はあまり出ていないが、優美である。腰から下に落ちる線は素晴らしく、美しい尻のヴィーナスというよりもバッカスを思い起こさせる。ここに、名を揚げた女性のほとんどをその本来の性から隔てる微妙な差異が見出せる。彼女たちはそこに男性との漠然とした類似性を持っている。

作中で保守的な司祭グリモンに「男でも女でもないあの両性動物」と呼ばれているように、彼女はまさに、その両性具有的な身体で特徴づけられている。

フェリシテは身体的特徴においてのみ男性的な

要素を持っているのではない。彼女は「普通女性に与えられるくだらない教育」、「衣装や欺瞞的な慎ましさ、男を誘う愛嬌についての母の教え」を受ける代わりに、男の教育とされる学問と想像力の領域に身を投じた。成人した後の彼女は、次のように描かれている。

フェリシテは自分一人で振舞うことに慣れていたので、男の独占物とみなされている行動力に早くから馴れ親しんだ。一八一六年に彼女は二五歳になった。彼女は結婚を知らなかった。頭の中だけでしか結婚のことを考えられず、結果から見るべきなのに原因から判断したので、結婚の不都合な側面しか見出せなかった。彼女の優れた精神は、自己放棄――結婚した女はそこから生活を始める――に拒否反応を起こした。彼女は自立の重要性を強く感じ、母親としての務めに嫌悪しか抱かなかった。

妻に夫への服従を義務づけたナポレオン法典下の社会において、父権制に基づく結婚制度がいかに女性に「自己放棄」を強いているか、また夫と妻の関係が「主人と奴隷」の支配関係でしかなかったことは、ジョルジュ・サンドがこのペンネームで出版した最初の作品『アンディヤナ』(一八三二)で告発した問題であった。彼女はそれ以来、一貫して結婚制度に異議申し立てを行ってきた。またバルザックは、前述のノアンの館に滞在した折、サンドと三晩にわたって「結婚と自由という重大な問題[4]」について議論したという。その時彼は当然、サンドの結婚制度への批判を耳にしたことであろう。しかも、それ以前から彼は不幸な結婚をした女性を様々な小説の中で描き、女性と結婚について考察を深めていた。そうした考察の先にバルザックが作り出したのが、フェリシテ・デ・トゥーシュであった。

フェリシテは幾つかの点で、サンドの考えを反映し、サンドの理想とする女性像を具現している。裕福なブルジョワ家庭に生まれ、革命で孤児となったため、いかなる父権的な束縛も受けず、政略結婚を余儀なくされることもなかったフェリシテは、自己の内に自由と独立の精神を育み、しかも男性の特権とされる行動力と知性を備えていた。その一方で「非常に魅力的な娘」として、「その輝かしい美しさ」で社交界の花形となっている。それはまさしく、バルザックとサンドが共有する「雌雄同体（androgynie）への不可能な夢[5]」の実現であった。

2　女性作家の「怪物性」

しかし、カミーユの自立した生活ぶりや、戯曲やオペラの台本を書いて劇場に入り浸り、贅《ぜい》をきわめた屋敷に音楽家や画家、作家など芸術家たちを集めて大宴会を繰り広げる様は、保守的で伝統的な道徳を重んじる町の名士デュ・ゲニック男爵家の人々には「怪物じみたこと」と映っている。彼女は「土地を食いつぶす怪物」、「不敬虔な歌」を歌う「ヤギひげの男たち〔悪魔学では、悪魔はヤギの姿で現れる〕」を屋敷に集める「魔女」であり、デュ・ゲニック家の末裔である純真な美青年カリストを魔法で誘惑したのだ、と恐れられている。

ジャニンヌ・ギシャルデが指摘しているように[6]、物語の舞台であるゲランドの町自体、中世の封建的な精神をいまだ留め、「沈黙」と「不動」のうちに眠っているかのような土地であり、おとぎ話の『眠れる森の美女』の舞台にうってつけの場所である（コラム3参照）。こうした舞台を背景に、『聖杯伝説』におけるアーサー王の円卓の騎士にも喩えられそうなシュヴァリエ〔騎士〕・カリストは、イニシエーションの場であるカミーユの「危険な城」レ・トゥーシュで、パリ文明という「禁断の果実」を口にすることになる。

このように、この小説はおとぎ話の構図に置き換えて読み取ることができる。それゆえ、「危険な城」に棲む「魔女」というイメージを伴うフェリシテとその行動が、「怪物」「怪物じみたこと」「怪物的な存在」と繰り返し形容されているのも不思議ではない。とりわけ、「怪物性（monstruosité）」という言葉の使用頻度は、『人間喜劇』全体の中でもこの作品が最も高い。(7) この言葉は、言わばフェリシテという人物を表すキーワードとなっている。当然ながら、レ・トゥーシュの館と対立するゲランドの町(8)の人間がこの言葉を多く使っている。しかし興味深いことに、物語が進むにつれて、その意味が次第に変容していく。その過程を詳しく見ていくことにしよう。

この作品では、「怪物性」という語が六回使われており、うち五回がフェリシテに関するものである。最初の三回はデュ・ゲニック家の夕べに集う人々のセリフの中に現れる。加えて、グリモン司祭から見たフェリシテ像として、「怪物的な存在」という表現も使われている。

ここから、デュ・ゲニック家が象徴する「家族」「宗教」「土地」に根ざした伝統的価値観を蔑ろにし、その「不動性」と「沈黙」を破り、秩序を混乱させるフェリシテの行動が「怪物」として認識されていることがわかる。それは、ゲランドの町の人々全てが共有する感覚でもある。バルザックは次のように説明している。

本質的にカトリックで、時代遅れの、偏見に満ちた地域において、この有名な娘の奇妙な生活は、グリモン司祭を怯えさせた例の噂［後段参照］を引き起こさずにはいなかった。そうした生き方がこの

コラム3　ゲランドの町

『ベアトリクス』の中で，ゲランドの町並みは「一足歩くごとに過ぎし世のしきたりや風俗をしのばずにいられ」ない，と描かれている。「変わることのない風習」を守る住民たちには，「不動の性質」が刻み込まれている。「要するに，1830年の革命の後ですら，ゲランドは相変わらず本質的にブルターニュ魂を持ち，熱烈なカトリック精神に満ち，沈黙と瞑想に沈んだ特別な町であり，新しい思想はほとんど届かなかった」とバルザックは書いている。

フランス西海岸，ブルターニュ地方にあるゲランドは中世の城壁都市で，4つの城門（城壁の長さは1434メートルで，世界遺産のカルカソンヌを上回っている）と10の塔に取り囲まれ，かつての城主領の面影をいまだに留めている。城壁内には美しい花崗岩のファサードを持つサン゠トーバン参事会教会や石畳の小道，伝統的な建築様式の家々が残され，中世にタイムスリップしたような気分を味わえる。また，粘土の地層を活かした2000ヘクタールに及ぶ塩田で採れる「ゲランドの塩」は，9世紀以来，機械をほとんど使わない伝統的手法を用い，塩職人（パリュディエ）の手によって生産されてきた。「ゲランドの塩」は今や世界的なブランドとなり，ゲランドの塩田は1996年に「傑出した味わいの地（Site remarquable du Goût）」に選ばれている。

（左）ゲランドの城門（©Office de tourisme de Guérande）／（右）ゲランドの塩田

土地で理解されるわけがなかった。だから、彼女は全ての者にとって怪物じみて見えたのだった。

とりわけ、女だてらに煙草を吸い、本を書くといったジェンダー規範への背反が、彼らにとっての彼女の「怪物性」を増幅している。そこには、前章で見た「女流作家」に対する世間の反応がそのまま写し取られている。例えば、グリモン司祭は彼女を「売春婦」「低級娼婦」と呼び、「いかがわしい身持ちの女で、芝居に関わり、役者や女優と付き合い、三文文士、画家、音楽家といった悪魔どもと一緒になって財産を食いつぶしている」と語っている。デュ・ゲニック男爵夫人も彼女を「旅回りの芸人」「感情を偽るのに慣れた作家」と呼び、女性作家を精神的にも性的にも堕落したイメージで捉えている。

ここまでは、伝統的価値観を遵守する側から見た、既成秩序を乱す「怪物」としての女性作家像である。しかし、その次に使われる「怪物性」という言葉は、語り手自身が発するもので、少し違うニュアンスを持つようになる。

> どのような事情の経緯によって若い娘が男に化身したのか、どのようにフェリシテが男となり、作家となったのか〔…〕を説明することで、多くの好奇心を満足させ、人類史の中に記念碑のようにそびえ立ち、その栄光が希少価値ゆえに有利に作用したあのある種の怪物性を正当化できるのではないだろうか。［人類の］二千年間で、偉大な女性は二〇人を超えるほどはいなかったのだから。

ここでは「怪物性」はむしろ肯定的な意味合いを帯びている。「女性特有の」「弱さ（infirmités）」という欠陥（infirmités）(9)を持たない偉大な女性は、規格外れであるために世間からは「怪物的」とみなされる。語り手はそう述べている。カミーユ自身の言葉にも、「私たち女に欠けている力、それを持つと私たちは怪物になる」というセリフがある。

要するに、女性は、本来男のみに備わると考えられてきた強い意志を持つことで「怪物」とみなされる。ちょうど、カミーユ側に立つカリストが、「彼女は芸術家で天分があり、普通の生活の基準では判断できない特別な生活を送っている」と擁護しているように、彼女の「怪物性」は、普通の人間を超越した、稀に見る高次の精神的属性として表されている。作中で彼女はまさに、イシス〔古代エジプトの最高神〕、ディアナ〔ローマ神話の月の女神〕、スフィンクスに喩えられている。このような神話的表象に喩えられることで、「超人的、神秘的、神話的でほとんど神的な次元[10]」にまで高められた「怪物」として描かれているのである。

3　優れた女性作家の悲劇

語り手によれば、カミーユは多くの女性が辿る心の行程――最初に感じ、次に享受し、最後に判断する――を逆転させ、感情を抱く前に人の心を洞察し、判断し、分析していた。その「怜悧な分析力」、「実証的な考え」が彼女を優れた男と対等な立場に引き上げていた。しかし、こうした優れた知的能力や鋭い分析力を前にしては、男はたじろがざるを得ない。語り手は次のように述べている。

彼女の中に何かしら処女的なもの、抑えがたいものを見出して、人は皆、恐怖を抱く。強い女は象徴としてのみ存在すべきで、実際に眼にすると人を怯えさせるものだ。

カミーユの悲劇は、知的に秀ですぎ、偉大すぎて、「愛される対象」にはなり得ないことだった。「なぜ愛が逃げてしまったのでしょうか」と問いかけるカミーユに対して、彼女と同じく明晰な分析力を備えた友人の文芸評論家クロード・ヴィニョンが、その理由を説いて聞かせる。

　だって、あなたは可愛げがないからですよ〔…〕。あなたは愛に身を屈することはない。愛の方があなたに折れなければならない。〔…〕つまるところ、あなたの力を前にしては、どんなに強い男でも戦いを予期して遠ざかってしまう。あなたの強さはカリストのように、若くて保護されるのが好きな男には気に入られるかもしれない。しかし、しまいには疲れさせてしまう。あなたは偉大で崇高だ。ご自分の二つの長所のもたらす不都合を甘んじて受け入れなさい。

　それに対して、カミーユは「なんという宣告でしょう！」と叫び、「私は女にはなれないのでしょうか。私は一種の怪物的なものなのでしょうか」と嘆いている。ヴィニョンのセリフ中、「あなたは可愛げがない（vous n'êtes pas aimable）」のaimable（可愛げがある）という語は、もともとは「愛されるに値する」という意味である。したがってここでは、その「強さ」ゆえに女として「愛されるに値しない」カミーユの「長所ゆえの不都合」が、「怪物性」として認識されている。

　この二人の問答の背景には、女性は身体的にも知的にも「弱き性」であり、「保護すべき存在」であるという社会的通念が垣間見られる。当時、女性は子どもと同様に保護されるべき弱者、「永遠の未成年」として扱われていた。この観点から見れば、「女らしさ」とは「弱さ」であり、「弱さ」を持たない女性は女性とはみなされない。言い換えれば、女はその「弱さ」ゆえに「愛されるに値する」存在となる。

　こうした考えを、バルザックも自明のこととみなしていた。彼はサンドに関して、「彼女は全く可愛げがない」、「だから彼女は愛の対象にはなれない」と述べている(11)。または「女の役割から出てしまったのだから、［…］彼女は男だ。女は［男を］惹きつけるが、彼女は［男を］はねつける」[12]とも言っている。

また、作中ではヴィニョンだけではなくカリストもまたカミーユについて、「彼女には女らしいものが何もない」と断言し、その根拠として彼女の「弱さ」の欠如と「強さ」を挙げ、彼女は愛の対象とはなり得ないと結論づけている。

バルザックにおいてカミーユ＝サンドは、「力」を獲得することで従来の男女の支配－服従の関係を逆転させた存在として現れている。しかし、彼女（ら）はその優越性が災いして女としての幸福を妨げてしまった。そこに「優れた女性（作家）」の悲劇がある。バルザックはそう考えている。

一方、カミーユが真の愛情を抱くカリストは、美しい金髪ときめ細かい白い肌の美青年で、「男に変装した若い娘」のような風情であった。しかも「エネルギーに満ちた黒い眼」と「ヘラクレスのような力」をも擁する両性具有的な存在でもある。まだ髯もはえていない二〇歳のカリストは、むしろ女性性が勝り、「デ・トゥーシュ嬢と反転した形で対をなしており、フェリシテが待ち望んだ補完的な分身[13]」であった。彼はカミーユとは反対に、理性よりも感情が勝り、彼女には欠けている「純真さ[14]」を体現している。カミーユは彼と結ばれることで、互いに補完し合い、真の両性具有の夢を叶えようとしていた。そうすることで無限の愛に到達できると信じたのだ。

その夢が破れた一因は、「作家」としての彼女の特性にある。主人公ベアトリクスはカミーユを批判して、「私は作家ではありません。だから、感情の中に思想を見ることなどできない」と述べている。例えば、カミーユはカリストへの報われぬ愛の苦悩に浸りながら、「この苦しみを語ったら、どんなに立派な本が書けることでしょう！」と思う。しかも、その直後には自らの感情を客観化し、もうすでにサフォー

ベアトリクス（左）とフェリシテ（フェルヌ版『ベアトリクス』の挿絵，1842）

〔古代ギリシアの女性詩人〕が同じ主題で書いてしまっている、と思い直す。これは、ベアトリクスには理解し難い感情の処理のしかたであった。

このようにカミーユの場合、たとえ激しい嫉妬や欲望、苦悩に苛まれていても、その感情と距離をおいて冷静に自分を観察・分析するもう一人の自己がいる。そのことが彼女の作家としての優越性につながってもいた。しかし、自室に戻って一人きりになると、感情を抑制する力が弱まり、彼女の内で「作家に代わって女の部分が表に出て」、悲しさのあまり泣き崩れるしかない。彼女にも「女」の部分、その「弱さ」が残っていたのである。カリストの前でも、冷静な言葉づかいとは裏腹に、彼に対する情熱的な想いが、時折見せる熱い視線や少し赤らめた顔の表情に、一種の記号として現れていた。しかし、未熟なカリストはこうした記号に彼女の心を読み取ることはできなかった。

バルザックはカミーユの不毛な愛とその孤独を、ゲランドの自然の風景の中に刻み込んでいる。彼女の屋敷の二階の私室からは、塩田、海、砂丘が見渡せ、眼下には荒涼たる風景が広がっている。

その光景は人の心を悲しませながらも高揚させる。それは、崇高なものがついに作り出した効果であり、絶望的な高さに達した魂が垣間見る、未知のものへの愛惜の念を引き起こす。

カミーユが見渡している「起伏の多い砂漠」は、彼女の心象風景そのものである。そして、花崗岩の岩礁が「奇怪な形象の巨大な陳列場」を成し、「無限のイメージ」を繰り広げる海を眼前に、彼女はカリストへの愛を断念する。その時、「彼女は自己の内で女が死ぬのを感じ、それまで肉のヴェールに覆われていた天使的な存在が解き放たれるのを感じた」。彼女はカリストを「天の美しい使者」とみなし、「天上の愛によって地上の愛をおし殺した」。それは、彼女が神への信仰に目覚めた瞬間であった。その結果カミーユは、社会生活と完全に縁を切って、僧院に引きこもることになる。

カミーユの運命はまさしく、サンドの一八三九年版の『レリヤ』の女主人公が辿った運命であった。レリヤもカミーユ同様、知的な優れた女性であり、ステニオという年下の美青年に慕われる。しかし結局、真の愛を得ることはできなかった。

この作品の一八三三年の初版では、レリヤが彼女への激しい情欲のあまり気の狂った僧侶によって殺害されるという結末であった。それが一八三九年版では、レリヤは尼僧となり、カマルデュール修道院に入る設定となっている。この書き換えによって『レリヤ』は、懐疑心に満ちた絶望的な愛の物語から、信仰を希求する魂の物語へと、劇的な変貌を遂げている。

一八三八年にバルザックがノアンに滞在した頃、サンドはちょうど『レリヤ』の改訂版を出すべく、原稿を書き改めている最中であった。同時に、修道院を舞台にした宗教哲学小説『スピリディオン』を執筆中でもあった。それゆえ、「ジョルジュの絶対への希求」(15)が、サンドのレリヤだけではなく、バルザックのカミーユに反映されたとしても不思議ではない。この観点から見れば、修道院を選択したカミーユの決断に「崇高な価値」(16)を見出すことも可能であろう。しかしそれでもやはり、「偉大な魂を持った女性の居場所は地上にはどこにもない」というバルザックの結論に変わりはない。

しかも、イザベル・ナジンスキーが指摘しているように、[17] レリヤの場合、修道院に引きこもることは「恋愛に失望したあらゆる女性にとっての月並みな文学的選択」ではなく、「荒涼たる孤独な空間で、内心の声を自由に発する」ためであった。要するに、「僧院という空間は異端の尼僧〔＝レリヤ〕に一種の基盤を提供し、その上に立って彼女は自らの言説を発すること[18]」が可能になった。

それに対してカミーユ・モーパンは、僧院で永遠の沈黙を余儀なくされてしまう。カミーユは、修道院からカリストに宛てた手紙の中で、次のように書いている。

女は自分の人生を絶えず捧げることによってしか、男と同等にはなれません。ちょうど、男の人生が永遠に行動することにあるのと同じように。

彼女はさらに、「私の人生はエゴイズムの長い発作のようでした」と述べ、これまでの人生を全否定しさえする。物語の結末におけるこうした彼女の言葉には、「女らしさ」を「消極性、自己犠牲、献身」に、「男らしさ」を「積極性、行動」に求める当時のジェンダー観に囚われた作者自身の考えが反映されている。

当時の社会的・道徳的規範を超越したかに見えたカミーユ・モーパンも、最後にはこうした規範を内在化せざるを得なかった。その意味ではバルザックは、優れた「女性作家」についても、「女流作家」と同様、女性が公の場で自らの力を発揮することをエゴイズムの所産とみなし、断罪していると言えよう。

4　「怪物性」または母性愛の欠如

ところで、「怪物性」に関してもう一つ、忘れてはならないことがある。それは、母性愛との関わりである。カミーユはカリストに次のように語る。「子どものことや、お産や母親の仕事は好きではありません。私はそっちの方面の女ではないのです。子どもは私には耐えられません。様々な苦しみや、絶え間ない心配事をもたらしますから」。要するに、彼女にはいわゆる母性愛が欠如している。

バルザックにとって母性愛とは、子どものために自己を犠牲にして献身的に尽くすことであり、最も崇高で神聖な愛であった。それは、『谷間の百合』のモルソフ夫人や『二人の若妻の手記』のルネ・ド・レストラードが体現しているものである。『二人の若妻の手記』では、ルネが母性愛について次のように言っている。

> それ［＝母性愛］は、一つの情熱であると同時に一つの欲望、一つの感情、一つの義務、一つの必然であり、幸福そのものではないでしょうか。そう、これぞまさしく女だけに授けられた特異な生なのです。［…］ああ！　子どもはどれほど多くのことを母親に教えてくれることでしょう。か弱い生き物に捧げられる不断の保護の中には、私たちを美徳に結びつける希望が満ち溢れているので、女は母親にならない限り、女性本来の領域にいることができないのです。そうなって初めて、女は自分の力を発揮することができるのです。［…］母親ではない女は不完全な、出来損ないの女です。

ルネの言葉に端的に現れているように、バルザックは母性愛を女性に本来備わっている感覚とみなし、

ルネ・ド・レストラード（フュルヌ版『二人の若妻の手記』挿絵，トニ・ジョアノ画，1842）　天使のように可愛い子どもたちに囲まれて幸福な表情のルネが，ロマン主義の画家ジョアノによって，官能的に描かれている。

母親になることを女性の「天職」と考えている。こうした考えに基づけば、カミーユ・モーパンの母性愛の欠如が「異常（anomalies）」と呼ばれているのも不思議ではない。anomalies という語は生物学的な「異常、異形」をも指している。また、「怪物性（monstruosité）」という語も、医学用語としては「奇形」を意味する。カミーユは母性愛の欠如という点で、「不完全な、出来損ないの女」、一種の「奇形」とみなされているのだ。

　それはまさにバルザックの『従妹ベット』で、作者が「老嬢」ベットの「処女性」を「奇形・おぞましいこと（monstruosités）」と呼んでいるのと通底している。家父長的な社会において、子どもを産まずに処女性を保っている女性は、社会の基盤となる「家族」を消滅させる危険をはらむ。その不毛性は、生産性に基づく社会を揺るがしかねない。これはまさに社会にとって「おぞましいこと」であった。カミーユもまた、結婚を否定し、母親になることを拒否することで、父権的な社会にとって同じような脅威となっていた。それゆえ、カミーユやベットが「怪物」の表象とされているのも、当然のことと言える。

『ベアトリクス』で、母性愛の化身としてカミーユと対峙するのが、カリストの母親ファニー・デュ・ゲニックである。バルザックは、アイルランド人のファニーを、「イギリス、スコットランド、アイルランドにしか存在しない、あの素晴らしい女性の典型」として、次のように描いている。

こうした国においてだけ、牛乳で練られたような肌の、金髪の娘が生まれる。その髪の巻き毛は天使の手で巻かれたかのようだった。〔…〕ファニー・オブライエン〔ファニーの旧姓〕は、あのシルフィード〔風の精〕の一人であった。愛情こまやかで、不幸な時には大胆不敵になり、その音楽的な声と同様に穏やかで、眼の青色のように清らか、華奢で優雅な美しさをもった愛くるしい女性であった。

美しい妖精のような容姿のファニーは、「高貴さ」「清らかさ」「優しさ」の表象で、年の離れた夫に愛情深く仕え、息子の幸福のみを願う献身的な母親として登場する。カリストのことを心配して物思いに耽りながら、その遅い帰りを辛抱強く待つ彼女の姿は「崇高な肖像」と形容されている。

ゲランドで物語が展開する第一部には、このデュ・ゲニック夫人の母性愛が、言わば通奏低音となって鳴り響いている。カリストをレ・トゥーシュの屋敷からデュ・ゲニックの家に引き戻すのは常に、「お帰りなさい、お母様が心配していらっしゃるでしょうから」というカミーユの言葉である。

カリストを巡ってファニーと対立していたはずのカミーユも結局は、カリストの「知性の母親」となり、彼への愛情を母性愛に昇華させていく。彼女はファニー同様、「息子」への愛の強さによって「息子」の危機を予知する千里眼的な力＝「母性愛の第二の眼」を持つようになる。バルザックはこのような筋の運びによって、カミーユを「怪物」から崇高な「母親」へと変容させている。

以上のように、カミーユ・モーパンは、様々な次元で「怪物」の特質を備えていた。バルザックは確かに、サンドのような一部の女性作家を例外として認め、その才能を称えていた。しかし、こうした女性はジェンダーとしての女の役割を逸脱しているがゆえに、さらには、家父長的な社会の基盤を揺るがすゆえに、「怪物」として社会から疎外される運命にあった。バルザックはこの「怪物の運命」を浮き彫りにするために、カミーユ・モーパンという女性を造形し、その「怪物性」を様々な側面から描き出した。そして、カミーユによって象徴される「女性の脅威」を「悪魔祓い」するために、彼女にそれまでの人生を全否定させ、僧院に追いやったように思える。そこに、優れた才能を持つ女性作家に対するバルザックの両面的な感情が見出せる。カミーユ・モーパン像は、まさに一九世紀当時の男性作家が女性作家に対して抱く複雑な心境を反映していると言えよう。

第一部では「女流作家」と「女性作家」の区別を考慮に入れながら、バルザックの作品を通して「男性作家の女性作家像」を検証した。第二部では、バルザックをはじめとする男性作家の批判の対象となっていた「ジャンリス夫人風の文学」とは具体的にどのような文学なのか、「女流作家」と揶揄されるジャンリス夫人とはどのような女性であったのかを見ていきたい。

第二部　国王の養育掛から職業作家へ――ジャンリス夫人

ジャンリス夫人の肖像（作者不明）

「ルソーは，人間は本質的に善良に生まれ，本能に完全に任せれば必ず善良になるだろう，などと非常に雄弁に語っている。その考えは間違っていると思う。人間は本能に従えば，必ず復讐心が強くなり，その結果，魂の偉大さも寛容な心も持てなくなるだろう。［…］人間は欠点と悪徳を持って生まれるが，感受性も持ち合わせている。［…］結局，教師にとって大いに慰めになる考えは，子どもたちがその前兆を示す悪い性質のすべては，将来的に重大な影響を及ぼすことは全くない，ということだ。なぜなら，良い教育がそれを矯正することができるのだから。」

（ジャンリス夫人『アデルとテオドール』）

はじめに

一九世紀初頭、フランスの文壇で二人の女性作家が名を馳せていた。一人はフランス文学史に名を残すスタール夫人で、彼女の小説『デルフィーヌ』（一八〇二）と『コリンヌ』（一八〇七）は、フェミニズムおよびロマン主義の先駆けとして評価されてきた。

もう一人が以下で詳しく紹介するジャンリス夫人である。彼女は後に国王となるルイ・フィリップの幼少期に養育掛を務め、ルイ一五世の時代からフランス革命を経て、ナポレオン帝政、王政復古、さらに七月革命も体験した激動の歴史の生き証人である。八四歳で亡くなるまで執筆活動を続け、一四〇にものぼる著作を残した。彼女が生きた一八世紀後半から一九世紀にかけて、その著作は何度も再版され、様々な言語で翻訳されてヨーロッパ中にその名が轟いていた。

当時、ジャンリス夫人に対しては毀誉褒貶相半ばし(1)、彼女はまさに「真の社会現象(2)」であった。しかし一九世紀後半からは次第に忘れられ、今ではフランス文学史でも言及されることはほとんどない。この第二部では、スタール夫人を凌ぐ人気を博したジャンリス夫人がどのような女性であったのか、その文学の特質は何かを検証していきたい。彼女は特に女子教育に力を注ぎ、教育に関する著作を数多く出版した。一九世紀を代表する作家スタンダールが、妹のポーリーヌを理想の女性に仕立て上げるために、ジャンリス夫人の著作を読むよう勧めているほどだ(3)。

以下ではまず、ジャンリス夫人の生涯に触れた後に、彼女の代表作『アデルとテオドール』を取り上げ、その女子教育論の要諦を明らかにすることで、彼女の作家としての本質を探っていく。

第一章　オルレアン家の養育掛

1　地方貴族の娘

ジャンリス夫人は一七四六年一月二一日、ブルゴーニュ地方オータンの近くのシャンセリで、地方貴族の父ピエール＝セザール・デュ・クレストと母マリー＝フランソワーズとの間に生まれた。[1]父親のピエールは一七五一年に侯爵領サン＝トーバン＝シュル＝ロワールを獲得し、サン＝トーバン侯爵を名乗るようになる。したがって、ジャンリス夫人の娘時代の名前はカロリーヌ＝ステファニー＝フェリシテ・デュ・クレスト・ド・サン＝トーバンであった。

フェリシテは田舎でのびのびと育ち、活発で芝居好きの少女であった。サン＝トーバンの城でオペラ＝コミックが演じられた時、キューピッドの役を演じて拍手喝采を浴びたことがあった。それから彼女は何カ月もキューピッドの舞台衣装で過ごし、聖体の祝祭日［カトリックの行事で、三位一体の主日後の第一木曜日］には祭の行列に天使の衣装でつき従ったという。こうした「俗事と敬虔な儀式の混合[2]」を味わった経験が、後に彼女の作家としての作風に大きな刻印を残すことになる。彼女は『回想録』の中で次のように告白している。

この奇妙な教育は、私の想像力と性格のうちに、信仰心と同時に空想的《ロマネスク》な性質の混合を生みだした。その痕跡が私の大多数の作品の中に過剰なほど見出せる。

一九世紀中盤に活躍した辛口の批評家サント＝ブーヴは、「彼女はその時からあらゆる事柄を小説風に脚色する習慣がついてしまった(3)」と述べ、彼女の性質そのものが「常に仮面をかぶり、変装すること(4)」にあると皮肉っている。

当時の多くの女子と同様、フェリシテもカトリックの『公教要理』などによる初歩的な教育しか受けず、放任主義の中でスキュデリー嬢［一七世紀の作家。荒唐な筋立てだが、貴族社会の恋愛を描いて人気を博した］などの小説を読むことに没頭する。その他には社交界に必須の音楽やダンスを学んだだけで、綴りは独学で覚え、書くことができるようになったのは一一歳になってからである。しかし、この頃からすでに教育者としての資質を備え、近くの農民の子どもたちに『公教要理』や音楽などを教えたと、夫人自らが『回想録』の中で語っている。

父ピエールは贅沢な生活がもとで財産を食いつぶし、城の維持費にも事欠くようになる。一方、妻の方は全くこれを意に介さず、異父妹シャルロットと競ってあいかわらず華やかな生活を送っていた。この叔母シャルロットが後のモンテッソン夫人で、社交界でのフェリシテの指南役であり、ライヴァルともなる女性である。

一七五七年一〇月、多額の負債を負った父親は、サン＝トーバンの侯爵領を売却せざるを得なくなる。彼は身代を立て直すために一七六〇年にサント・ドミンゴ島［現在のハイチ共和国。当時フランスの植民地だった］に出発したが、そこで財産を築いて帰国する途中、船が運悪くイギリス船に拿捕され、財産はすべて没収されてしまった。その上、保釈金が払えなかったため、一時イギリスの監獄に拘留されてしまう。父ピエールは金策や監獄での拘留など精神的・身体的試練に押しつぶされて健康を損ない、一七六三年七月五日に亡くなる。フェリシテは一七歳になっていた。

夫の死後、クレスト夫人と娘のフェリシテは女子修道院に引きこもる。当時の修道院の一部は社交場であり、クレスト夫人もそこでサロンを開き、モンテッソン夫人をはじめ社交界の女性たちが集まった。彼女のサロンに集う文学者たちは、当時カトリック批判を繰り広げていたフィロゾフ［啓蒙思想家］たちに敵対する保守的な陣営であった。「自由」と「理性」を唱えるフィロゾフの思想がやがて起こるフランス革命の原動力となるのだが、フェリシテの場合、母親のサロンの常連たちの感化を受けて、フィロゾフへの反発がこの頃から目覚めていた。

一七歳のフェリシテはハシバミ色の生き生きとした眼に明るい栗色の豊かな髪、無邪気であると同時にコケットな微笑みをたたえた優雅で魅力的な娘であった。当時の彼女はまだ高い教養の持ち主ではなかったが、頭の回転が速く、観察力に優れていた。特に音楽の才能に秀で、クラヴサンやギター、ヴィオール、マンドリンを見事に弾きこなした。とりわけハープの名手で、サロンの寵児となった。父親はサント・ドミンゴ島に出発する時、ハープを演奏している娘の小肖像画《ミニアチュール》を持って行ったという。

ところで、父クレスト侯がイギリスのランストン監獄で出会ったのが、同じく捕虜として拘留されていたジャンリス伯爵である。伯爵は当時二五歳、美男で裕福な貴族で、すでに海軍で目覚ましい功績を挙げていた。しかも、彼の叔父はルイ一五世の外務大臣ピュイジュー伯爵であった。クレスト侯の持っていた肖像画の少女に一目惚れしたジャンリス伯は、叔父の力でまもなく釈放され帰国すると、クレスト家を度々訪れ、主人の不在をかこつ家族を慰めた。そこで彼は、肖像画よりもいっそう美しく成長したフェリシテに完全に魅了される。

ジャンリス伯爵家は一二世紀に遡る由緒ある家柄で、地方の貧しい貴族クレスト家とは大きな身分差があった。しかし、叔父のピュイジュー伯をはじめジャンリスの親族の猛反対を押し切って、二人は一七六三年一〇月三〇日、秘密裡に結婚する。大貴族の慣習に則り、一一月八日の真夜中にサン゠タンドレ・デ・ザール教会で結婚式が執り行われた。この結婚は伯爵側の親族一同にとって大きなスキャンダルであり、フェリシテが上流社会に受け入れられるには数年の歳月が必要であった。ジャンリス一族の中で唯一、伯爵の兄だけがフェリシテを自らの城に迎え入れてくれた。

フェリシテは城の図書室で古典主義文学を読み耽り、教養を深めていった。この頃にはすでに克明な日記やメモを書く習慣ができており、その後生涯続いた。それは後に彼女の著作に役立ったばかりか、教え子に日記を書かせる教育手法（それによって文章の誤りを添削し、同時に道徳教育を行う）を編み出すきっかけとなる。

一七六四年、ジャンリス夫妻はジャン゠ジャック・ルソーと親しく付き合うようになる。この頃、フェリシテが気に入っていたオペラがルソーの『村の占い師』（一七五二）で、彼に会いたいという彼女の望みを叶えるために、伯爵がルソーを自宅に招いたのだった。ルソーは当時、音楽家として有名で、ジャンリス夫人は彼の前でハープを演奏した。

それ以来、ルソーは五か月間ほとんど毎日、食事を摂りにジャンリス宅を訪れるようになる。彼は自ら作曲したロマンス〔甘美な旋律の短い声楽曲〕すべてを楽譜付きでフェリシテに進呈するほどであった。彼女は『回想録』の中で、「彼ほど人を威圧することがなく、感じのいい人はこれまで会ったことがない」と絶賛している。しかし、ルソーの過敏な感受性と自尊心のせいで、彼との交際は後に途絶えることになる(5)。

母・クレスト夫人

夫・ジャンリス伯爵

ルソー

2　パレ・ロワイヤル参内

一七六五年九月四日、ジャンリス夫人は長女カロリーヌを出産する。子どもの誕生のおかげで夫の一族と和解し、彼女は伯爵夫人として宮廷に参内し、ルイ一五世に謁見することも可能になった。翌六六年春には叔母のモンテッソン夫人の庇護のもと、社交界にデビューする。当時、モンテッソン夫人はフェリシテより八つ年上の二八歳で、金髪碧眼の優雅な美女であった。その夫モンテッソン侯爵は裕福だったが、八〇歳の高齢で病弱であったため、彼女は束縛を受けることなく自由な生活を満喫し、社交界の女王として君臨していた。

マリー・アントワネットの劇場　1780年にマリー・アントワネットがヴェルサイユ宮殿敷地内のプチ・トリアノンに建てさせた劇場。彼女はそこで，ルソーのオペラ『村の占い師』など多くの芝居を公演した。(http://maria-antonia.justgoo.com/)

フェリシテはモンテッソン夫人の仲介でオルレアン公〔コラム4参照〕ルイ・フィリップ一世とも近づきになる。オルレアン公はモンテッソン夫人にこの頃から好意を抱いていたとされ、のちに夫人は夫の死後、一七七三年七月にオルレアン公と貴賤相婚〔王族と身分の低い女性との結婚。妻と子は相続権などを与えられない〕をすることになる。

一七六七年一月、ジャンリス夫妻はパリに居を定めることができた。フェリシテはピュイジュー伯爵夫妻にも気に入られ、終生親しく付き合うようになる。この年に次女ピュルケリが誕生し、翌年には長男カジミルも生まれている（カジミルは数年後に死亡）。

ちょうどこの頃、「社交界劇場」〔サロンなどで貴族階級が親しい友人を前にして芝居を演じること〕が大流行し、上流階級の人々は自分の屋敷内に劇場を設置し、そこで名門貴族の女性たちが女優として芝居を演じた。詩人シャンフォールが「社交界劇場の四大女優」に挙げたほど[6]、モンテッソン夫人とフェリシテは本職の女優はだしの演技を見せ、注目を浴びた。しかもフェリシテはシナリオや演出も手がけていた。この頃のフェリシテについて、ダブランテス公爵夫人は次のように書いている。

> ジャンリス夫人はこの頃、たいへん美しく溌剌としていて、とても優雅で、ありていに言えばたいそう挑発的な女性であった。その非常に優れた才気はすでに将来の姿を予言していた。魅惑的な眼差しを発する非常に美しい眼を持ち、やや大きいが先がつんと上向いた鼻が、顔つきに刺激的な表情を

コラム4　オルレアン家

1328年からフランスを支配していたヴァロワ家に代わって，1589年，ブルボン家アンリ4世が王位を継承する（ブルボン朝時代［－1792，1814－30］の始まり）。アンリ4世の後，ルイ13世を経て太陽王ルイ14世が絶対王政を確立し，以後ルイ15世を挟んで，ルイ16世が大革命で処刑されるまでブルボン朝が続いた。さらに革命後，ナポレオン帝政時代を経て王政復古期になると，ルイ16世の弟プロヴァンス伯がルイ18世として国王となり，その死後はその弟シャルル10世が王位を引き継いだ。

これに対し，オルレアン公爵家はルイ13世の次男フィリップ1世から始まる（それ以前にも授爵者はいたが家系断絶）。オルレアン家は国王に嫡子がいない場合は王位を継ぐことができ，幼いルイ15世の摂政として長らく国政を握ったフィリップ2世のような人物も輩出している。オルレアン家はブルボン王家と密接な関わりを持ちながら，半ばは王位継承を争う敵対関係にもあった。とりわけ1830年の七月革命後，ジャンリス夫人がその幼時に養育掛を務めたオルレアン公ルイ・フィリップが王位に就いてからは，ブルボン家を支持する正統王朝派とオルレアン派の対立が激しさを増すことになる。

フランス王朝家系図　（　　）内の年号は在位期間を示す

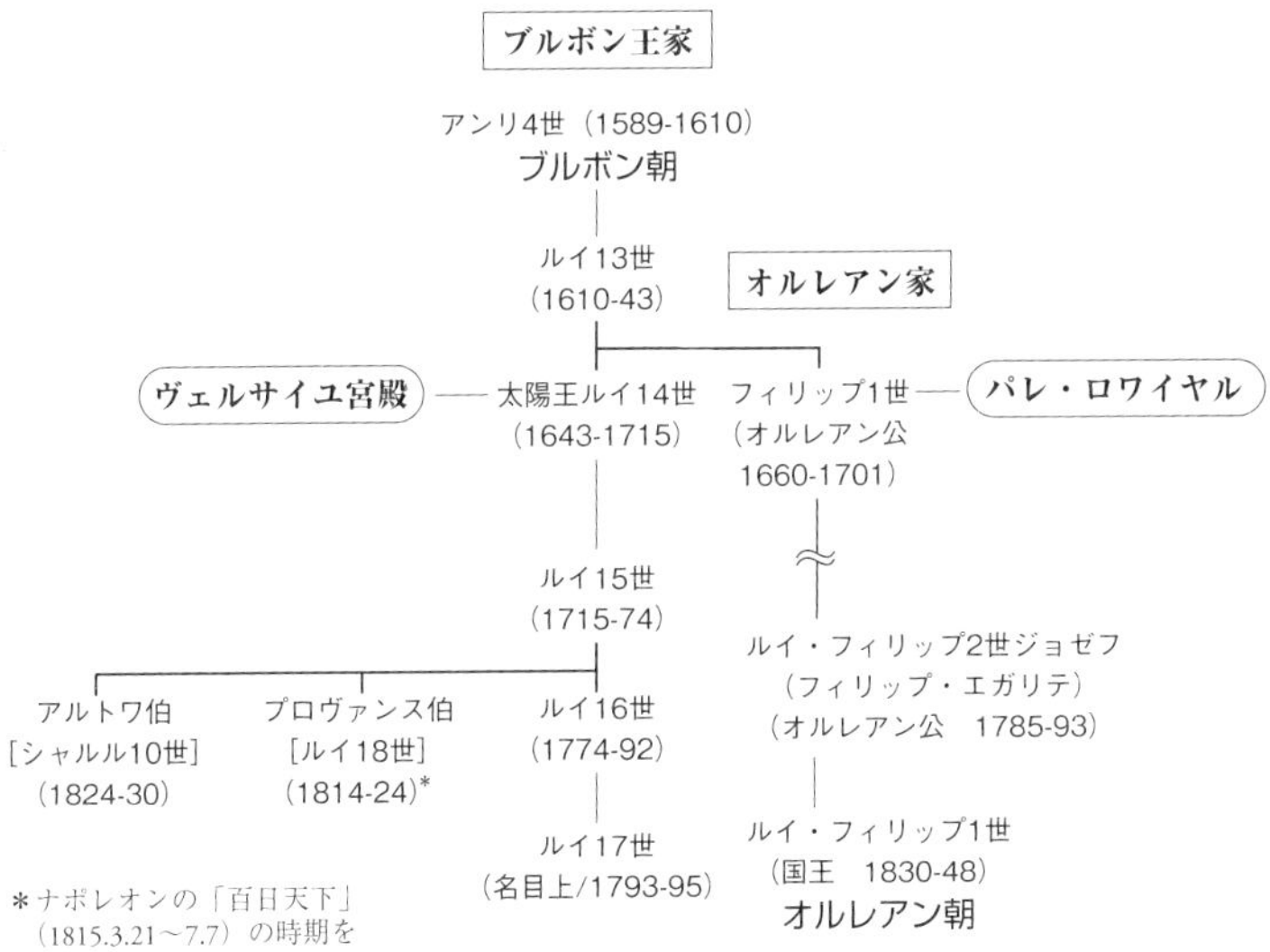

*ナポレオンの「百日天下」（1815.3.21～7.7）の時期を除く。

（左）オルレアン一家　（左から）ポリニャック夫人，シャルトル公，モンテッソン夫人。（右から）ジャンリス夫人，シャルトル公夫人，オルレアン公。
（右）22歳の頃のジャンリス夫人（ヴァン・ロー画）

与えていた。それがこの端麗な顔全体を支配する鋭い観察力と結びつき、真の魅力を作り出していた。彼女は背丈も高すぎず、均整のとれた体つきをしていた。(7)

一七七二年、フェリシテはシャルトル公夫人〔シャルトル公はオルレアン公の長男の称号〕ルイーズ・マリーの女官としてパレ・ロワイヤル(8)に上がる。ほどなくして、彼女はその美貌にさっそく眼をつけたシャルトル公ルイ・フィリップ二世ジョゼフの愛人となる。それ以降一五年にわたって、ジャンリス夫人はシャルトル公に絶大な影響力を及ぼすことになる。

一七七三年一〇月五日、シャルトル公夫妻に長男、ヴァロワ公ルイ・フィリップが誕生する。翌年五月九日にはルイ一五世が逝去し、ルイ一六世が即位した。

一七七五年八月初め、ジャンリス夫人はスイス旅行を企て、パリを発つ。その折、好奇心旺盛な彼女は、当時ジュネーヴ近郊のフェルネーに居を構えていたヴォルテールを訪ねている。彼女は、その時の様子を『回想録』の中で次のように描いている。

私が音楽家であることを知っていたヴォルテール氏は、夕食の後、ドゥニ夫人〔ヴォルテールの姪で愛人のルイーズ」にクラヴサンを演奏させた。［…］彼女がラモー［一八世紀フランス・バロック音楽の作曲家。ヴォルテールと親交があった］の曲を弾き終えようとした時、七、八歳の可愛らしい女の子が部屋に入ってきて、氏の首に飛びついて「パパ」と呼んだ。彼は優雅に少女の愛撫を受けたあと、私がこの優しい光景をうっとり眺めているのを見て、この子は自分が結婚の世話をした、あの偉大なコルネイユ［一七世紀古典主義の劇作家］の子孫［コルネイユのいとこの曾孫マリー。ヴォルテールが庇護していた］の娘なのだと説明した。この時、もし私が彼の注釈［ヴォルテールの著作『コルネイユに関する注釈』］を思い出さなかったならば――そこには不公平さと羨望がどれほど不器用な形で表れていたことか！――、どんなに感動したことだろう。［…］

ヴォルテール氏は［…］私たちを村まで案内し、彼が建てた家々や彼が設立した有益な施設を見せてくれた。その姿は、書物の中に現れる彼よりもずっと偉大であった。この村では至る所にこまやかな善意が見出され、あれほど不信心で偽りや悪意に満ちたものを書いたその同じ手が、これほど気高く、思慮深く、これほど有益なことを成し遂げたとはとうてい信じられなかった。

啓蒙主義と自由主義の立場から、カトリック教会の権威に徹底的に反抗していたヴォルテールは、信仰を社会の基盤と考えるジャンリス夫人の眼には悪徳の象徴として映っていた。それだけに、実際の人物と書物上の印象との乖離に驚きの念を抱いたのである。

九月五日、ジャンリス夫人はパレ・ロワイヤルに帰還する。この頃からパレ・ロワイヤルの実権は彼女が一手に握り、女官の任命などでも采配を振るうようになる。

（左）18世紀の貴族の女性　現在からみれば異常なほど濃い頬紅は，当時は欠かせない化粧であった。
（右）晩年のヴォルテール（ウードンによる胸像，1778）

一七七六年一月二一日、三〇歳を迎えたジャンリス夫人は、いまだ実年齢より若く見え、魅力的ではあったが、誕生日を機に頬紅を塗るのをやめた〔上段左図参照〕。それはコケットリー〔媚態、色気〕との決別を意味し、以来、彼女は知的活動に邁進するようになる。宮廷でシャルトル公夫人に仕えるかたわら、イタリア語、英語を学び、物理や化学の講義を受け、様々な分野の知識を深めていった。さらに週に二日サロンを開き、詩人のラ・アルプやマルモンテルなど著名な文学者や知識人、音楽家を集め、博物学者ビュフォンや作曲家グリュックとも親しく交流した。

3　ベルシャスへの移住

一七七七年八月二五日、シャルトル公夫人に双子の女の子が生まれる。かねてからの申し合わせにより、ジャンリス夫人が二人の養育掛（gouvernante）を務めることとなった。彼女はしきたりに反して、パレ・ロワイヤルではなく、修道院に引きこもって子どもたちを育てることを主張した。その主張は聞き入れられ、シャルトル公がベルシャスのサン＝シュルピス修道院の敷地内に、ジャンリス夫人が作成した見取り図に基づいて別棟を建て、彼女はそこに子どもたちと一緒に住むことになった。

建物ができるまでの二年間、彼女は娘たちのために芝居のシナリオを書き、それらはパレ・ロワイヤルで上演され、その豊かな文才が上流階級の間に知れ渡った。

こうしてジャンリス夫人はパレ・ロワイヤルにおいて権力の絶頂にあったが、一方で宮廷人の羨望や誹謗中傷の的ともなっていた。さらに、ヴェルサイユ宮廷と対立するパレ・ロワイヤル側に立ったため、王妃マリー・アントワネットや彼女の取り巻きの一人であった叔母のモンテッソン夫人とも敵対するようになる。ジャンリス夫人は後に『回想録』の中で、「私がパレ・ロワイヤルで過ごした時期は、私の人生で最も輝かしい時期であると同時に、最も不幸な時期でもあった」と述べている。シャルトル公夫妻の子どもたちの養育のためにパレ・ロワイヤルを去って、ベルシャスに引きこもることは、彼女にとって、宮廷生活の煩わしさから逃れて自由を享受することでもあった。

ベルシャスの別棟　ほとんど正方形の建物で，2階正面には7つの窓と入口がある。2階にジャンリス夫人と生徒たちの部屋があり，1階は台所と女中部屋などに使われていた。寝室や食堂の壁面，階段にはローマ史や神話を描いた絵画や世界地図が一面に飾られ，子どもたちの教育の一環をなしていた。

一七七九年四月にジャンリス夫人はパレ・ロワイヤルを去り、自分の母親と娘たち、そしてオルレアン家（シャルトル公夫妻）の双子のうちの一人アデライド（もう一人は幼くして亡くなった）と共にベルシャスに移る。ベルシャスの別棟には毎晩八時になると、シャルトル公夫妻や夫のジャンリス伯爵が訪れ、土曜日には以前と変わらず、文学者や芸術家が集うサロンが開かれた。

親しい友人であるルソーの『エミール』（一七六二）に影響を受けたジャンリス夫人は、新しい教育法を実践しようと以前から考えていた。

美しく成長したパメラ（ミリス画）

「ハープの練習」（ジルー画，1791）
（左から）ジャンリス夫人，アデライド・ドルレアン，パメラ。

ルソーはこの著作の中で「エミール」という架空の生徒を想定し、彼を導く家庭教師の姿を通して、理想的な教育を論じている。彼はあくまでも理論を述べるだけで、実行には移さなかったが、ジャンリス夫人はそれを実地に応用しようとした。

ルソーの想定による「エミール」の必須条件は、健康な肉体を持った孤児であるか、またはたとえ両親がいても、教育については家庭教師に全権委任されていることであった。そしてルソーの主張では、長期間継続して一人の家庭教師が子どもの教育に携わることが重要であった。

ジャンリス夫人はルソーの教えに則り、一七八〇年に六歳のイギリス人の少女〔本名ナンシー・シムズ〕を引き取り、「パメラ」という名で呼び、彼女に「理想の教育」を行うべく、アデライドや自分の娘たちと一緒に育てた。パメラは金髪の可愛い少女で、後に美しく成長し、アイルランドの貴族エドワード・フィッツジェラルド卿に見そめられ、結婚することになる。[9] 一七八二年には、夫人はさらにもう一人イギリス人の少女を引き取り、エルミーヌと名付けて育てた。こうして夫人は生涯にわたり、男女問わず複数の子どもを養子にしてその教育に打ち込み、教育を天職としたのであった。

夫人は一七七九年には七つの戯曲を収めた『少女のための戯曲』を出版し、さらに翌年にかけて四巻本の戯曲集も発表した。それを読んだF＝M・グリム〔ドイツの作家・啓蒙思想家〕は「とても自然で巧みな芝居」と評価し、子どもにふさわしい「主題の無垢性」を絶賛している。[10]というのも、この戯曲が男役抜きで、恋愛の要素を含まない教育劇だったからである。つまり彼女は、親子で演じるための芝居の新しいジャンルを創出したのであった。その目的は子どもたちを楽しませるだけではなく、「役に立つ道徳原理を例証し、公の場での立ち居振る舞い、微笑み方や話し方を少女たちに教える[11]」ことにあった。したがって、すべての芝居は道徳的な教訓で終わっている。この戯曲集は非常に評判が良く、夫人は人々の期待に応えて、さらに大人向けの劇曲集『社交界劇場』（一七八一）を出版するほどであった。

4　オルレアン家の養育掛に就任

絶対王政下では、王族の男子の教育は王位継承と結びつき、政治的・社会的にも重要課題とされた。伝統的に、王族の男子は生まれるとまず、女の養育掛（gouvernante）に預けられる。しかしこれはほとんど名誉職に近く、実質的には幼い親王のお世話係に過ぎない。八歳になると礼儀作法や典礼に通じた男の養育掛（gouverneur）に交代する。この男の養育掛〔日本の皇室の侍従長の職務と一部重なる〕は、輝かしい功績を挙げた退役軍人または宮廷の高官から選出され、若い親王の生活すべてを監督し、聖職者または文学者の中から一人ないし数人の家庭教師（précepteur）を選ぶ役目も担う。

シャルトル公の長男、ルイ・フィリップの「女の養育掛」はロシャンボー夫人であった。ルイ・フィリップには王位継承の望みは薄かったが、オルレアン家の長男として貴族の称号や莫大な財産を相続することになっていたので、彼の八歳以降の教育を担う「男の養育掛」はパレ・ロワイヤルの高官から選ばれる必要があった。当初は、ジャンリス夫人の推薦で一七七八年からルイ・フィリップとその弟の養育掛補佐を務めていたベルナール・ド・ボナールが養育掛に昇格する予定だったのだが、夫人は教育法を巡って彼と意見が合わず、人選をし直すことになった。

ジャンリス夫人は『回想録』の中で、この件に関してシャルトル公と交わした会話の一部始終を再現している。それによると、彼女が養育掛候補の名を次々に挙げたところ、公はすべて拒否した。なかばやけになって「それでは、私ではいかがでしょう！」と言うと、公は「悪くないね」と真顔で答えた。ほんの冗談だと弁解する彼女に対して、公はこう告げた。「私は例外的で栄えある出来事の可能性を視野に入れているのだ。さあこれで決まった、あなたが彼らの養育掛だ」。

こうして一七八二年一月六日、ジャンリス夫人はオルレアン家の跡継ぎの養育掛として公式に任命される。この知らせはパリ中に広がり、大きなセンセーションを巻き起こした。男性しか就くことのなかったポストにジャンリス夫人が就いたことへの宮廷人の嫉妬や反感は大きく、とりわけ、シャルトル公の愛人の立場を利用したという噂があちこちで取り沙汰された。例えばグリムは、「私は学校ではmonsieur（旦那様）／閨房ではmadame（奥様）[12]」という詩句を発表して、彼女を揶揄した。しかし、本人はこうした誹謗中傷を意に介することもなく、オルレアン家の四人の子ども〔長男ヴァロワ公ルイ・フィリップ、次男モンパンシエ公、三男ボージョレ伯、長女アデライド・ドルレアン〕を一手に引き受け、彼らの教育に打ち込んだ。

王族の教育を女性が行うことが異例であっただけではなく、彼女が養育掛と家庭教師をほぼ兼ね備えたことも異例であった。伝統的には養育掛は倫理・道徳教育などによって子どもの精神面を導き、家庭教師は知識を授けるという役割分担があった。そのような知識教育と精神教育の分断を批判したのがルソーで、彼は幼い子どもに対し、精神教育を伴わない形で、単に知識のみを詰め込むことの弊害を訴えた。ジャンリス夫人はこの点でもルソーの教えを守ったことになる。

三人の男の子はパレ・ロワイヤルからベルシャスに毎日通い、そこで妹のアデライドやジャンリス夫人の娘たちと一緒に学んだ。この点でも夫人は、男女別々の教育という伝統に抗い、男女共学を試みている。さらにジャンリス夫人は同年に『アデルとテオドール、または教育に関する書簡』（三巻本）を出版したばかりか、その補遺として『女性による男子教育、とりわけ王族の子弟の教育に関する試論』を出版し、自らの教育法を実証的に示そうとした。そこには女性としての強い自負と教育者としての絶対的な自信が見出せる。

とりわけ、小説として出版された『アデルとテオドール』は、就任したばかりの養育掛の著作ということで話題を呼び、ベストセラーになる。しかもこの作品はいわゆるモデル小説［モデルとなっている実在の人物などを特定する鍵となる言葉がそれとなく呈示されている小説］とみなされ、モデルとされたモンテッソン夫人など周囲の人々を苛立たせた(13)。それも読者の関心を一層掻き立てる要因となり、『アデルとテオドール』はたちまち英語、スペイン語、ドイツ語に翻訳され、ジャンリス夫人の名はヨーロッパ中に広がった。

彼女はこの著作でアカデミー・フランセーズが主宰する第一回モンティヨン賞の受賞を目指し、デピネ夫人の『エミリーとの会話』（一七八一）と賞を争った。デピネ夫人はルソーの庇護者であり、ヴォルテールやディドロとも親しく、フィロゾフ派として有名であった。アカデミー・フランセーズ会員のほとんどがフィロゾフ派であったため、結局、デピネ夫人が圧倒的な得票数でモンティヨン賞を獲得した（第一部で言及したように、バルザックが後にこの賞を目指して「ジャンリス夫人風の文学」と争い、敗北したことは、歴史の皮肉と言えよう）。

この年（一七八二年）、ジャンリス夫人はさらに『城の夜のつどい』〔就寝前に母親が三人の子どもたちに二九夜にわたって語り聞かせたという設定の物語集〕を出版し、大成功を収める。彼女は、お伽話の多くが恋愛を主題とし、その魅惑的な世界が子どもたちの想像力を過度に掻き立てるため、子どもに読ませるべきものではないと考えていた。それゆえ、道徳的教訓を盛り込んだ彼女独自の物語を創作したのである。そして彼女はモンティヨン賞を逃した悔しさから、フィロゾフ派への復讐として、この物語集の中でヴォルテール、フォントネル、マルモンテルを「偽哲学者」と非難し、彼らへの敵意を露わにした。

さらに一七八七年、ジャンリス夫人はルイ・フィリップの初聖体拝領に際して、教え子に与える教理問答書として『幸福と真の哲学の唯一の基盤とみなされる宗教――オルレアン公閣下のお子さまたちの教育に役立てるために作成された書物。現代の哲学者と称する者たちの主義に反駁する』を出版する。彼女はそこでも再び、フォントネル、モンテスキュー、ヴォルテール、ダランベール、ディドロ、さらには和らげた口調ではあるが、ルソーさえも非難した。彼女によれば、彼らの著作は若者の想像力に火をつけ、惑わせる不道徳なものであった。

一方、フィロゾフたちもジャンリス夫人に激しく反論し、グリムは皮肉な口調で彼女を「教会の母」と揶揄した。夫人はそれ以降、半世紀にわたってフィロゾフ派と激烈な論争を繰り広げることになる。

5　ルイ・フィリップの教育

オルレアン家の跡とりとして、それまで贅沢な生活に慣れ、甘やかされて育ったルイ・フィリップにとって、ジャンリス夫人が課す規律は過酷なものであった。後にルイ・フィリップ自身が当時の生活について、ヴィクトル・ユゴーに次のように語っている。

彼女は妹と私を容赦なく教育しました。私たちは夏も冬も朝六時に起き、食事はもっぱら牛乳と冷肉にパンで、おいしい食べ物も砂糖菓子も何もありませんでした。たっぷりの勉強に娯楽はほとんどなし。私に板の上で寝るのに慣れさせたのも彼女です。山ほどの手仕事を学ばされました。彼女のおかげで、見習理髪師の仕事も含めて、すべての仕事をあるていどはできるようになりました。私はフィガロ［ボーマルシェの『セビリアの理髪師』『フィガロの結婚』に登場する理髪師］のように瀉血できます。指物師、馬丁、石工、鍛冶師でもあります。彼女は融通がきかず厳格で、幼い頃の私たちは彼女を恐れていました。彼女は、ネズミにも怯えるほど弱々しく怠け者で臆病な少年だった私を、かなり大胆で勇気のある男にしてくれました。[14]

ジャンリス夫人は自分の補佐役として数学、物理学、化学、デッサンの教師を雇い、子どもたちに伝統的な教科（文学、歴史、神話学）の他にも博物学、地理学、物理学、解剖学など新しい学問も学ばせた。とりわけ、ラテン語やギリシア語よりも生きた外国語を学ばせることに力を入れた。ルソーは『エミール』の中で、「一二歳ないし一五歳までは、神童を別にしてどんな子どもでも、真に二か国語を習得できるとは思えない」[15]と述べ、幾つもの言語を幼い時から学ばせることには否定的であった。この点ではルソーと意見を異にしていたジャンリス夫人は、ドイツ人の庭師やイギリス人の召使を雇い、それぞれの言語で子どもたちと会話をさせた。さらに夕食の席では英語、夜食の席ではイタリア語での会話を課した。そのためルイ・フィリップは一一歳で四か国語を流暢に話すことができたという。こうした言語の習得や、様々な手仕事を王族教育のプログラムに導入したのは、彼女が初めてであった。

さらに、当時としては革新的なこととして、夫人は衛生状態や食べ物、服装にまで気を配った。体を鍛えるために乗馬や水泳、フェンシングを習わせるなど、フィジカルな面での教育も怠らなかった。音楽は彼女自らが教え、絵に関しては画家のカルモンテル、ミリス、そして後にナポレオンの主席画家となるダヴィッドを雇い、デッサンを学ばせた。

ジャンリス夫人は子どもたちの教育プログラムや一日の時間割（コラム5参照）を綿密に立て、それに従って八年間一貫した教育を行った。彼女の厳格な教育法に教師たちの方が耐えられず、次々にやめていったが、子どもたちはむしろ彼女への愛着を深めていった。実際、ルイ・フィリップはユゴーに、人生で唯一の恋をした相手はジャンリス夫人であったと告白している[16]。

フランス革命の嵐の中で夫人との関係は一時疎遠になるが、ルイ・フィリップは最後まで彼女への愛情と敬意を失うことはなかった。ジャンリス夫人は子どもたちを厳しく躾けたが、細心の注意と愛情を持って接し、華やかな宮廷生活を断念して彼らの教育に打ち込んだため、彼らの愛情を勝ち取ることができた。

コラム5　ルイ・フィリップの日課

ジャンリス夫人の肖像
（ラビーユ・ギアール画，1790）

アリス・M. ラボルド（Alice M. Laborde, *L'Œuvre de Madame de Genlis*）によれば，ルイ・フィリップの日課は次のようなものであった。

朝7時（ルイ・フィリップによれば6時）起床，ギュイヨ神父の指導のもとでラテン語と公教要理の勉強をそれぞれ1時間，家庭教師ルブランのもとで計算の勉強を1時間した後，11時にルブランに付き添われて弟たちと一緒にパレ・ロワイヤルからベルシャスに向かう。ルブランからジャンリス夫人に，3人の男の子の学習記録が報告され，夫人はそれに基づいて生徒たちを褒めたり叱ったりする。

午後2時に食事を摂り，その後9時の夜食の時間まで夫人自ら子どもたち（ルイ・フィリップ以下3人の男の子とアデライド，自分の娘カロリーヌ，ピュルケリ，養女パメラのほか，甥と姪も含む）の教育に携わる。彼女はまず，子どもたちに順番に15分ずつ本（主に歴史物語）を音読させ，発音の矯正やテクストの内容に関する質問をした後，手本として自分で音読する。この読書に少なくとも2時間はかける。読書の後，読んだ本のレジュメと，様々な道徳的問題（「人は友人に対してどのような義務を負っているか」など）への答えを書かせ，その添削をする。次に地理の勉強をした後，ドイツ人の教師のもとでピアノの練習。夜，デッサンの勉強。9時に男の子たちはルブランに連れられてパレ・ロワイヤルに戻る。

こうした時間割が8歳の時から8年間ルイ・フィリップに課せられた。また，数学は週に3回学ばせ，6年間で数学から幾何学，力学まで段階を追って進ませた。礼儀作法を学ばせるためには，土曜日をレセプション日と定め，選ばれた観客の前で子どもたちに音楽を奏でたり芝居を演じさせたりした。夏と冬はラ・モット城とサン＝ルーの屋敷で過ごし，地理，気候，社会学の実地勉強をさせた。ドイツ人の庭師の指導のもと，土地を耕したり，重量挙げの練習をするなど，体を鍛える訓練も怠らなかった。

このようにジャンリス夫人の教育は，王族だからといって甘やかさず，かなりのスパルタ教育であったと言えよう。

第二章　職業作家への転身

1　フランス革命の勃発

一七八五年一一月一八日、オルレアン公が死去し、息子のシャルトル公（ルイ・フィリップの父）が跡を継いだ。当時、フランス政府は相次ぐ対外戦争に派兵し、莫大な金を費やしたため国庫はほぼ破綻状態にあった。しかも疫病や飢饉で民衆は危機的状況に陥っていた。ルイ一六世の歴代の財務総監は財政の根本的改革の必要を認識し、その解決策として特権階級である聖職者と貴族に、これまで免除していた税金を課すことを検討し始めた。それに反対した貴族たちの意を受け、一七八七年七月、高等法院は新課税を審議するために三部会を招集することを国王に要求する。

翌一七八八年八月、全国三部会の召集が布告され、選挙を経て八九年五月五日にヴェルサイユで三部会が開催される。しかし、そこで特権階級と第三身分〔商人、農民、都市住民などのいわゆる平民〕が鋭く対立し、国王は議場を閉鎖してしまう。そのため、六月二〇日に第三身分の代表者たちはジュ・ド・ポーム（屋内球戯場）に移り、新しい憲法を制定するまで国民議会を解散しないことを誓う。これが新古典主義の画家ダヴィッドの絵で有名な「ジュ・ド・ポームの誓い」である。やがて第三身分のこうした動きに一部の進歩的貴族や聖職者が合流するようになる。オルレアン公もその一人で、パレ・ロワイヤルは革命前からすでに、宮廷（ヴェルサイユ）と敵対するグループの集合場所となっていた［パレ・ロワイヤルは警察が立ち入れない治外法権の場所であったため、反政府側にとって都合が良かった］。財務総監ネッケル［スタール夫人の父］が罷免された翌日の七月一二日、弁護士のカミーユ・デムーランが民衆に向かって「武器を取れ！」とアジ演説をしたのも、パレ・ロワイヤル内のカフェ・ド・フォワの前であった。ミラボーなど革命の立役者たちが集まる中に、ジャンリス伯爵も混じっていた。

七月一四日、熱狂した群衆はまずアンヴァリッド［廃兵院］を襲って武器を奪い、バスチーユ監獄へ向かった。バスチーユはルイ一四世時代から封印状［国王の命令書で、裁判をせずに投獄や追放を命じることができた］によって、多くの政治犯を無期限に収容してきた監獄で、絶対王政の弾圧の象徴であった。民衆はバスチーユを襲撃したばかりか、その壁を取り壊し始めた。それはちょうど一九八九年のベルリンの壁の崩壊と同じ状況であった。

フランス革命が勃発した時、ジャンリス夫人はパリ郊外のサン゠ルーの屋敷に子どもたちと一緒にいた。彼女はバスチーユ崩壊の知らせを聞くと、八月一三日にバスチーユまで子どもたちを連れて見学に行っている。夫人は『回想録』の中で、その時の心境を次のように綴っている。

生徒たちにすべてを見せたいという欲望［…］が私を捉え、サン゠ルーから数時間かけて、

［…］パリ中の民衆が交替でバスチーユを打ち倒し、解体している様子を見に行った。そこで起きていたことを知るには、想像だけでは無理であり、自分の眼で見る必要がある。この恐るべき監獄は、途方もない情熱で働く男や女、子どもたちで覆い尽くされ、建物や塔の最も高い部分まで人で一杯だった。この驚くべき数の自発的な労働者、彼らの熱狂ぶり、独裁の象徴であるこの恐ろしい建物が崩れ落ちるのを見る喜び、［…］これらすべての光景が想像力と心に等しく語りかけてきた。バスチーユ襲撃で犯された残虐行為に私ほど恐怖に駆られた者は誰もいないだろう。しかし、二〇年以上にわたる横暴な監禁を目の当たりにしてきたので、［…］白状するが、その解体は私に感動ときわめて激しい喜びをもたらした。

（上）『ジュ・ド・ポームの誓い』（ダヴィッド画，1789）
（中）パレ・ロワイヤルでアジ演説をするカミーユ・デムーラン
（下）バスチーユ解体の様子

ヴェルサイユへ向かう女性たちの行進（1789年10月5日）

この文章からも明らかなように、彼女はあらゆる機会を逃さず、子どもたちにものごとを直接自分の眼で観察させ、経験させるという実地教育を何よりも優先した。同時に、バスチーユ崩壊の光景を自由の証しとして好意的に捉えていた。

一〇月五日、パンを要求する庶民の女性たちがヴェルサイユに向けて行進し、避難中の国王一家が彼女たちの要求に屈し、パリまで連れ戻されるという事件が起こる。この混乱に乗じ、当時オルレアン公の秘書であったコデルロス・ド・ラクロ［元軍人で小説『危険な関係』の作者］がルイ一六世に代わってオルレアン公を摂政にしようと陰謀をめぐらす。しかしそれが露見し、オルレアン公はラクロなど側近と共に一〇月一四日にイギリスに亡命する。公は子どもたちの養育をジャンリス夫人に全権委任してフランスを発っていった［その後、一七九〇年七月にパリに戻る］。

2　ジャコバン教育

ジャンリス夫人は以前からマリー・アントワネットやその取り巻きのポリニャック夫人に嫌悪感を抱き、むしろ立憲君主制を望んでいた。そのため、当時一六歳のルイ・フィリップを連れて国民議会に足繁く通い、彼に革命熱を吹き込んだ。彼女の「ジャコバン教育」(1)によって、ルイ・

フィリップは「民主主義的なプリンス」[2]となる。

一方、彼の実の母親であるオルレアン公夫人は、それまでジャンリス夫人に全幅の信頼を寄せ、一〇年近く四人の子どもたちの教育を任せっきりであった。しかしこの頃、ジャンリス夫人と夫との愛人関係を知り、彼女への不信感を募らせていく。とりわけ、息子たちが革命家になることを恐れた夫人はジャンリス夫人の手から彼らを取り戻そうとするが、すでに手遅れであった。子どもたち、とくにルイ・フィリップのジャンリス夫人への愛情は、母親に対する以上に深かった[3]。

一七九〇年一月九日、ルイ・フィリップは貴族の称号を捨てて市民の誓いを立て、「市民シャルル（citoyen Charles）」という署名をする。彼の激しい革命熱に恐れをなしたジャンリス夫人は、行き過ぎないようにたしなめるが、一七歳になって彼女の手から離れたルイ・フィリップは、ジャコバン・クラブに入会する。ジャコバン・クラブは後に、ロベスピエールらの主導で過激な集団に変貌するが、この当時はまだ、進歩的な代議士や弁護士から成る穏健派のグループであった。

一七九一年六月二一日、国王一家はフランスを脱出して、マリー・アントワネットの兄のオーストリア大公ヨーゼフ二世のもとに逃亡を図るが、ヴァレンヌで正体が発覚してパリに連れ戻される。この時、ラクロがルイ一六世を廃位させ、オルレアン公を摂政として擁立するよう再び画策する。しかし、オルレアン公はジャンリス夫人の忠告もあって摂政の地位を辞退した。同年一〇月一一日、ジャンリス夫人は体調を崩したアデライドの温泉治療という名目で、アデライド、パメラ、姪のアンリエットなど子どもたちを連れてフランスを発ち、イギリスのバースに向かう。一行は一七九二年一一月まで、ロンドンなどイギリスの幾つかの都市を転々とした。

この頃、フランスでは革命がさらに激化し、不穏な状況が続いていた。一七九二年八月一〇日、民衆によるチュイルリー宮殿襲撃事件が起こると、翌日、議会は王の職務停止を宣言し、封建制が完全に撤廃される。さらに九月には民衆がアベイ、カルム、シャトレなどの牢獄に押しかけ、そこに収容されていた反革命容疑者を虐殺するという「九月の大虐殺」が起こる。民衆の怨嗟の念は、イギリスにいるアデライドやジャンリス夫人にも及ぶ危険性があった。「亡命者リスト」に載った貴族は、反革命分子として財産を没収され、フランス国内にいる親族が投獄されるなど厳しい罰則が科せられた。これを恐れたオルレアン公は、ジャンリス夫人に即刻帰国するよう促した。しかし彼女は慎重を期し、子どもたちを連れてフランスに帰国したのはその二か月後の一一月二〇日であった。

ジャンリス夫人は帰国後ただちに養育掛を辞してアデライドをオルレアン公に渡し、翌日にはイギリスに戻るつもりであった。しかしアデライドがすでに亡命者リストに載ってしまっていたので、危険を感じたオルレアン公の強い要請で、夫人は再びアデライドを連れてベルギーのトゥルネに向かった。

3　亡命生活

一七九三年一月二〇日、国民公会の投票で国王ルイ一六世に死刑判決が下される。この時、ジャンリス伯は反対票を入れたが、当時「平等のフィリップ《フィリップ・エガリテ》」と名乗っていたオルレアン公は賛成票を投じ、物議を醸す。ルイ一六世は翌二一日、ギロチンにかけられた。この年、ジャコバン独裁が激化し、急進人民主義者ロベスピエールが反革命分子の徹底的な監視と弾圧、処刑を行っていた。

こうした状況下で王族の娘を連れて逃亡生活を続けることに危険を感じたジャンリス夫人は、四月四日、

オルレアン公
（フィリップ・エガリテ）

アデライドを兄ルイ・フィリップに預けてスイスに逃亡しようとするが、ルイ・フィリップは無理やり妹を夫人に同行させた。ジャンリス夫人の一行は五月にはドイツを経由してスイスに到着する。彼女は行く先々で様々な迫害を受けたばかりか、金銭的にも困窮していた。スイスのブレムガルテンでは、旧知のモンテスキュー将軍の計らいで修道院に匿われ、一時平穏な生活を送ることができたが、それも束の間のことであった。一〇月三一日には夫ジャンリス伯が反革命分子として処刑され、オルレアン公も息子のルイ・フィリップがデュムーリエの裏切り[4]に加担した容疑で、一一月六日に処刑される。ジャンリス夫人は二人の処刑の知らせを聞いて、ショックのあまり一時生命が危ぶまれるほどの重病に陥る。

一七九四年五月一二日、スイスのフリブールに亡命していた遠戚のコンティ大公妃がアデライドを引き取ることになり、ジャンリス夫人は教え子と別れて、娘婿〔次女ピュルケリの夫〕ヴァランス将軍のいるオランダに向かう。五週間オランダに滞在した後、ドイツに向かい、ハンブルク西方の町アルトナに「アイルランド人のミス・クラーク」という偽名で隠れ住んだ。そこでロベスピエールの処刑と、投獄されていた娘ピュルケリの釈放の知らせを受け、安堵した彼女は、ようやく本名を名乗ることができるようになり、ハンブルクやベルリンなどドイツの諸都市を転々とする。

長引く亡命生活で金銭的に逼迫した夫人は、生活費を稼ぐべく、著作を次々に出版する。すでに一七九四年には四巻本の歴史小説『白鳥の騎士またはシャルルマーニュの宮廷』をオランダで出版し、大成功を収めていた。この小説は後にウォルター・スコット〔スコットランドの作家〕の先駆けとみなされ、スタンダールも評価しているものだ。[5] さらに一七九八年八月には四巻本の小説『小さな亡命者たち』と『無謀な願い』、翌年にはベルリンで『旅行者ガイド』を出版するなど、次々に著作を世に問うた。『旅行者ガイド』は、後のミシュランガイドのような旅行案内書のルーツと言えるもので、ドイツで非常な人気を博した。

このように、ジャンリス夫人は革命を契機に、自らのペンで生計を立てる職業作家への転身を遂げたことになる。彼女は史上初の「女性職業作家」であった。

第三章　フランス帰国後の文学活動

1　ナポレオンとの関係

一七九九年一一月九日、「ブリュメール〔霧月＝革命暦第二月〕一八日のクーデタによって、ナポレオンが総裁政府を倒し、執政政府を樹立して自らが第一執政となる。五年後の一八〇四年には皇帝の地位に就き、第一帝政が始まる。

娘ピュルケリと叔母モンテッソン夫人がナポレオンの妻ジョゼフィーヌと仲が良かったため、ジャンリス夫人はジョゼフィーヌの取りなしでパリへの帰国を許された。一八〇〇年七月初旬、彼女は九年ぶりにパリの地を踏んだ。しかし、アンシャン・レジーム下の洗練された貴族社会を知っている彼女にとって、革命後のパリ社会は言葉づかいや表現の誤り、礼儀作法の変質が眼につき、失望を味わう。彼女はそれ以降、社交界から距離を置き、文筆業に専念するようになる。

一八〇二年にはナポレオンの支援で、パリ市内、アルスナル図書館の一角にある快適な住まいに身を落ち着けることができた。彼女はそこでサロンを開き、外交官タレイランをはじめ、フランス内外の多くの著名人を集めた。さらに一八〇四年以降は、ナポレオンから六〇〇〇フラン［現在の日本円で六〇〇万円相当］の年金を受け取るようになる。彼女はこの年金と引き換えに、ナポレオンに文学、宗教、道徳に関する報告書を定期的に送ることになった[1]。当時、ナポレオンは様々な方面で情報収集に努めていたが、ジャンリス夫人もその情報源の一つであった。

「女は子どもを産むために男に与えられたもの」であり、「男の所有物」だと断言するナポレオンの女性蔑視は有名で、彼は特に知的な女性を毛嫌いした。実際、彼と対立したスタール夫人を一八〇三年にパリから追放している。スタール夫人の小説『デルフィーヌ』に見出せるカトリック批判［主人公がプロテスタントであることや、とりわけ離婚を認めないカトリック倫理を批判したこと］と、自立した女性が自らの幸福を追求するというテーマは、カトリックの権威を復活させ、一八〇四年の民法典では妻の夫への服従を明文化しようとしていたナポレオンの考えに真っ向から対立するものだったのである。

一方、ジャンリス夫人に対してナポレオンが一定の好意を示したのは、一八世紀の宮廷生活を物語る彼女の軽妙な語り口に惹かれたためであった。ジャンリス夫人の方も、彼が宗教を復活させ「偽りの哲学［＝啓蒙思想］を打ち倒した」と評価している。要するに、二人は保守的な部分で意見が一致していたと言える。

スタール夫人

ジャンリス夫人の姪ジョルジェット・デュクレストは、スタール夫人とジャンリス夫人を比較して、「前者はその作品において、男の持つあらゆるエネルギーと哲学を擁していたが、後者は女性特有の優雅さと自然な感受性を持っていた」[2]と語っている。ナポレオン自身、「男女《おとこおんな》は、女々《めめ》しい男と同様に嫌いだ」[3]と断言し、スタール夫人の内に「男の持つエネルギー」を見出して嫌悪した。自由を称揚し、積極的に政治的発言を行うスタール夫人は、男の領域に踏み込んだため、ナポレオンから敵視された。一方、ジャンリス夫人の方は、いわゆる「女らしさ」の領域にとどまっていたため、彼の不興を買うことはなかった。

ナポレオンはさらに、ジャンリス夫人が構想していた民衆のための授業料無料の学校の建設計画にも賛同の意を示し、彼女を教育視察官に任命するほどであった。しかし、彼女と直接会うことは一度もなかった。そこには女性全体に対するナポレオンの根強い不信感が垣間見える。

2　ジャンリス夫人とスタール夫人

アルスナルに身を落ち着けて以来一〇年間、ジャンリス夫人は小説やエッセイを次々に出版し、本の売れ行きも良かった。この時期の主な作品としては、『クレルモン嬢』（一八〇二）、『アルフォンシーヌ』（一八〇六）、『アルフォンス』（一八〇九）、『ラ・ヴァリエール伯爵夫人』（一八〇四）、『マントノン夫人』（一八〇六）などの歴史小説がある。最後の二作は太陽王ルイ一四世とその時代を称えるもので、当時の読書界に一七世紀へのノスタルジーと熱狂を掻き立て、人気を博した。とりわけ『ラ・ヴァリエール伯爵夫人』はナポレオンが気に入り、本から離れることができずに一気に読んで涙を流したという。

この間、彼女の過去の著作のほとんどが再版され、文学者としての名声はさらに高まり、スタール夫人を凌ぐほどであった。当時、この二人の女性作家は知名度、社会的・政治的影響力、文学的評価において対等のライヴァルとみなされ、両者を比較対照して論じることが批評家の常であった。[4]ジャンリス夫人自らもスタール夫人を敵視し、彼女の作品の女主人公デルフィーヌやコリンヌの言葉づかいの不作法さを指摘したばかりか、離婚制度を擁護する作中人物の言説に異議を唱えた。また、スタール夫人が自殺を擁護したことにも、激しく反発している。ジャンリス夫人にとっては、自分が信条とする「道徳と宗教」をスタール夫人が「その作品の中で公然と攻撃した」と思われたのである。ジャンリス夫人は小説『女哲学者《フィロゾフ》』（一八〇四）では、スタール夫人をモデルに女主人公ジェルトリュード〔この名前自体、スタール夫人の名前ジェルメーヌを想起させる〕を作り上げ、その大げさで気取った口調を揶揄した[5]。

彼女は一方で後の『回想録』の中で、スタール夫人の『ドイツ論』（一八一〇）の優れた精神を認めている。しかし、一六歳のネッケル嬢に初めて出会った時の様子については、次のように描写している。

> 彼女はその頃からすでに非常な才能を予感させた。しかし、不安を抱かせるほど活発であった。〔…〕彼女は私に対し、異常なほどの友愛の情を示した。その情熱的な感情表現にはいつも誇張があったが、決して偽りの感情だったわけではなかった。〔…〕彼女のことを考えるとしばしば、彼女が私の娘または生徒でなかったことを心から残念に思ったものだ。私なら彼女に文学の正しい方針、公平な考えと気取りのなさを教えることができたであろう。このような教育を受けたならば、才能と寛容な魂を持つ彼女は申し分のない人間となり、私たちの時代でもっとも有名な女流作家という名声を享受しえたであろう。

このように、彼女は二〇歳年下のスタール夫人を権威主義的な教育者の視線でしか見ていなかった。一方、スタール夫人の方はジャンリス夫人に対し、反論を試みることはなかった。

ガブリエル・ド・ブログリはこの二人の女性作家を比較し、ジャンリス夫人はクリエイティヴな想像力に欠け、文学的・芸術的な創造よりはむしろ、「道徳上の目的性と教訓としての有益性」を追求したのに対し、スタール夫人は「天才的な人物で、その創造活動自体が十分な目的を持ちえた」としている(6)。

スタール夫人は従来のフランス中心の考え方を脱し、イギリス、ドイツなど「北方の文学」を評価して、魂の無限の解放を求める「熱情（アントゥジアスム）」を称揚することで、ロマン主義運動の先駆者となる。彼女は『ドイツ論』の中で「趣味（goût）」と「天分（génie）」を対立させ、次のように述べている。

　文学における趣味とは、社交界での上品さのようなもので、財産とか出自、あるいは少なくともこの両方に伴う習慣の証しだとみなされている。ところが天分は、育ちのよい人々とつきあうことのない職人の頭にも芽生える可能性がある(7)。

ジャンリス夫人は一八世紀の人間として「良い趣味（bon goût）」を何よりも優先し、混乱や無秩序を生みだしかねない想像力や情熱を否定した。一方、スタール夫人は天分に恵まれた女主人公を通して、因習に囚われた社会を告発した。歴史的観点から見れば、二人の女性作家の思想の違いは、彼女たちが生きた歴史的動乱の時期（フランス革命からナポレオン帝政を経て王政復古に至る時期）を象徴するものであった。すなわち、一九世紀初めのフランスは、「過去へのノスタルジー」と「あらゆる領域における自由、変化、革命への欲求(8)」との間で引き裂かれていた。ジャンリス夫人はアンシャン・レジームの価値観である「秩序、宗教、伝統」を体現し、他方、スタール夫人は束縛を嫌い、自由を何よりも優先する新しい価値観を体現していた。

3　ジャンリス夫人とロマン主義運動

一八一二年、ロシア遠征で敗北を喫したナポレオンが失脚する。一八一四年にはルイ一六世の弟プロヴァンス公が亡命先のイギリスから帰国し、ルイ一八世として王位に就く。一八一五年にエルバ島を脱出したナポレオンが権力の座に一時的に返り咲くが、ワーテルローの戦いでイギリス、オランダ、プロイセンの連合軍に完敗し、ナポレオンの「百日天下」は終わりを告げ、王政復古が始まる。

ブルボン家の復権と共に、ルイ・フィリップもフランスに帰国することになり、ジャンリス夫人は昔の教え子との関係を修復しようと努める。一八一四年五月にはルイ・フィリップがジャンリス夫人宅を訪れ、財政的に困窮していた夫人を助けるために、一八一五年以降、八〇〇〇フランの年金を彼女に支給し、毎年二〇〇〇フランずつ額を増やすことを約束している。

ジャンリス夫人は一八一一年以降、アルスナルの快適な住まいを追われ、住居を転々としていたが、それでもなお文学活動は精力的に続けていた。なかでも、スペインのバチュエカスの谷間に文明から離れて隠れ住む一部族のユートピア的な社会を描いた『バチュエカス族』（一八一六）はベストセラーとなった。この小説に大きな影響を受けた一人が、ジョルジュ・サンドであった。彼女は一六、七歳の頃、この小説を読み「社会主義的・民主主義的な最初の衝動」[9]を覚えたと自伝の中で語っている。一方、小説『成り上がり者たち』（一八一九）は、スタンダールに『リュシアン・ルーヴェン』（一八三四～三五）の着想をもたらした源の一つとみなされている[10]。スタンダールは、ジャンリス夫人の作品にしばしば批判的な態度を取ったものの、前述したように、妹のポーリーヌに彼女の作品を読むよう勧めるなど、一定の評価を与えていた。

このように、ジャンリス夫人はロマン主義世代に少なからず影響を与えた。しかし、彼女自身はロマン主義運動に批判的で、一八二〇年に『ラントレピッド（大胆不敵）』という文芸批評誌を創刊した折には、ラマルチーヌやユゴーをはじめ、ロマン派の詩人や作家に容赦ない批判を浴びせている。古典主義文学に傾倒する彼女にとって「明晰さ、自然らしさ、正確さ、優雅さ」が「良い文体に必要不可欠な特徴」であり、その原則に欠けるロマン主義文学は彼女にとって「わけのわからない文章」に過ぎなかった[11]。

ロマン主義運動は古典主義の規範を打ち破り、自由で奔放な想像力に身を任せること、インスピレーションによる創造の独創性を称揚した。一方、ジャンリス夫人にとって、文学の目的とは「役に立つ道徳的教訓を与え」、「趣味人と徳のある市民の賛同を得ること[12]」であった。そこに両者の間に横たわる大きな隔たりが見出せる。

4　『回想録』の出版

ジャンリス夫人は一八二五年、日記やメモをもとに一〇巻本の『回想録』を出版する。回想録はふつう、ルソーの『告白』やシャトーブリアンの『墓の彼方からの回想』のように、死後の出版を前提に執筆されるもので、生前に出版する例はそれまで皆無であった。ジャンリス夫人は『回想録』の序文で、「生前に自らの回想録を出版するという有益な例をもたらした最初の作家であること」を誇りに思うと記している。

そして文中で存命中の人物も実名を挙げ、生前の出版によって作者としての責任を引き受けることで、回想録の信憑性を保証しようとした。それは当然のことながら、オルレアン家を筆頭に周囲の者たちの激しい反発を引き起こすことになる。

現代の視点から見れば、アンシャン・レジーム下の貴族社会から革命の動乱と亡命時代を経て、第一帝政から王政復古にいたる歴史の生き証人として、様々な著名人との交流や社会風俗を活写する彼女の著作は、非常に興味深い文献となっている。だが一方で、事実に反する記述が散りばめられ、彼女にとって都合の悪い事実［特にオルレアン公との恋愛関係など］には全く言及されず、歴史的資料としては信憑性に欠ける。しかし、ディディエ・マソーが指摘しているように(13)、ジャンリス夫人は「同じ熱狂、同じ感動を分かち合った一つの世代の代弁者」であり、彼女の『回想録』は「感性の歴史家」にとっては豊富な資料の宝庫となっている。

ジャンリス夫人は、王政復古で復活したブルボン朝が市民によって再び倒された一八三〇年の七月革命にも立ち会ったが、彼女の教え子オルレアン公ルイ・フィリップが王位に就くことには反対であった。彼女は次のように述べている。

彼［ルイ・フィリップ］は玉座を持ちこたえるには弱すぎます。［…］家庭の良い父親になる美徳をすべて持っていますが、［一国の］長に必要な性質は何も備わっていません。野心は皆無であり、断固とした性格の持ち主ではありません(14)。

国王となったルイ・フィリップ

しかし「フランス国王」ではなく、「フランス市民の王」を標榜するルイ・フィリップは、「家庭」を基盤とするブルジョワ体制が確立した七月王政において、最も適した統治者であった。そもそも、フランス革命中に若きルイ・フィリップを自由主義思想へ傾倒させたのは、ジャンリス夫人のジャコバン教育である。彼に質素な生活を課し、「良い市民」になるための教育をしたのも彼女である。

ルイ・フィリップ自ら、回想録の中で次のように述べている。

ジャンリス夫人は私たちを誠実で徳の高い共和主義者にした。にもかかわらず、彼女は虚栄心によって、私たちが引き続き君主であるよう望んだ。このいずれをも両立させることは困難であった。[15]

彼女の薫陶を受けて育ったルイ・フィリップが「市民の王」となったことに、彼女自身が不満を抱いていた。ルイ・フィリップはそこに夫人の「虚栄心」とジレンマを見たようだ。

一八三〇年一二月三一日、ジャンリス夫人は八四歳で死去し、国王ルイ・フィリップによって盛大な葬儀が執り行われた。彼女は教え子の治世を見届けることなく、この世を去ったことになる。

次章では、教育に一生をかけたジャンリス夫人の代表作『アデルとテオドール』を取り上げ、そこに現れる彼女の教育論がどのようなものであるか、詳しく見ていくことにしよう。

第四章　ジャンリス夫人の女子教育論――『アデルとテオドール』

1　教育と教育者の絶大な力

『アデルとテオドール、または教育に関する書簡』は、ルソーの『新エロイーズ』（一七六一）に倣った書簡体小説の形式をとり、ダルマヌ男爵夫妻とその親しい友人との間で交わされる六九通の手紙で構成されている。全三巻のうち第一巻では、男爵夫妻がパリの社交界を離れて南仏ラングドックの田舎の屋敷に二人の子ども（六歳の少女アデルと七歳の少年テオドール）を連れて引きこもり、そこで実施した理想の教育が語られる。第二巻では四年間のラングドックでの生活の後、実地教育として、夫妻が子どもたちとブルターニュ地方の慈善施設を訪問した時のことや、イタリア各地を旅行して子どもたちに様々な試練や経験を味わわせる様子が描かれる。第三巻では知的・精神的成長を遂げた子どもたちがパリに戻り、幸せな結婚をする結末となっている。

しかしこの小説の主眼は、子どもたちの成長物語ではなく、むしろ手紙の中で展開される詳細な教育方法や教育論の方にある。この本の副題――「王族および男女の子どもに関する三つの異なる教育プランを含む」――が示す通りである。

では、なぜジャンリス夫人は小説の形式を取ったのだろうか？　それは彼女自身が『回想録』の中で明言しているように、道徳論や教育論はとかく無味乾燥になりがちで、同じ考えでも小説仕立てにすることで「筋立ての中に活かされると、その思想は必ずはるかに良い形で展開される。その結果、より役立つものとなる」と考えたからだ。彼女は著作の一つで、小説の価値について、次のように説明している。

美徳を揺るぎなきものとする感情を発達させないような書物や、有益な考えを提供しないような書物はすべてくだらない作品に過ぎず、その魅力や文体がどのようなものであれ、再読する価値はない。(1)

要するに、彼女にとって小説は読者の美徳を養う装置に過ぎない。『アデルとテオドール』にもその目的に沿って様々なエピソードが盛り込まれ、読者の関心を引き付ける工夫が凝らされている。その一つを例に挙げると、暗黒小説《ロマン・ノワール》風に味付けされたエピソードとして、嫉妬深い夫によって地下の洞窟に九年間閉じ込められたC公爵夫人の話がある。暗黒小説の傑作、マシュー・グレゴリー・ルイスの『マンク』（一七九六）にも、修道院の地下牢に閉じ込められた女性が登場するが、ジャンリス夫人の場合、『マンク』のような暗い情動の世界ではなく、強い信仰の力によって情熱を克服した女性の姿に焦点を当てている。作中でC公爵夫人の手記を読んだダルマヌ夫人は、次のような教訓を引き出している。

私たちが気づいたことは、〔…〕宗教がなければ、地下牢は彼女の墓になっただろう、またはたとえそこから出られても呆けてしまったか、気が狂ってしまっただろう、ということでした。こうしてアデルとテオドールは今や宗教について正しい考えを持つことができたのです。

　このように、この書簡体小説は教育論の色合いが濃く、ダルマヌ男爵夫妻（特にダルマヌ夫人）が作者の代弁者となって、アデルとテオドールと同様に読者を教育しようとするものだった。それがジャンリス夫人の考える作家の社会的使命だったのである。

　彼女はこの小説の中で、一七世紀の作家フェヌロンや、イギリスの哲学者・啓蒙思想家ロックなどの名を挙げ、彼らの著作を引用することで、自らの教育論を権威づけようとしている。とりわけルソーの『エミール』に負うところが大きく、ルソーへの言及が最も顕著である。しかし、教育に関する考え方において、ルソーとジャンリス夫人との間には根本的な違いが見出せる。ルソーは性善説を唱え、社会や文明が人間を腐敗・堕落させると批判し、「自然への回帰」を呼びかけた。彼にとって教育者の役割は、腐敗した文明社会から子どもを隔離し、子ども本来の性質が自由に伸びるための条件を整えること、子どもの性質を矯正せず成長を見守ることにあった。すなわち、「『何もしないこと』が絶対的な教育学的必然[2]」であり、それが彼の説く「消極的教育（éducation négative）」の本質であった。それに対し、ジャンリス夫人は、人間本来の美徳を引き出すには言わば「積極的教育」が必要不可欠だと考えていた。

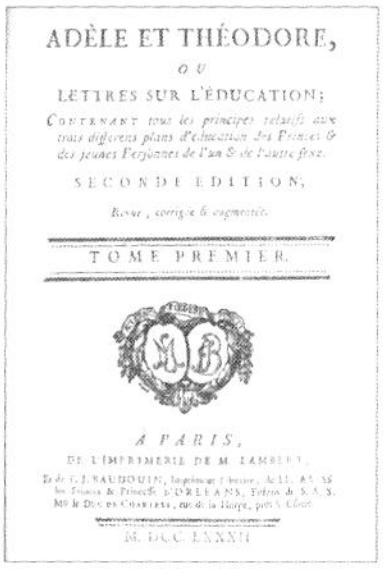
ADÈLE ET THÉODORE,
OU
LETTRES SUR L'ÉDUCATION;
SECONDE EDITION,
TOME PREMIER.
A PARIS,

『アデルとテオドール』表紙

『アデルとテオドール』のエピグラフとして掲げられたジョゼフ・アディソン［一七世紀イギリスの詩人・作家。多くの箴言で知られる］の引用が、それを如実に物語っている。

私は教育を受けていない人間の魂を、石切り場の大理石とみなしている。大理石は、石工の才能によって色が引き出され、表面が磨かれ、その中心に閉じ込められた縞、斑点、色のついた曇りが露わになるまでは、その生来の美しさを一つも表に出してはいない。教育も、このような形で幸福な本性に働きかける時、美徳の芽を伸ばし、美点を完璧なものとする。教育がなければ、こうした美点は決して知られることはなかったであろう。

さらに、ジャンリス夫人は作中で、ダルマヌ男爵の口を借りて次のようにルソーを批判している。

ルソーは、人間は本質的に善良に生まれ、本能に完全に任せれば必ず善良になるだろう、などと非常に雄弁に語っています。私はその考えは間違っていると思います。人間は本能に従えば、必ず復讐心が強くなり、その結果、魂の偉大さも寛容な心も持てなくなるでしょう。

このようにジャンリス夫人は、キリスト教の原理に基づく教育のみが人間本来の欠点や悪徳を正し、美徳へ導くことができると考えていた。

作中では、娘のアデルも完璧な性質に生まれついたわけではなく、軽率で激しい気性という大きな欠点を持っていた。アデルは親には従順だが、家庭教師などには短気で聞き分けが悪かった。しかし、子どもを叱って強制的に服従させるのではなく、「時間、理性、習慣がその性格を完全に変えてしまうまで、いつも子どもから眼を離さないこと」が、夫人の教育法であった。そのために子どもに宗教的感情を植え付け、「人生のいついかなる時も神様が自分の行いを見ている」と考えることで、子どもが自ら行いを律していくよう仕向けている。その上、ダルマヌ夫人は娘の顔の表情を素早く読み取り、彼女の嘘や隠し事を見抜くことで、いかなる行為も「母親の絶対的な全知の眼差し」[3]から逃れられないことを悟らせようとしている。言わば、教育者が神の役割を果たしているわけだ。

すべてを知り、すべてを洞察する教育者の神のような視線は、小説全体のライトモチーフとして、至る所に現れる。それは、教育者ジャンリス夫人の「飽くなき権力のパノプティックな［一目ですべてが見渡せる］夢」[4]の現れと言えよう。

物語の最後で、一八歳になったアデルは「もうすでに女性特有のすべての欠点を矯正し」、理想的な女性に変貌している。そこには教育の力に対するジャンリス夫人の全面的な信頼が見出せ、絶大な力を揮う教育者像が浮かび上がってくる。それは物語を締めくくるダルマヌ夫人の次のような言葉にも現れている。

私の教育法は良いものであり、私の教育システムは決して架空のものではありません。この作品［＝『アデルとテオドール』］は断じて、単なる小説ではないのです。

2　女子教育と貴族教育についての見方

『アデルとテオドール』では、副題にもあるように、王室の男子教育と男女それぞれの教育プログラムが取り上げられている。しかし、王族教育に関しては、王太子の養育掛ローズヴィル伯爵の手紙が断続的に挿入され、その教育方針が簡潔に語られるだけで、エピソード的な扱いでしかない。テオドールとアデルの教育は母親のダルマヌ夫人がほぼ一手に引き受け、その教育プログラムには男女による差異はほとんどない。異なる点はテオドールのみに課せられるラテン語の学習と軍人教育（軍人として必要なドイツ語と、要塞を築くための幾何学の勉強）だけである。

ルソーは女性を男性に従属した弱者とみなし、「女性はとくに男性に好かれるために作られている」[5]として、女子については男子とは違う教育法を提示した。水田珠枝はこうしたルソーの女性論を次のように要約している。

　彼〔＝ルソー〕の女性論をつらぬく基軸は、男性と区別された女性の性的特質を、肉体的特質、心理的特質、社会的地位と融合させて、女性の劣等は不平等な社会がつくりだしたものではなく、「自然的なもの」であり、その「自然」にふさわしく女性は教育されるべきだということなのである。[6]

保守的な価値観の持ち主であるジャンリス夫人は、サンドをはじめとする後のフェミニストとは違い、こうした女性論に正面から異議を申し立てることはない。しかし、知性における女性の劣等性はきっぱり否定している。例えば、一八一一年に出版した『フランス文学に対する女性の影響について』の中で、彼女は女性の「自然的な」特質＝劣等性という観念への反論を試みている。それによれば、女性がこれまで偉大な悲劇や叙事詩を生み出してこなかったことが、女性の劣等性の証しだとみなされてきたが、それは女性が正規の教育を受けられなかったことに起因する。そして「何千人もの尼僧や家庭の母親が違った教育を受けていれば、〔…〕素晴らしい悲劇を作り出したことであろう」と述べている。こうした考え方が、ベルシャスでの教育や『アデルとテオドール』に反映され、男女同等教育を推進する原動力になった。

さらに、この小説のタイトルが『アデルとテオドール』と、女子のアデルの名前が先であることからもわかるように、この小説ではアデルの教育が主体であり、テオドールの教育は付随的なものでしかない。この小説の焦点は女子教育にあるのである。

ただ、小説に現れるジャンリス夫人の教育法そのものは全く新しいものではない。ロックやフェヌロン、ルソーの他にも、サロンを主宰し、自身作家でもあったランベール侯爵夫人や批評家・劇作家のラ・アルプなどが提唱した古典的な教育原理が借用されている[7]。ガブリエル・ド・ブログリによれば、彼女の独創性は、「専門家たちが伝統的に抱いてきた関心と、〔…〕彼女が自己流に解釈し直したフィロゾフたちの進歩主義的思想〔…〕、さらに最も近代的な技法とを統合したこと[8]」にある。

ジャンリス夫人はまず、社交生活に明け暮れ、子どもの教育を家庭教師に任せたままなおざりにしてきた貴族階級を批判する。小説の中では、「良い母親」（ダルマヌ夫人）と「悪い母親」（リムール子爵夫人）という二項対立の図式のもと、勧善懲悪的な教訓によってそれが示される。すなわち、社交界で快楽のみを追求してきたリムール夫人が娘の教育を怠った結果、娘はその軽薄さや浪費癖を正されることなく成長し、悲惨な人生を送る羽目に陥るのである。ダルマヌ夫妻がラングドックの田舎に引きこもったのも、ルソーに倣って、誘惑と虚飾に満ちた社交界から子どもたちを遠ざけるためであった。このようにこの小説は、従来の貴族教育を否定するところから始まっている。

3　管理的な読書プログラム

ジャンリス夫人の教育論で最も特徴的なのは、子どもの年齢に応じた教育を段階的に実施したことだ。彼女はとりわけ読書に重きを置いたが、たとえ優れた書物であれ、その内容がまだ理解できない年頃に無理やり読ませることには異議を唱えている。

作中でダルマヌ夫人は、①子どもが理解できることしか教えない、②子どもが遊びながら学べる機会を逃さない、という二つの教育方針を立てている。そこで、アデルには六歳になるまでは本格的な書物を読ませることはしない。そのかわり、部屋や廊下の壁に歴史や聖史、神話を主題とするタピスリーや世界地図を貼ったり、四〇〇～五〇〇の歴史の主題を選び出してガラス板に描いたものを幻燈で映して、娯楽として子どもたちに見せることで、歴史や地理を自然に覚え込ませた。これは、ジャンリス夫人が実際にベルシャスで行った教育でもあった。

アデルが六歳になると、ダルマヌ夫人自らが作った教訓話（ジャンリス夫人の『城の夜のつどい』）を読ませ、七歳になると聖書やデピネ夫人の『エミリーとの会話』などを読ませる。一〇歳で『ロビンソン・クルーソー』やダルマヌ夫人が書いた教育劇（ジャンリス夫人の『少女のための戯曲』）を読んで芝居を演じさせ、そのレジュメを書かせる。以下、一三歳でラファイエット夫人の『クレーヴの奥方』、一六歳でウェルギリウスの『アエネイス』やセヴィニエ夫人の書簡、ラ・フォンテーヌの『寓話』、英語でリチャードソンの『クラリッサ』、イタリア語でタッソの『解放されたエルサレム』、一七歳でヴォルテールの歴史物やラシーヌ、コルネイユの古典劇……というように、年齢別に厳選した綿密な読書計画が紹介されている。

『アデルとテオドール』の巻末には補遺として、ダルマヌ夫人が六歳から二二歳までアデルに読ませた本の詳細なリストが掲載されており、読書案内としても利用できるようになっている。選ばれた書物の範囲は古典から同時代まで幅広く、フランス語の文献だけでなく英語、イタリア語の作品も含み、文学や歴史、哲学以外にも博物学、鉱物学など最新の科学的文献も含まれている。まさに、この時代に特徴的な「百科全書的な野心[9]」が看取できる。

そしてこのリストには、恋愛小説や、ジャンリス夫人が忌み嫌うヴォルテールなどフィロゾフ派の著作も含まれていた。夫人は小説を、男性よりも感受性が強いとされる女性の想像力を過度に掻き立て、心を惑わすものとして強く批判していた。ジャンリス夫人にとって、「情熱」は危険で束の間のものに過ぎず、それよりも優先されるべきは穏やかで理性的な愛情であった。小説は、彼女が理想とする「慎ましく、分別のある貞節な女性」が免れるべき「逆上した情熱」を掻き立てる点で、有害なものだったのである。しかし、単に読むのを禁じてしまうと、かえって娘の好奇心を煽ることになりかねない。そこで、母親の監視のもとで厳選された小説を読ませる方法を採った。ダルマヌ夫人は次のように言っている。

『城の夜のつどい』（ガルニエ・フレール版挿絵，スタール画，1859）

あの子［＝18歳時のアデル］はこれらの小説［『クレーヴの奥方』、アベ・プレヴォーの『クリーヴランド』など］を、すでに一三歳の時に、私と一緒に読んでいます。だから今なら、危険なしに再読できるでしょう。最初の印象がすでにできていますから。あの子が今後似たような本に出会っても、その中に見出すのは高ぶった想像力の錯乱だけでしょう。

フィロゾフ派の書物に関しても同様で、ジャンリス夫人はその中で自分が誤った考えだとみなしている個所をアデルに指摘させる形で、批判的に扱っている。このように、ダルマヌ夫人＝ジャンリス夫人の読書プログラムは、徹底した管理と監視のもとに子どもの読書体験をコントロールするものであった。

4　ジャンリス夫人の教育論の近代性

ダルマヌ夫人＝ジャンリス夫人の教育法の新しさ（近代性）は、知的学習だけではなく、身体的な鍛錬や衛生・栄養状態、精神的な鍛錬［闇の恐怖に慣れさせる訓練など］を含めた総合的な教育を目指した点にある。作中でダルマヌ夫人は次のように述べている。

アデルが生まれた時から三歳まで、私があの子に課してきた生活の規則は次のようなものです。冬は少し温めた水、夏は水で頭から足まで洗い、スポンジで体を擦る。カーテンの付けられていない、やや硬めのベッドで、麻布のベガン帽［顎紐つきの子ども用帽子］と小さなキャミゾール［下着］だけで寝かせる。冬は毛布一枚だけ、夏はシーツだけ。部屋の窓は、湿気の高い時期を除いて昼間はほとんどいつも開けたままにする。暖炉の火は、昼間は適温に保ち、夜は完全に消してしまう。絶え間なく大気に触れさせる。無理に歩かせたりせず、体を難なく支えられるほど足がしっかりするまで待つこと。〔…〕離乳の頃からは、飲み物は水だけにして、クリームや粥は決して食べさせない。時折、冷たい牛乳と卵、野菜、脂っこいスープ、果物など。ジャムやボンボンやお菓子は決して与えない。四歳まではは鯨ひげの入ったコルセットは絶対につけさせない。

すでに見たように、こうした質素で厳しい生活は、ジャンリス夫人が実際にルイ・フィリップたちに課したものであった。

さらにダルマヌ夫人は、外国語の習得に際して、外国人の家庭教師や召使を雇い、彼らとの会話を通じて生きた外国語を学ばせている。これも、実践教育を重視したジャンリス夫人ならではの記述である。道徳教育に関しても、ダルマヌ夫人は善悪の正しい観念を教えるには、理屈ではなく経験によって教え込むことが重要だと繰り返し主張している。例えば、子どもが嘘をついた時は、叱るだけではなく、その後しばらくの間、子どもの言うことすべてを疑う振りをして、「この悪徳〔＝嘘〕のもたらす不都合さ」を子どもに体感させることを勧めている。

ジャンリス夫人は宗教を重んじたが、彼女の意味する宗教は霊的、または神秘的な次元ではなく、社会的次元におけるものだった。すなわち、真の信仰心とは、俗世間を離れての信仰生活ではなく、社会に出て貧民救済や病院の建設といった慈善活動に尽力することでこそ証明されると考えていた。彼女にとって、宗教は人間の情念を抑える力の源であると同時に、無償の献身的行為を支える精神的基盤であった。『アデルとテオドール』では、男爵夫妻の友人ラガレイ氏が作り上げたユートピア的な共同体[10]や、アデルが主宰する貧しい少女のための学校の創設[11]が、その象徴となっている。要するに、ジャンリス夫人が目指したのは「信仰の世俗化[12]」であった。しかしながら、それはあくまでも富裕階級の慈善活動、個人の博愛主義に留まるもので、一九世紀のフーリエなどが提唱した社会主義的な共同体を目指す思想ではなかった。物語の中でも、ラガレイ氏が亡くなるとユートピア的な共同体も消滅する運命にあった。

ところで、一八世紀当時、上流階級の娘は通常修道院で教育を受けることになっていた。その教育内容は貧弱で、ゴンクール兄弟によれば、「家庭で始めた勉強の続き、先生たちの来訪、ダンスや歌や音楽のレッスン[13]」しかなく、他の時間は刺繡や編み物、または社交界の噂話に終始していた。「何も学ばせない」修道院教育は、すでに激しい弾劾の的となっていた。ジャンリス夫人も『アデルとテオドール』の中で、修道院で育てられた娘は「悪い教育が与えるあらゆる愚かさ、すなわち愚行、残酷さ、不作法、下品さ」を身につけてしまうと批判している。

また、この小説に挿入されるセシルという若い娘をめぐる悲劇的な逸話は、一八世紀の多くの小説で扱われた「強制された誓願」が主題となっている。これは、父親が息子に全財産を相続させるために、娘には財産を与えなくてすむよう、本人の意志に反して修道女となるための誓願を強いるという習慣であった。セシルは恋人がいるにもかかわらず、横暴な父親によって誓願をさせられ、修道院生活を余儀なくされる。それを知ったダルマヌ夫人たちがセシルを救おうとするが、彼女は絶望のあまり衰弱死してしまう。

修道院教育のもう一つの弊害として、健康管理や運動、野外活動への配慮の欠如が挙げられる。当時、

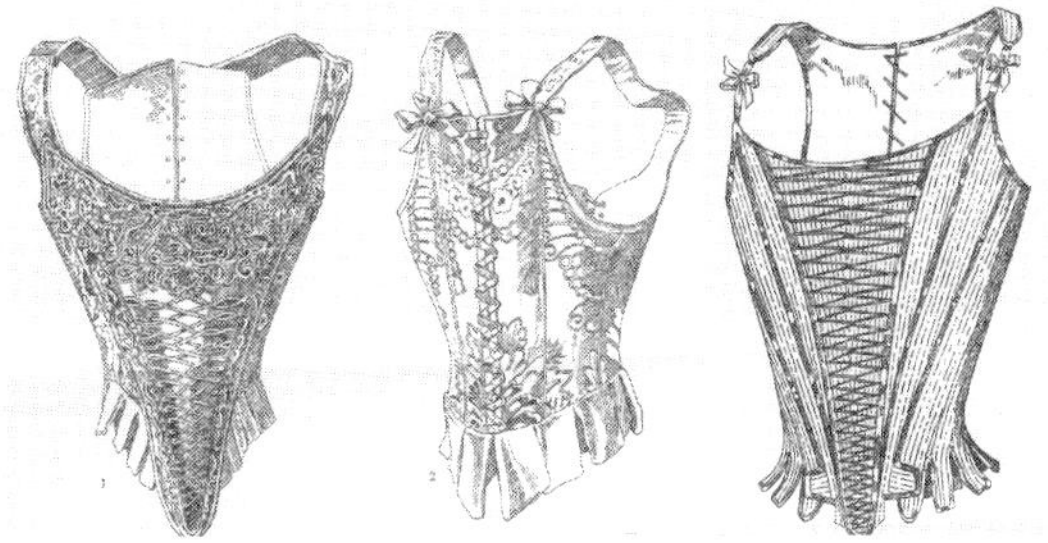

コルセット　（左から）18世紀当時の3歳児用コルセット，大人用コルセットの前面と背面（F.リブロン&H.クルゾ／円谷智子抄訳／佐々井啓解説『美術と風俗の中に見るコルセット——13世紀から20世紀まで』アティーナ・プレス，2007より）

修道院では入浴はほぼ禁止され、娘たちは不潔な状態で放置されていた。その上、理想的な体形を保つために、寝る時ですら「胴衣《コール》」と呼ばれる鯨ひげでできたコルセットを身につけねばならなかった[14]。それは娘たちの健康を害し、虚弱な体質を作り上げることになった。ジャンリス夫人は必ずしもコルセット反対論者ではなかったが、幼い子どもには強要すべきではないとし、それよりもむしろ衛生状態や栄養に配慮し、水泳など体育の実践を重視すべきだとした。

　またジャンリス夫人は一七九〇年に出版した『修道院の廃止と女性の公教育に関する弁論』の中で、女子教育は宗教者に代わって民間の有能な教師が担うべきだと主張している。弊害の多い修道院教育を廃し、公的教育によって各人の知的、芸術的素質を開花させようとしたのだ。この点では、ジャンリス夫人は進歩的な考えの持ち主で、「フェミニズムの先駆け[15]」ともみなされている。さらに、それまで男性の領域であった家政学、経済学、法律学を女性も学ぶことを推奨している。

『アデルとテオドール』では、教育の対象として想定されていたのは貴族や裕福なブルジョワの女性だった。しかし革命後は、ジャンリス夫人の関心は、農民をはじめとする庶民の女性にも広がっていく。一八〇一年に出版した『女子教育のための農村学校の計画』では、農民の女性は料理や裁縫など家事労働の他に、獣医学、植物学も学ぶべきだと主張している。これは、当時としては非常に画期的な考え方であった。しかしながら、ジャンリス夫人の庶民教育は民衆の社会的な地位の向上を目指したものではなく、あくまでも「民衆に割り当てられた役割において有能になるよう教え込む[16]」ことを目的としていた。M＝E・プラニョルはジャンリス夫人の教育観を次のように要約している。

教育とは、あらゆる年齢、あらゆる社会グループの子どもたちに、彼らの階級的地位を問わず、それぞれの社会に入るための準備を整えさせることを目指すものである[17]。

言い換えれば、彼女は教育によって平等社会を作り出そうとしたわけではなかった。あくまでも階級の枠内で役に立つ知識を獲得させ、それぞれの属する階級に合った社会的役割を担えるようにすることを目指したに過ぎない。ジャンリス夫人は、階級意識を持ち続けたという点では、まさしく一八世紀の人間であった。こうした保守性はアデルに施された教育の中にも見出せる。それを次に見ていこう。

5　良妻賢母教育とブルジョワ道徳

ダルマヌ夫人は、息子のテオドールとほぼ同じ教育、しかも百科全書的と言えるほど様々な分野にまたがる教育をアデルに施した。しかし、ジャンリス夫人はそれを通して男女の平等を主張しているわけではない。それは、ダルマヌ夫人がアデルの夫となるヴァルモンの母親に宛てた手紙の文面に明らかである。

奥様、どうか、私の計画がアデルを学者にするためのものだなどとお考えにならないで下さい。〔…〕私は娘に、あらゆる事柄について非常に浅い知識だけを与えているつもりです。その知識は時には彼女の楽しみに役立ちましょうし、父親や兄、または夫にそうした学問の趣味があれば、彼らの話を退屈せずに聞くことができ、無知によって必然的にもたらされる埒もない様々な偏見から免れることもできるでしょう。

同様の考え方は、ダルマヌ夫人がリムール子爵夫人に宛てた手紙の中にも述べられている。

学問への〔行き過ぎた〕好みは女性を目立たせ、〔…〕質実な家庭の義務から引き離してしまいます。〔一方で〕女性は家族を導き、子どもを育て、忠告と服従を代わる代わる要求する主人に従属するように作られているのですから、秩序と忍耐、慎重さと正しく健全な精神を持たねばなりません。どんな種類の会話にも気持ち良く加われるよう、あらゆるジャンルの知識に通じている必要があるのです。

ジャンリス夫人は、家庭の枠の中で女性の才能を伸ばすことを良しとし、社会の慣習や両親、夫への絶対服従を尊ぶ道徳教育、とりわけ「慎み深さ」と「羞恥心」を培うことに重きを置いている。後の小説『女流作家』（一八〇二）にはドロテとナタリーという姉妹が登場する。姉の忠告を聞かずに作家となって世間の注目を浴びた妹ナタリーは恋人にも去られ、不幸な人生を歩む。一方「慎み深さ」と「羞恥心」を尊び、家庭に留まったドロテは幸福な人生を送るという結末となっている。ナタリーの悲劇的な運命は、彼女が女性に定められた私的空間を出て社会的栄光を求めたことへの一種の罰として描かれている。『アデルとテオドール』では、ダルマヌ夫人はアデルに「良い妻」だけでなく「良い母」ともなるための実践教育を行う。イタリアから連れてきた六歳の孤児の女の子を養子にして、アデルに面倒を見させたのだ。そして、一〇代の娘に六歳の女の子を育てさせる理由を次のように説明している。

エルミーヌ［養子にした女の子］は小さいママにすでになつき、彼女の言う事にきちんと従っています。アデルの方は、エルミーヌに良いお手本を示すことしか考えていません。彼女に本を読ませ、私の作ったお話をイタリア語に翻訳して学ばせています［…］。このように、いつか生まれる自分の初めての娘をアデルがうまく育てるための非常に簡単な方法を私は見つけたのです。彼女は私の監視のもとで、この重要な実習をすることになります。

言うまでもなく、ダルマヌ夫人のこの実践教育は、イギリス人の女の子を引き取り、エルミーヌと名付けて、当時一五歳の次女ピュルケリに預けたジャンリス夫人自身の実体験を反映している。それは、娘に外国語を学ばせる実践教育であると同時に、将来「良い母」となるための実習教育であった。一言で言えば、ジャンリス夫人の女子教育は、「良妻賢母」の役割をうまく果たさせるためのものであった。

クリストフ・マルタンは、ルソーの『エミール』とジャンリス夫人の小説を比較して、両者の社会的・政治的なコンセプトの違いを次のように指摘している。

『アデルとテオドール』で提示されているような教育モデルは、現実の変革を目指すどころか、社会への適応に向けた膨大な努力となってしまっている。確かにエミールも、世界《モンド》に組み込まれるべく教育されたが、それは明らかに、現存の社会的規範に順応するためのものではなかった。『エミール』は」逆に、社会の腐敗を再生産する仕組みから免れた最初の人物を生み出し、理想的には、彼を起点として一つの社会を再創造することを目指していた。ジャンリス夫人の小説に見られる辛抱強い作業は、自然をその束縛から解放することを目的としているのではなく、逆に子どもを「社交界《モンド》」に適応させる作業である(18)。

ジャンリス夫人は、贅沢や壮麗さを見せびらかす貴族的な価値観は否定したが、ルソーと違い、その教育論は現実の社会体制を覆し、新しい秩序を作り出そうとするものではなかった。質素を旨とし、「羞恥心」と「慎み深さ」を女性の美徳と考えていた点で、むしろ革命後に台頭してくるブルジョワ階級の価値観を先取りしていたと言える。さらに『アデルとテオドール』では、家族の密接な関係の中で実施される教育に、最も重きが置かれている。ダルマヌ夫人とアデルの親密な母娘関係だけではなく、テオドールは一七歳まで父親の部屋で一緒に寝て、眠る前に父親と長い会話を交わしていた。二人の子どもが結婚した後も、ダルマヌ夫妻は自らの屋敷に彼らのための快適な居室を用意し、親子の密接な関係を続けようとしている。その上、次のようなダルマヌ夫人のセリフがある。

夫を操る妻や、父親を支配する息子は、彼らが行使する影響力を注意深く隠さなければ、軽蔑の的となるでしょう。言うまでもなく、あらゆる越権行為はおぞましいものですから。

こうした考え方は、家父長的なブルジョワ社会の価値観を代弁するものである。ダルマヌ一家はまさに、ブルジョワ階級にとって模範的な家族モデルであった。したがって、良妻賢母教育を説くジャンリス夫人の著作が、ブルジョワ階級の覇権が確立する王政復古期から七月王政期に最もよく読まれたのも不思議ではない。彼女はまた教育論の他にも、貴族階級の古いしきたりや言葉使いを詳説したエチケット辞典を一八一八年に出版し、ブルジョワ階級の興味を掻き立てた。彼女の著作は言わば、新興ブルジョワジーが模範とする行動指針や教育の指南書として最適であった。

クリストフ・マルタンは『アデルとテオドール』について、「この教育学的企てを成功させるために、小説の中で繰り広げられる壮大な教育装置」と、最後は政略結婚に収斂する「その目的の完全な陳腐さ」(19)との驚くべきギャップを指摘している。ジャンリス夫人にとって一番の関心事は、教育の目的よりもむしろ、その手段としての「壮大な教育装置」(プログラム)を駆使することにあったのかもしれない。その顕著な現れとして、イタリアで出会った孤児(エルミーヌ)の境遇に同情したアデルが母親に懇願して養子縁組が実現する場面を挙げることができる。この場面は一見、旅先での偶然の出来事のように見える。しかしエルミーヌは実は、ダルマヌ夫人が予め容姿や性格、出自などを慎重に調査して、一〇〇人もの貧しい孤児の中から厳選した少女であった。

つまり、物語の中でアデルとテオドールが遭遇する事件や試練はすべて、このように両親が周到に準備したシナリオに基づいていたのである。この小説は言わば、ジャンリス夫人の教育実験の場であり、彼女の「統制主義的な幻想」[20]が生み出したユートピアの世界を表していた。

子どもの生活すべてをプログラム化するジャンリス夫人の教育法は、完璧に見える半面、子どもたちから想像力を働かせる時間を奪い、自ら考える力を失わせてしまう危険性をはらむ。現代ならば「子どもの人権」の侵害にあたるかもしれないほどの統制ぶりも目につく。しかしながら、『アデルとテオドール』の再版時に付け加えた序文の冒頭で、彼女は次のように堂々と告げている。「この作品は一五年にわたる考察と観察の成果であり、その間一貫して続けられた子どもたちの性癖や欠点、策略の研究に基づいている」。言わば、事実に裏付けられた虚構、現実と虚構の錯綜とその不可分性がジャンリス夫人の創作の特徴である。そこには、彼女が批判したルソーのように理論のみに終始する男性の教育論とは一線を画し、実際に独自の手法で子育てを経験した女性教育者の自負が見出せる。

6　没後の評価

一八三〇年、八四歳で亡くなったジャンリス夫人は、およそ一四〇巻の著作と膨大な書簡、デッサンやグアッシュ［顔料をアラビアゴムで溶いた不透明な水彩絵の具］で描いた植物図鑑など、様々なジャンルの作品を残した。彼女の名は存命中はヨーロッパ中に知れ渡っていたが、一九世紀後半からは次第に忘れられていく。その理由としてまず挙げられるのは、フランス革命期に起こった脱宗教現象が、時代を経るにつれ、文学の世界にも浸透していったことである。さらに一九世紀の文壇に大きな影響力を有していた詩人・批評家のテオフィル・ゴーチエが、芸術の功利性を排し、芸術至上主義を唱えたことで、道徳的な有用性をモットーとするジャンリス夫人の文学は完全に否定されてしまった。

一九世紀後半の文学界では、彼女は子ども向けの本の作者として、またはアンシャン・レジーム下の貴族社会とフランス革命を体験した歴史の証人として名を留めているに過ぎなかった。ギュスターヴ・ランソンをはじめとする一九世紀以降の文学史家や批評家も、スタール夫人やサンドには言及しても、ジャンリス夫人にはほとんど触れていない[21]。

フェミニズムの観点から見ても、結婚制度に異議申し立てを行ったサンドと違い、ジャンリス夫人は男性優位の社会の中で定められた女性の運命を否定することはなかった。同時代のデピネ夫人と同様に、その著作は「礼節のしきたりに則り、男の文学者と競おうという野望は持たず、社会的に許された言説の一環をなす[22]」ものであった。

しかし、それは単にジャンリス夫人の保守性だけによるものではなく、時代の制約も大きく影響したであろう。例えば、彼女の著作『女流作家』が出版されたのは、スタール夫人の『デルフィーヌ』出版と同じ一八〇二年であり、スタール夫人は翌年、その作品に激怒したナポレオンにパリから追放されている。長い亡命生活を終えてやっとパリに戻って来たジャンリス夫人にとって、ナポレオンの機嫌を損ねることはしがたかったはずだ。

『女流作家』は確かに、バルザックをはじめとする一九世紀の作家たちが「ジャンリス夫人風の文学」と揶揄してきた、保守的なブルジョワ道徳を体現する小説である。主人公ナタリーは作家として公的空間に飛び出したがゆえに、家庭の幸福を逃し、不幸になった。しかし、例えばスタール夫人の『コリンヌ』の女主人公とは違い、ナタリーは恋人が去った後に悲嘆のあまり死ぬこともなければ、文学活動を諦めもしなかった。加えてナタリーのもとを去った恋人は軽率で度量の狭い男でしかなかった。その意味では『女流作家』は、教訓的な恋愛小説の図式にはあてはまらない。マルチーヌ・リードはこの小説を次のように解説している。

見かけは月並みな道徳を説いているようで、実のところジャンリスは恋愛小説のモデルを巧みに解体している。本を出版する女性を諫める論理をたゆまず展開しているとはいえ、彼女は自分の作品が印刷され、もてはやされ、話題に上るのを見て味わう本物の満足感を隠してはいない。(23)

実際、作中でナタリーが初めて本を出版することになったいきさつ(24)や、大革命で苦労した経験などは、ジャンリス夫人の実体験に基づいている。作者自身の姿が投影されているのは、良妻賢母の典型である姉のドロテではなく、ナタリーの方だ。また、この小説では女性が作家になることに批判的だったように見えるジャンリス夫人だが、ナポレオン帝政が崩壊する直前の一八一一年に出版された『フランス文学に対する女性の影響について』の序文では、次のように述べている。

女性が書くこと、作家になることはなぜ禁じられているのだろうか。こうした野心を非難するあらゆる理屈を私はよく知っている。私自身もかつて、正義感に基づいてその理屈を述べ立てたが、その正義感はしばしば公平さを欠くものであった。生涯の終わりに近づいた今、私はこの点に関してもっと自由に話すことができる。

これに続いて、様々な制約から解放された彼女が「自由に」話したのが、セヴィニエ夫人の書簡文学やラファイエット夫人の『クレーヴの奥方』の方が、マリヴォーやアベ・プレヴォーなど著名な男性作家の作品よりもはるかに優れているということであった。それは、女性の知的優位を宣言するに等しかった。これまで、ジャンリス夫人のこうした革新的な側面が見逃されてきたように思える。

ジャンリス夫人は貴族の女性の趣味としての文学活動から、筆一本で生計を立てる職業作家への道に進んだ。確かに彼女が職業作家に転じたのは、彼女の意志によるのではなく、フランス革命という時代の大きな変動によって余儀なくされたことであった。しかし、パリに戻ってからも八四歳で亡くなるまで、彼女は執筆の手を休めることはなかった。しかも、サンドに影響を与えたことから見ても、七月革命後に登場する自立した女性作家たちの先駆者として、ジャンリス夫人が果たした役割は大きい。

いまや本国フランスでさえ、入手しうるジャンリス夫人の作品は数少ない。しかし、二〇〇六年には『アデルとテオドール』が復刊され、二〇〇七年には『女流作家』の復刊とともに彼女をテーマとしたシンポジウムが開催されるなど、近年再評価が始まっている。今後は、ジャンリス夫人の作品を、一九世紀の男性作家・批評家たちの偏見に満ちた眼を通してではなく、新しい視野に立って読み直し、彼女の「本音」と「建前」、その革新性と保守性をともに分析しつつ、作品の行間に彼女の「本音」を読み取る必要があろう。

ジャンリス夫人は、「言論の自由」を求めて民衆が蜂起した七月革命の年に亡くなった。この革命を経て自由な雰囲気の中で登場したのが、まさにジョルジュ・サンドであった。第三部では、サンドと同世代で、同じく七月革命以降に登場した女性作家デルフィーヌ・ド・ジラルダンに焦点を当てていきたい。

第三部　「ロマン派のミューズ」からジャーナリストへ――デルフィーヌ・ド・ジラルダン

デルフィーヌの肖像（スタール画，1869）

「我々が細心の注意を払い，野望を持って書いたすべての作品のうち，最も軽視されているものこそ，まさしく我々よりも生き延びる機会を多少とも多く有する唯一の作品なのである。しかしながら，ことは至って簡単だ。我々の生み出す詩句は，所詮我々自身でしかない。ところが我々のおしゃべり…それはあなた方であり，あなた方の時代なのだ。[…] その取るに足らぬ物語，最も無意味な思い出が，いつか世の強力な関心事となり，計り知れぬ価値を持つことになろう。」

（ローネイ子爵＝デルフィーヌ・ド・ジラルダン「パリ通信」）

はじめに

フランスでは一七世紀頃から、ランブイエ侯爵夫人をはじめとする名門貴族の女性が自邸内でサロンを開き、決まった日時に政財界の名士、一流の文学者や哲学者、社交界の花形などを集めて文学・哲学・音楽・芸術や政治を論じ、時には詩や小説の朗読、コンサートや演劇も上演されるようになった。サロンは女性を中心にした社交文化ではあるが、一八世紀の啓蒙思想の普及に貢献するなど、より広い文化的役割をも果たした。

革命後の一九世紀においても、前述のダブランテス公爵夫人や、絶世の美女と謳われたレカミエ夫人のサロンには、各界の名士たちが一堂に会した。こうした有名なサロンの一つを主宰していたのがソフィ・ゲイで、ソフィと娘のデルフィーヌは親子二代にわたって、サロンの女主人として活躍した。デルフィーヌの代にはラマルチーヌ、ユゴー、ヴィニー、ミュッセ、バルザック、ゴーチエ、アレクサンドル・デュマ（父）、メリメ、サンド、ハイネなどの作家や詩人、ギゾー、ルイ＝マチュー・モレ伯爵［第一帝政～七月王政期に大臣を歴任］などの政治家、ロッシーニ、リスト、ショパンなど音楽家、さらには金融資本家のロスチャイルド兄弟や女優のラシェルなど、様々な分野の第一線で活躍している人々が集まった。

デルフィーヌはサロン文化の伝統を受け継ぎつつ、同時に女性として全く新しい側面をも見せることになる。それは、ジャーナリストとしての一面である。彼女は夫のエミール・ド・ジラルダンが創刊した新聞『プレス』紙に、ローネイ子爵というペンネームで、一八三六年から四八年にかけて「パリ通信」(1)を定期的に掲載し、一世を風靡した。

（左）J. J. グランヴィルによるカリカチュア　　デルフィーヌを囲んでバルザック，ユゴー，デュマなどの姿が描かれている。中央でピアノを弾いているのがリスト，その左脇に立っているのがラマルチーヌ。
（右）レカミエ夫人の肖像（ジェラール画，1805）

新聞はとりわけ一九世紀に急成長した新しいメディアで、幅広い読者――その大半がブルジョワ階級――を対象にし、一部のエリートのみを対象とするサロンとは全く正反対の性質を持っていたと言える。デルフィーヌ・ド・ジラルダンは、サロンとジャーナリズムという二つの全く異なる分野にまたがって活動しただけでなく、作家として詩、小説、童話、戯曲の創作も手がけた。

当代有名作家たちを風刺したベルタルの版画［次頁］からも明らかなように、デルフィーヌ・ド・ジラルダンは当時ジョルジュ・サンドと並び称される人気女性作家であった。しかし知名度の高いサンドと違い、デルフィーヌは日本ではほとんど知られていない。第三部では、このデルフィーヌ・ド・ジラルダンが女性としてどのように生きたのか、その作品の特徴は何かを検証していきたい(2)。

『パリの悪魔のパンテオン：詩，哲学，文学』（ベルタル画，1845-46） 最上段には文学者の頂点として，左からユゴー，シャトーブリアン，民衆詩人ベランジェがいる。その下には，この「頂点」を目指して文学の神殿の階梯を下から上ってゆく作家たちの姿が描かれている。中央やや上寄りでこちらに顔を向けている巨漢がバルザック，その左隣がゴーチエ，さらにその左の乗馬服の後ろ姿がジョルジュ・サンドである。

この絵の中にはもう一人，後ろ姿の女性が描かれている（矢印参照）。これがデルフィーヌ・ド・ジラルダンである。ベルタルは男性中心の文学パンテオンの中に女性作家を二人だけ登場させたのであり，デルフィーヌが当時，サンドと並んで最も著名な女性作家であったことがわかる。

第一章 「ロマン派のミューズ」

1 デルフィーヌの母ソフィ・ゲイ

デルフィーヌの母親マリー゠フランソワーズ゠ソフィ・ド・ラ・ヴァレット（一七七六〜一八五二）は、ルイ一六世の弟プロヴァンス伯〔後のルイ一八世〕の執事ニショー・ド・ラ・ヴァレットを父に、フィレンツェ出身の美女フランチェスカを母に持ち、裕福な家庭に育った。長じてボーモン夫人の経営する寄宿学校で教育を受け、会話術、乗馬、ダンス、ピアノをこなし、歌えば素晴らしい声で聴く者を魅了した。

才色兼備のソフィには輝かしい未来が約束されていたが、一七八九年に勃発したフランス革命によって父親が失脚し、一家は破産寸前の危機に陥る。一七九一年、一五歳のソフィは二〇歳年上の富裕な金融業者ガスパール・リオティエと結婚し、三人の娘を設けたものの、政略結婚に愛情はなく、やがてソフィはジャン゠シジスモン・ゲイと恋に落ちる。ソフィは一七九九年にリオティエと離婚し、一八〇三年にゲイと再婚した。

ゲイはエクス＝ラ＝シャペル〔当時フランス占領下にあったルール県首都。ドイツ名アーヘン〕で私立銀行を経営する実業家であった。彼の姉マリー＝フランソワーズはイギリス・ゴシック小説の翻訳家で、その影響でソフィも文学活動に身を投じることになった。ゲイは一八〇三年、ナポレオンからルール県の収税官に任命され、銀行の収入と官職の報酬で莫大な収入を得ることになった。その結果、ゲイ一家は豪奢な屋敷に住み、贅沢な暮らしを享受する。

一八〇四年一月二六日、ゲイ夫妻は女の子を授かる。ソフィは自身が尊敬するスタール夫人の小説『デルフィーヌ』の主人公と、「バラの女王」と綽名された代母デルフィーヌ・ド・キュスチーヌ侯爵夫人の名に因んだ名をつけた。ソフィはデルフィーヌの後にさらに女児一人と男児一人を産み、夏は夫とともにエクス＝ラ＝シャペルで、冬はパリのマチューラン通りの別宅で暮らし、そこでサロンを主宰した。彼女のサロンには有力な政治家、作家や詩人、音楽家、シメイ公妃やレカミエ夫人など社交界の名花がこぞって集った。デルフィーヌはこうした華やかで教養溢れる雰囲気の中で少女時代を過ごす。

しかし、ジャン＝シジスモンは一八一三年に収税官の任を解かれ、経営する銀行も破産の危機に陥る。彼は銀行を立て直すためにエクス＝ラ＝シャペルに残り、ソフィと子どもたちはパリで暮らすことになった。ソフィは生計のために執筆活動を再開し、次々に小説を出版した。とりわけ一八一五年の『アナトール』は、ナポレオンがセント＝ヘレナ島に送られる前夜に読んだとされ、一躍有名になった。それ以降一八五二年に亡くなるまで、彼女はサロンを主宰しながら文学活動を続け、四一冊の小説・エッセイ、七冊の戯曲を出版した。

他の娘たちを嫁がせた後、ソフィは詩の才能の片鱗を見せ始めたデルフィーヌに専念し、その才能を伸ばそうとした。

2　詩人としての名声

デルフィーヌの詩人としてのデビュー作『エルヴィールの婚礼』（一八二〇）は、倦怠と生きる苦しみを歌ったロマン主義的な哀歌《エレジー》であった。翌一八二一年にはナポレオンの死の知らせを受けて、弔詩『英雄オシアン〔三世紀アイルランドの吟唱詩人とされる〕に寄せて歌うナポレオンの死』を作った。一八二二年には、アカデミー・フランセーズのコンクール（課題は「〔一八二一年〕ペストに見舞われたバルセロナにおけるフランスの医師およびサント＝カミーユの尼僧の献身」）への応募作として、サント＝カミーユ修道院の尼僧たちを主題に詩を作り、レカミエ夫人のサロンで朗唱して大喝采を浴びる。コンクールでは選外となったものの、アカデミー・フランセーズから特別賞を授与され、それ以来文壇から注目されるようになった。ただ、彼女の詩についての同時代の人々の評価はおおむね「陳腐」[1]というもので、むしろ人々は彼女の美貌と詩を朗唱する声の美しさに感動したようだ。やがてデルフィーヌはサロンの寵児となり、フォブール・サン＝ジェルマンの由緒ある貴族のサロンにも例外的に招かれるようになった。

　サロンの女王レカミエ夫人は、この可憐な少女詩人に目をかけ、何かと面倒を見た。デルフィーヌは、四〇代になっても美

ソフィ（左）とデルフィーヌ

アルフレッド・ド・ヴィニーの肖像（18歳の頃）

貌を失わず、男たちをひきつけている夫人に称賛の思いを込めて詩『幸いなるかな、美しきことは』を捧げた。しかし実は「愛されている女性の美しさ」を歌ったこの詩には、ロマン派詩人アルフレッド・ド・ヴィニーへの彼女自身の高ぶる恋心が秘められていた。二人は一八二一年に知り合い、互いに好意を抱いた。しかし、革命で没落した名門貴族出身のヴィニーにとって、財産のないブルジョワ階級のデルフィーヌとの結婚は問題外であった。ゲイ一家はちょうどこの頃、父ジャン＝シジスモンの急死（一八二二年）によって家計がさらに逼迫し、かろうじて維持していたパリの豪邸を売却してガイヨン通りの狭い中二階の家に移り住まざるを得なくなっていた。

　こうした状況のもとで、ヴィニーはデルフィーヌから遠ざかり、一八二五年には富裕なイギリス人女性と結婚してしまう。この時のデルフィーヌの失意は、後の『ナポリーヌ』（一八三四）という長篇詩をはじめとする幾つかの詩の中に投影されることになろう(2)。

　一八二四年、デルフィーヌは初期作品をまとめた詩集『詩の試作』を出版した。そこに収められた詩はどれも、「節度と情熱、調和と熱狂、力と優美、気品、明晰性が貫く文体とイメージ、叙情性に富む文体(3)」を兼ね備えていた。この詩集は言わば、古典主義とロマン主義の要素を等しく併せ持っていたため、両陣営から賞賛を受けた。一方、リベラル派の機関誌『グローブ』は、同年に出版されたユゴーの『新オード集』と比較しつつ、「彼女の詩は［ユゴーと異なり］あまり詩想に富んでいない。［…］そのうえ、その詩想は『美、愛、私の母』という三つの源泉からのみ汲まれており、彼女の詩は絶えずこの三つの語に引き戻される(4)」と手厳しく批判した。デルフィーヌは今後もつねに、このように毀誉褒貶の的となる運命にあった。

翌一八二五年、肖像画家ルイ・エルサンが描いたデルフィーヌの肖像が官展に展示され、大評判となる。前出のマリー・ダグーは『回想録』の中で、当時のデルフィーヌを次のように描写している。

> 背が高く、ややふくよかで、古代の美女のような首の上に誇らしげな顔がのっている。鷲鼻で、澄んだきらきらした眼をしていて、巫女のような雰囲気を全身に漂わせていた。当時のモードにはあまり従わず、風変わりな身なりをしていた。彼女の内にみなぎる力は、善意に満ちたものと感じられ、その額や視線には、人に信頼感を与える率直さが読み取れた[5]。

同時代の人々が証言するデルフィーヌ像は、ほぼ同じイメージ——力強さ・熱意・陽気さ・寛容さ——で、ロマン主義的な「涙・不安・倦怠・か弱さ」とは無縁であった。彼女はスタール夫人の『コリンヌ』の主人公である天才的な即興詩人コリンヌに喩えられ、「芸術のミューズ」としてもてはやされた。

デルフィーヌの肖像
（ルイ・エルサン画，1824）

さらにシャルル一〇世の戴冠式に捧げられた詩『ヴィジョン』（一八二五）では、自らをジャンヌ・ダルクの後継者とみなし、「祖国のミューズ」となることを誓った。それに対して『グローブ』誌は痛烈な批判を浴びせている。

> コリンヌは勝利を収めた。それは男の視線を受けて顔を赤らめ、愛の名をつぶやきながら母親の胸に顔を埋めるおどおどし

た慎み深い乙女ではもはやない。彼女は、彼女に取りついた神の虜となり、地上の者に敬意を払うよう命じる高慢で横柄な錯乱状態の巫女となってしまった。哀れな娘よ！〔…〕瀕死のジャンヌ・ダルクの声を聞いているようではないか？　幸いなことに、ゲイ嬢にとって迫害や火刑は問題ではない。彼女の勇気はサロンや宮廷の陰で何の危険もなく発揮することができるものである。祖国はもはや犠牲を望んではいない、最愛の娘たちにただ一つ望んでいるのは、慎み深さを犠牲にするなかれということだ。それはフランスですべての母親が娘に与える第一の教訓だ。(6)

確かに感情に酔いしれるあまり、自らを「祖国のミューズ」と謳うのは、いささか傲慢で誇張が過ぎるかもしれない。しかし例えばユゴーの詩集『秋の木の葉』に、その冒頭を飾る『今世紀は二歳だった！』（一八三〇）という詩がある。そこでは一八〇二年生まれのユゴーが、自らをナポレオンに代わる時代の導き手とみなし、その誕生を高らかに謳っている。ロマン主義的な心の高揚という点では、デルフィーヌはユゴーとそれほど変わらないように思える。『グローブ』誌の批判の焦点はむしろ、「慎み深さ」を女性の本質とみなす当時のジェンダー観に基づいている。それは第一部で見たように、女性作家を「ブルーストッキング」と呼んで非難・中傷を浴びせた当時の社会の風潮でもあった。

3　「ミューズ」としてのデルフィーヌ

デルフィーヌは『ヴィジョン』で「祖国のミューズ」を自称したことで批判を浴びたが、その一方で、この愛国的な詩のおかげで国王への拝謁の栄誉を得、国王から五〇〇エキュの年金を支給されることとなった。彼女は続いて『ギリシア人のための募金』という詩を発表し、ギリシア独立戦争のための寄付を募った。ギリシアはそれまでオスマン・トルコ帝国の支配下にあったが、一八二一年に独立を求めて蜂起した。ロマン派の詩人バイロンが独立運動に加わるためにギリシアに向かう途中、ミソロンギで客死したこともあって、当時、フランスではギリシア人の自由を擁護する世論が沸騰していた。その時期に発表されたこの詩は評判を呼び、彼女は名実ともに「祖国のミューズ」としての名を馳せるようになる。

その後、共和派のフォワ将軍の葬儀で弔詞を捧げて注目されるや、デルフィーヌは王党派、リベラル派を問わず、著名人の葬儀で故人を称える詩を朗唱するようになった。彼女は「一種のオフィシャルな詩人」となったわけだ。[7] それはデルフィーヌ自身の意向によるものではなく、母親の指示に素直に従った結果であった。マリー・ダグーが皮肉な口調で指摘しているように、[8] 母親のソフィは娘の中に美貌と天分を見出し、娘の詩を披露するどんな機会も逃さず、「ミューズ」に押し上げようとしていた。

これには、貴族の家柄でもなく、財産も持たないデルフィーヌの微妙な立場が関係していた。それが端的に現れた例として、一八二五年六月二四日、レカミエ夫人のサロンで行われた夜会を挙げることができる。デルフィーヌはそこで自作の詩『ヴィジョン』を朗唱し、拍手喝采を浴びたが、それに続いて登場し、やはり詩を朗唱したのが悲劇俳優のタルマであった。明らかにデルフィーヌは俳優と同列に扱われていた。意地の悪い見方をすれば、母親のソフィは娘にとって好条件の結婚相手を見つけるために、名門夫人のサロンに娘を引き回す「女衒《ぜげん》」[9] のような振る舞いをしていた。こうした母と娘の関係は、後の作品『バルザック氏のステッキ』（一八三六）の中で、デルフィーヌ自身が皮肉と自己諧謔を交えて描くことになる。[10]

ヴィニーとの決別の後、デルフィーヌにはアルトワ伯［後のシャルル一〇世］との貴賤相婚や年配のグランジュ伯との結婚の話が持ち上がったが、どれも実現しなかった。美貌と才能に恵まれ、サロンでもてはやされていたにもかかわらず、なぜ縁談がうまくまとまらなかったのだろうか。ラマルチーヌによれば、彼女の「栄光は眼を惹きつけるが、感情は怖じ気をふるわせるもの」で、「あまりに知名度が高すぎて平凡な夫の家には収まりきれない」ということだったようだ[11]。

一方で母親のソフィが娘の結婚にこだわったのは、独身でいることは彼女たちの目指す上流社会において「真の破局[12]」を意味したからだった。貴族社会では世襲財産や「名」を次世代に受け継がせるために、結婚は人生の重大事とみなされていた。言い換えれば、独身でいるだけで人格そのものの価値が下がるのだった。その上、デルフィーヌは女性詩人という、普通の女性とはかけ離れた例外的なカテゴリーに属していた。それゆえ彼女の場合、独身状態はより一層、社会の周縁に追いやられることを意味した。要するに、一九世紀のフランス社会において「結婚することは法的、社会的、そして職業的なアイデンティティを獲得するために必要な一つのステップ[13]」であった。

ヴィニーへの失恋で傷ついた娘の心を癒すために、ソフィは娘を連れて一八二六年八月末から翌年五月までイタリア旅行を計画する。母娘はフィレンツェからローマに向かう途中のテルニで、当時フィレンツェ駐在フランス公使館の書記官を務めていたロマン派詩人ラマルチーヌに出会う。それ以降、デルフィーヌはラマルチーヌを詩作の師と仰ぎ、彼は彼女のサロンに不可欠な人物となる。

デルフィーヌは、フィレンツェでフランス大使が主催する晩餐会などで即興詩を次々に披露し、その名声はイタリア各地に広まった。一八二七年にはローマ・カピトリウムの丘のジュピターの神殿で彼女のために盛大な祝宴が催され、そこで彼女はティベル・アカデミー〔ローマの由緒ある文芸アカデミー〕会員に叙せられた。

一八二七年五月、母娘はパリの狭くて質素な家に戻り、ソフィはそこでサロンを再開した。翌一八二八年に作られた詩からは、当時デルフィーヌが愛の危機にあったことが窺われ、その相手はラマルチーヌだとみなす者もいる。しかし、二人が交わした手紙は情熱とも熱い友情とも取れる非常に曖昧なもので、少なくともラマルチーヌの方は彼女に深い友情しか感じていなかったようだ。[14] むしろ、初恋の相手ヴィニーへの想いをいまだ断ち切ることができずにいたと考える方が妥当であろう。しかし彼女は最後にはその想いを断ち、同年に『失望』、翌二九年に『私はもう愛していない』と題された詩を書いた。

ちょうどこの頃、デルフィーヌはエミール・ド・ジラルダンに出会う。エミールはアレクサンドル・ド・ジラルダン伯爵とアデライド＝マリー・デュピュイ夫人との間の私生児で、出自を隠すため出生届にはエミール・ドラモットという名が記されていた。彼は孤独な少年時代を送り、株式仲買人になるも薄給で窮乏生活を余儀なくされていた。一八二七年に自らの境遇を描いた小説『エミール』を出版し、これが好評を博したこともあり、ジラルダンの姓を名乗ることを父から許された。

ラマルチーヌの肖像（ドゥケヌ画）

エミールには実業家としての優れた才覚があった。一八二八年には他紙から面白い記事を剽窃して作る『泥棒新聞』を創刊し、破格の値段で提供したため大成功を収めた。さらに色鮮やかな石版彩色画を掲載したファッション誌『ラ・モード』や、経済・産業情報を満載した『実用知識新聞』など、

写真家ナダールが撮ったエミール・ド・ジラルダン　ジラルダンは近視で，鼻眼鏡がトレードマークであった。

次々に新手の新聞を発行し、いずれも成功を収めた。

一八二八年頃からジラルダンはソフィのサロンに受け入れられ、常連となった。彼も多くの男たちと同様、デルフィーヌの美貌に魅了され、ゲイ家の客間では華やかな彼女に影のように寄り添う彼の姿がしばしば見受けられた。ラマルチーヌが次のように証言している。

　しばらく前から私は、デルフィーヌの肘掛け椅子の後ろに立つ小柄で魅力的な顔立ちの青年をしばしば見かけるようになった。彼は少年期を脱したばかりのように見えた。ほとんどしゃべらず、誰も彼の名を口にすることがなかった。彼は、あたかも弟、またはどこか遠い旅から戻ってきた親戚のように、二人の婦人と親密な関係にあるようで、自然な態度で所定の場所につくのだった。その青年は絶えずデルフィーヌに眼を注いでいた。彼が小声で彼女に話しかけると、彼女はその美しい顔を無造作に彼の方に向けて返事をしたり、または椅子の背もたれ越しに彼に微笑みかけるのだった[15]。

ジラルダンは『泥棒』紙や『ラ・モード』誌にデルフィーヌの詩を掲載し、彼女を「一〇番目のミューズ」と呼んでその才能を褒め称えた。デルフィーヌはこうした彼の熱意に応え、結婚を承諾することになる。

一八三〇年二月二五日、後にロマン主義革命と称される「エルナニ合戦」が勃発した[16]。この時、赤いチョッキに緑のパンタロンという派手な衣装で劇場に現れ、青年たちを扇動したゴーチエは、「ロマン派のミューズ」デルフィーヌの輝かしい登場を次のように描いている。

彼女が桟敷席に入って〔…〕観衆を見つめるために身を屈めた時、そのあまりの美しさ〔…〕に喧騒は一瞬静まり、ものすごい拍手喝采が起こった。こうした意思表明は恐らくあまり趣味の良いことではなかったが、平土間はもっぱら詩人、彫刻家、画家たちで埋めつくされていた。彼らは歓喜に酔いしれ、形式など馬鹿にし、世間の掟に頓着しなかった。若く美しい娘はその時、エルサンの肖像画に描かれた青いスカーフを身につけ、桟敷の縁に肘をついて無意識のうちにあの名高いポーズを再現していた。素晴らしい金髪は、当時の流行に従って、頭上で大きな輪に結い上げられ、女王の冠のようであった(17)。

一八三〇年はまた、七月革命が起こった年でもある。一八二五年以来の穀物価格の高騰で、生活苦に喘ぐ労働者たちはフランス各地で暴動を起こしていた。その機に乗じて自由主義者や共和主義者たちが反体制運動を繰り広げたのに対して、シャルル一〇世治下の反動政府は「言論の自由」を制限しようとした。これに反発した新聞記者たちが、プチ・ブルジョワや労働者、学生に蜂起を呼びかけ、七月二七日に七月革命が勃発した。その結果、シャルル一〇世は退位し、ジャンリス夫人の薫陶を受けて「市民の王」を標榜するルイ・フィリップが即位することになる。七月王政の始まりである。

第二章　サロンの女王

1　エミール・ド・ジラルダンとの結婚

デルフィーヌはジラルダンと一八三一年六月一日にサン＝トノレ街のサン＝ロック教会で結婚した。彼女の結婚は、ロマン派の青年たちに少なからず衝撃を与えた。シャトーブリアンが「デルフィーヌが結婚するとは。おおミューズよ！[1]」と嘆いたことは有名である。

結婚後、彼女は夫の『エミール』から想を得たエレジー『マチルド』を書き、「われは愛せり、静けさ漂うこの額と波打つ心を／あまたの不幸によりて高貴帯びた彼の青年時代を[2]」と歌った。さらに小説『鼻眼鏡』を執筆したが、その内容は次のようなものだ。青年貴族エドガールは旅の途中で賢者から魔法の眼鏡を手に入れ、それをかけると人の本心を見抜くことができるようになる。そのことでかえって親友や想いを寄せる女性の不誠実で打算的な本心を知って失望を繰り返すが、やがて若くして未亡人となったヴァランチーヌと出会う。エドガールは「鼻眼鏡」のおかげで彼女の無垢な心を知り、最後は彼女と幸せな結婚をする。夫エミールが近視で鼻眼鏡を用いていたことからも、主人公エドガールはジラルダンの、ヴァランチーヌはデルフィーヌ自身の「文学的な置き換え[3]」と考えられる。この作品は、言わば、夫の慧眼を称えた小説でもあった。

一八三二年一二月、ジラルダン夫妻はパリのショセ゠ダンタン地区にあるサン゠ジョルジュ街に新居を構えた。これまでソフィとデルフィーヌ母娘は、貴族社会の一員として認知してもらえるようフォブール・サン゠ジェルマンの名門夫人たちのサロンに足繁く通っていた。フォブール・サン゠ジェルマンは由緒ある貴族のお屋敷街で、それまでかなり閉鎖的であったが、七月王政以降は門戸を広げ、新興富裕層や名だたる作家、芸術家もサロンに受け入れ始めていた。しかしその一方で、サロン内部での階級意識はむしろ明確になっていった。すなわち、名門貴族の誇る「趣味の良さ」は、生まれながらに備わった気質であり、フォブール・サン゠ジェルマンのサロンがデルフィーヌのような評判の高い美女を受け入れたとしても、彼女はあくまでも「俗な成り上がり者[4]」としかみなされなかった。しかも、卑俗なジャーナリズムの世界に生きるジラルダンとの結婚、さらには新興ブルジョワ地区であるショセ゠ダンタンへの移住によって、フォブール・サン゠ジェルマンの正式な一員となる夢は完全に消えてしまったのである。こうした挫折感は、同じ女性作家でも名門出身のマリー・ダグー伯爵夫人が味わうことのないものであった。

ショセ゠ダンタンに屋敷を構えた後は、デルフィーヌはむしろ自らがサロンを主宰して、その名声をこの「商業・お金・モードの地区[5]」で打ち立てることを目指すようになる。ブルジョワが実権を握った七月王政下において、彼女のサロンが文学的・社会的活動の大きな拠点になったのも不思議ではない。

2　サロンの女主人

夫のジラルダンが自宅の正面に新聞社を構え、出版業に専念する一方、デルフィーヌはサロンを主宰し、前述したように各界の名士がそこに集った。彼女のサロンが大成功を収めたのは、サロンの女主人としての優れた能力——独特のユーモアと陽気さで会話を活気づけ、党派や政治的信条、気質の違う人たちの対立をうまく和らげ、芸術家たちの才能を引き立たせる力——や、政界、文学界から選りすぐってメンバーを集めた彼女のエリート主義に負うばかりではない。彼女のサロンで影のように振る舞うジラルダンの力も無視できなかった。優れた新聞編集者として名を馳せていた彼のもとには、自分の記事や作品を掲載してもらいたいと望む作家や詩人が集まったからだ。

デルフィーヌがより差し迫った、心の奥から湧き出る欲求——書きたいという欲求——を犠牲にしてまでサロンに多くの時間を費やしたのは、虚栄心のためでもなければサロン文化の伝統に忠実であろうとしたためでもなかった。クロディーヌ・ジャケッティが指摘しているように、サロンが「社会性の中心空間」であり、「女の知識と力の伝達の重要な場」(6)だと認識していたからであろう。男性作家にとって、社会性を発揮できる場はカフェ、クラブやアカデミー、新聞・雑誌のオフィス、編集者の待合室など様々あり、彼らはそこで文学や政治思想を語ることができた。それに反し、女性にとっては唯一、サロンのみがその役割を果たす空間だったのである。それゆえ、デルフィーヌだけではなくマリー・ダグー夫人や、後に見る労働者階級の作家フロラ・トリスタンですら、サロンを主宰することにこだわったのである。

このようにサロンは、女の力を発揮できる「自分だけの空間」を形成していた。少なくともデルフィーヌにとって、サロンにおける社交生活と、孤独と沈黙の中で行われる執筆活動とは必ずしも対立せず、むしろ補完関係にあった。彼女はサロンでの会話から書く題材を見出し、着想を得ていた。それが後の「パリ通信」に結実することになる。

3 「ロマン派のミューズ」の象徴的な死

デルフィーヌはサロンの女王としてもてはやされたが、他方、家庭生活の方はうまくいかなかった。夫エミールは貴顕の私生児で、長い間ジラルダンという姓を名乗ることすら許されなかっただけに、自分の名を継ぐ男の子を渇望していた。ところが二人には子どもが生まれず、それが家庭不和の一因となった。デルフィーヌの側にも結婚に対する理想と現実の食い違いがあったのかも知れない。『ナポリーヌ』の一節に、女主人公が魅力的な恋人アルフレッドを諦めて「実直な男性」と結婚した場合を想定する場面がある。

> 私は自分に忠告を与えてくれ、少々興奮しすぎる想像力を静めてくれ、人生を導いてくれるような実直な男性を選ぶことで、消極的な幸福に達することができるだろう。それにその幸福が必ずしも甘美さを伴わないわけではないだろう。私は十分に快適な一種の雪の天国を思い浮かべていた。しかし、この穏やかな夢想に身を委ねるにつれて、次第に倦怠に襲われていった。この幸福は私には無味乾燥なように思えた。私にはむしろ絶望の方が好ましかった。

「絶望」を選んで自殺する主人公ナポリーヌとは違い、作者自身はヴィニーとの恋愛に破れた後、「実直な男性」ジラルダンと結婚する。その時の彼女の気持ちは、この場面のようなものではなかったろうか。結婚は結局、彼女に苦い思いしかもたらさなかった。夫ジラルダンは仕事にかこつけて妻のところに帰らず、高級娼婦を愛人にし、幼馴染のテレジア・ブリュンチエール夫人[7]と第二の家庭を営むようになる。

一八三四年には夫婦の破局は決定的なものとなった。ジラルダンにとって「優れた女性は、公的な空間ではありがたいが、私的な空間では苛立たせる[8]」もので、美貌と才能を賞賛される妻の傍は居心地が悪く、気安く憩える娼婦の腕の中を好んだようだ。デルフィーヌ自身、『ナポリーヌ』の中で、男性は自分たちの優越性を保つために「彼らを楽しませる玩具のような女」、「彼らを崇拝する奴隷のような女」を愛し、彼らを評価し判断する「優れた女」には気詰まりを感じるものだと述べている。したがって、女主人公の自殺というこの作品の結末には、ヴィニーへの失恋だけではなく、夫に顧みられない妻の苦しみも反映されていた。

一方、ジャケッティの解釈によれば、ナポリーヌの自殺は「ソフィがデルフィーヌに対して終始行使してきた支配の終焉[9]」の象徴的表現であり、ジラルダンとの結婚によって母ソフィの束縛から解放されたことを意味している。確かに一八三二年、夫婦がサン゠ジョルジュ街の新居で母親と別居して暮らすようになってからは、それまでの母と娘の密着した関係が解消され、デルフィーヌは母親からの自立を果たした。同時にそれは、母親の手で祀り上げられた「ミューズ」の地位から降りること、「金髪のミューズにとっての栄光の時期の終焉[10]」をも意味していた。それゆえ、『ナポリーヌ』の主人公が最後に詩を断念する結末にはまた、自らの才能への幻想から目覚めたデルフィーヌ自身が重ね合わされていると言えよう。

実際、一八三四年から三五年にかけて書かれた彼女の詩には、単に夫との愛情や結婚生活への失望だけではなく、自らの才能への「絶望」「失望」「幻滅」が繰り返し歌われている。例えば『幻滅』（一八三四）という詩は次のような明るい詩句から始まる。

黎明期から、穏やかな光を放つ私の星は称賛された。
道は私の前に何の障害もなく広がっていた。
両親は私を若い女王のように褒め称えた。
私は祝福された子どもであったから。

続いて、社交界に詩人としてデビューした時の希望や人々から寄せられた称賛が語られ、それが突然暗転して絶望に変わり、最後は次のような句で終わる。

詩の土壌が足元で崩れたからには、私に定められた運命がたとえいかなるものであろうと何になろう。
ああ！　聖なる火は、天が出し惜しみするあまり
ここにはもう灯ることはない。

悲嘆にくれる魂が喜びを取り戻すことはできる。
貧しい者は財産を、死に瀕している者は健康を。
しかし幻滅した詩人は

崇高な威厳を取り戻すことは決してない。

異母姉のオドネル夫人に宛てた『絶望』(一八三四)という詩も、次のような詩句から始まる。

すでに私の心は私から離れ、死が私を呼んでいる。
私はそれを恐れはしない。どうして私を救おうとするのか。
私を待っている天に向けて私の魂が飛び立つままにしておくれ。
おお、姉よ! 私を死なせておくれ!

最後の句「おお、姉よ! 私を死なせておくれ!」は、この詩全体のルフランとして幾度も繰り返される。また、詩句の中でもとりわけ「私の眼は迷いから覚め、竪琴は無言のまま」という一節が注意を引く。そこには自らの才能の限界を自覚した苦しみが赤裸々に描かれている。

デルフィーヌは一八三五年頃から詩作を断念する。ジラルダン夫人としてサロンの女王になることと引き換えに、「ロマン派のミューズ」の象徴的な死がもたらされたと言えよう。

第三章　ジャーナリスト・ローネイ子爵の誕生

1　『バルザック氏のステッキ』

デルフィーヌと夫のジラルダンは愛情面ではすっかり冷え込むが、ペンの上での関係、社会的・政治的な面での夫婦としての連帯は一生続くことになる。二人は同じ目的を分かち合い、知的なパートナーとして互いに尊敬し合っていた。彼女の文才を高く買っていたジラルダンは、新聞記者として文章を書くことを奨励した。一方、デルフィーヌの方は後述するように、政治的・社会的に敵の多いジラルダンが他の新聞や政敵から攻撃を受けた時、彼を擁護する記事を書いて敢然と戦った。

このようにデルフィーヌは恋愛に関しては恵まれず、さらに彼女に入れ上げた若者が起こした「デュラントン事件(1)」ですっかり恋愛に嫌気がさしてしまった。「愛されること」を断念した彼女にとって、執筆のみが生きる糧となった。しかし、それはもはや詩ではなく、小説や戯曲、ジャーナリズムの領域においてであった。

彼女がさっそく取りかかったのが『バルザック氏のステッキ』(一八三六)という小説であった。バルザックは夫のエミールとは一八二九年からの知り合いで、三〇年以降は彼の『ラ・モード』誌に寄稿し、デルフィーヌのサロンにも足繁く通っていた。しかし一八三四年に著作権の問題でジラルダンとの関係がこじれてしまった(2)。これを気に病んだデルフィーヌが二人を和解させるために書いたのが、このオマージュ小説である。

当時、バルザックはダンディを気取り、大きなトルコ石のついた棍棒のようなステッキを持ち歩き、その姿はカリカチュアで揶揄されるほどであった。デルフィーヌはこのステッキをうまくモチーフにしてフィクションに仕立て上げた。小説の中では、ステッキは持ち主の姿を透明にする魔法の力を有し、バルザックからステッキを借り受けた青年が繰り広げる恋愛が物語の主題となっている。その中に次のようなくだりがある。

どうして彼[=バルザック]は彼の主人公について、他者との関係だけではなく、その心の最も奥深くに潜む孤独をあれほど詳細にわたって忠実に描くことができるのだろうか。彼は様々な感情を知っている。確かにそうだろう。芸術はこうした感情を想像し、運良くそれを探し当てることができる。しかし彼は人間の習性や習慣を完璧に知りつくし、さらに性格の最も密やかな部分、偏執的な悪徳、情熱のごくわずかなニュアンス[…]にいたるまで知り抜いている。それは驚くべきことだ。[…]彼はどうしてすべてを知り、すべてを語り、それらを読者の驚愕した眼差しの前に開示することができるのだろうか。それはこの巨大なステッキのおかげである。

デルフィーヌは「魔法のステッキ」に託して、バルザックの洞察力の鋭さを称えている。しかも、小説の最後では彼の最新作の宣伝すら行っている[3]。デルフィーヌの目論見通り、この小説が出版されるとバルザックは彼女のサロンに再び姿を見せるようになり、夫のジラルダンとも和解した。ただしこの和解は長くは続かず、二人はその後も何度か衝突した後、一八四七年には完全に絶交状態となった。

2　バルザックによるデルフィーヌの評価

ところでデルフィーヌの小説に対するバルザックの文学的評価はどのようなものであっただろうか。彼はデルフィーヌに宛てた手紙の中で、彼女の「鋭敏で繊細な機知」を称賛しながらも、古くからの親友として次のような忠告をしている。

ステッキを持ってダンディを気取るバルザックを揶揄した像（右はトルコ石をちりばめたステッキ）

> これほど豊かな資質が甘ったるい［主題の］作品に費やされるのをみて、悲しく思います。［…］あなたは細部の描写において途方もない知的能力をお持ちなのに、それを全体に対しては使っておられない。あなたは少なくとも詩と同じくらい散文にも強く、それは我々の時代ではヴィクトル・ユゴーにしか備わっていない才

能です。あなたのその才能を有効に使い、偉大な素晴らしい本を書いて下さい。〔…〕〔執筆に際しては〕しっかりした骨組みを築いて下さい。そうすればあなたは卑俗さと凡庸さから永遠に遠ざかることができるでしょう。執筆においてはポエティックになることも嘲笑的になることもあって構いませんが、いずれにしろ均質な文体を心がけて下さい。そうすれば、男女の性を〔文学的に〕隔てているとされるあの嘆かわしい差異を乗り越えることができるでしょう。というのも私は、スタール夫人やジョルジュ・サンド夫人もその差異を解消できなかったと思う一人なのですから。(4)

バルザックが「甘ったるい作品」と呼んだのは、例えばデルフィーヌの小説で「魔法のステッキ」が与えてくれた洞察力が、財産を成すことと結婚相手を見つけることのみに使われている点を批判したものであろう。バルザックは自身が「第二の眼」と呼ぶこの直感的洞察力を、物事の結果から原因に遡る力として、『あら皮』『ルイ・ランベール』において哲学的考察に発展させている。それに対して、デルフィーヌの作品では洞察力があくまでも表層的な物質的幸福に役立つものとしてしか描かれていない。それをバルザックは物足りなく感じたのであろう。

では、なぜデルフィーヌはバルザックの忠告を受け入れて「偉大な素晴らしい本」を書こうとはしなかったのだろうか。これについて、マドレーヌ・ラセールは、①彼女は詩作を断念した時点で、真の文学者たることをも断念していた、②妻が文学的成功を収めることへの夫の嫉妬を恐れた、という二つの理由を挙げている。(5) しかしそれよりはむしろ、デルフィーヌはジャーナリストとしての才能――時事的な出来事や動向を素描する力、主題を選ぶセンス、思想を素早く捉える力、カリカチュアに仕上げる鋭敏な感覚など——に秀でており、『バルザック氏のステッキ』も彼女のこうした才能を発揮した作品と考える方が自然に思われる[6]。それはサロンでの彼女の機知に富んだ会話術にも現れた特徴であった。そして何よりも、バルザックがデルフィーヌに求めたのは「男らしいエクリチュール」——すなわち「真面目な主題の選択」、「全体像を摑む必要性」、「均質な文体の維持」——であり[7]、それによって「男女の性を隔てる嘆かわしい差異」を乗り越えることを慫慂したのだった。言い換えれば、「ファルス〔男根〕崇拝的なステッキを持つ偉大な人物が、女友達に『男のように』書くよう求めている[8]」わけだ。それに対して彼女は、むしろ「女のように」書くことで応えた。すなわち、「真面目な主題」の代わりに「取るに足らない題材」を取り上げ、社会の「全体像」を概観するよりはその「断片」をモザイク状に集めることで社会を描き、「均質」ではなく「ちぐはぐで混ぜ合わさった、雑多な性格[9]」の文体を貫いたのだった。

その結実が、以後ローネイ子爵という男のペンネームで彼女が書くことになる新聞時評「パリ通信」であった。デルフィーヌにとっては、ジャーナリストとしての新しい出発であった。

3 「パリ通信」の連載

一八三六年、ジラルダンは『プレス』紙を創刊する。デルフィーヌは、同年九月二九日付の同紙最下段フユトン欄に、シャルル・ド・ローネイ子爵というペンネームで「パリ通信」を寄稿し始める（コラム6参照）。それ以降、「パリ通信」は週に一度の割合で、一八四八年九月まで一二年間、一五七回にわたって掲載された[10]。

「パリ通信」は、パリを中心とする政治・経済・文学・芸術など様々な分野にまたがる時評であった。産

コラム6 『プレス』紙とフユトン

当時の新聞は4頁構成となっており，『プレス』紙の第一面から第二面にかけての上段は政治欄で，国内およびイギリスなど近隣諸外国の政治動向を扱った。国会開催中はその討論の内容が詳細に掲載され，編集者（ジラルダン）のコメント（今で言えば社説）も付されていた。第二面にはさらに「新聞の論議」というタイトルで他紙の論説が紹介され，第三面には裁判や商業，著名人の追悼記事や雑報などいわゆる三面記事が掲載された。第四面は株式市場および娯楽（variétés）欄，演劇欄（上演されている芝居演目のリスト）などから構成されていた。広告には当初この第四面の下段が割かれていたが，次第に第四面すべてが広告で埋まることになる。

第一面下段にはフユトン（feuilleton）と呼ばれる学芸欄があり，これは第一面から第二面，さらに第三面にまたがることもあった。『プレス』紙では曜日ごとにフユトンの内容および担当者が変わり，その編制は次の通りであった（Marie-Ève Thérenty, Alain Vaillant, *1836, L'An I de l'ère médiatique,* Nouveau Monde Éditions, 2001, pp.76-77）。

日曜日：「演劇，歴史または風俗に関する読み物」アレクサンドル・デュマ担当
月曜日：「美術評」テオフィル・ゴーチエ担当
火曜日：「風俗または演劇評」フレデリック・スーリエ担当（実際はゴーチエと交代で執筆）
水曜日：「科学アカデミーまたは医学アカデミー関連の記事」ランベール医学博士担当
木曜日：「パリ通信」シャルル・ド・ローネイ子爵（＝デルフィーヌ）担当
金曜日：「産業の一週間」（鉄道，運河などの公共工事，農業，特許や株式会社の資本など産業に関連する記事）担当不定
土曜日：「外国雑誌」（未発表の旅行記の抜粋や，外国の新聞・雑誌で取り上げられた様々な興味深い風俗，慣習などを扱った記事）担当不定

新聞の最下欄は，建物の構造に喩えられて「一階（rez-de-chaussée）」と呼ばれ，この「一階」に位置するフユトンは「上階」の政治・経済欄に比べて低く見られていた。「上階」は男性が読む真面目な記事，「一階」は女性や門番が気晴らしに読む読み物とされたのである。したがって，国会開催中は政治欄が拡大し，フユトンはそれに応じてスペースが減り，逆に大した事件がない時には，記事の穴埋めとしてフユトンが増やされた。分量を増減できるフユトンは言わば，編集者にとって便利な調整弁の役割を果たしていた。

1836年9月29日付の『プレス』紙

世界初の新聞連載小説はバルザックの『老嬢』で，1836年10月27日付の『プレス』紙の第四面娯楽欄に掲載された。のちに連載小説はフユトン欄に移り，これが定着して以後新聞小説は「ロマン=フユトン（roman-feuilleton）」と呼ばれるようになる。この形式は他紙にも波及し，新聞社にとって予約購読者を増やすための目玉となった。実際，ウージェーヌ・シューの『パリの秘密』が『ジュルナル・デ・デバ』紙（1842年6月19日～43年10月15日）に連載されるや，たちまち人気を博し，『デバ』紙の発行部数は一桁増えたほどだった。

業革命やガス燈、敷設されたばかりの鉄道なども取り上げながら、目まぐるしく変化する近代社会を活写した。デルフィーヌはとりわけ社交界通として、各界の名士の横顔、サロンで語られたエピソード、服飾の流行などを軽妙洒脱な文体で語った。「パリ通信」は「優雅さ、趣味の良さ、上品さ、良識、論理、適度な空想、気のきいた冗談」から成る「特にフランス的な気質の染み込んだ作品」であり、デルフィーヌは「最も深刻なことを、学者ぶった調子ではなく、戯れながら、それでいて非常に力強く、明快で簡潔な文体で述べる術」に長けていた(11)。

連載第一回目にあたる「第一の手紙」は次のような文章で始まる。

今週は特に異常な出来事は何も起こらなかった。ポルトガルでは革命が起こり、スペインでは共和国が出現し、パリでは大臣の任命が行われ、証券取引所では大幅な下落が起こり、オペラ座では新しいバレエが上演され、チュイルリー公園では白サテンの二つのカポート帽［あご紐つきの縁なし帽］が出現しただけだ。

ポルトガルの革命は予測されていたし、スペインの準共和国状態はずいぶん前から予告されていた。わが国の前閣僚はずっと批判されていたし、市場の下落は織り込み済みで、新しいバレエは三週間前からポスターで宣伝されていた。したがって真に注目すべきは、白サテンのカポート帽だけだ。というのもこの帽子が時期尚早だからである。［…］確かに、たとえ九月だろうと、寒ければ暖炉に火を入れることには道理がある。しかし冬間近でもないのにサテンの帽子を被り始めるというのは［モードの法則に照らして］自然なことではない。

この時評を読んだ読者は、政治・経済・芸術の新しい動向に精通すると同時にモードの流行にも敏感で、しかも歴史的な大事件よりもカポート帽の出現という瑣末な事象に重きを置く、その逆説的でユーモアに満ちた口ぶりに度肝を抜かれた。そして、ジャトーブリアンやユゴーのことを古い知己のように話し、サンド夫妻の別居が裁判で決定したことなど最新のニュースを知っている、この「ダンディな子爵」は一体誰なのか詮索しあった。しかし程なくその正体は明らかになる。文章の端々に筆者を暗示する指標が隠されていて、デルフィーヌを知る人にはすぐわかったからだ。この軽妙な時評は好評を博し、他の新聞がこぞって模倣した。

カポート帽をかぶった女性たち

デルフィーヌは亡命中のシャルル一〇世や、その孫で正統王朝派が担ぎ上げようとしていたボルドー公を話題にするなど、政治的なタブーをものともしなかった。彼女の大胆さを恐れたジラルダンは一時、ゴーチエや外交官で旅行記作家のキュスチーヌに記事を書かせたりしたほどである。しかし毎週定期的に掲載するには、前日の晩に必ず書き上げなければならず、また印刷工の要求に応じて臨機応変に文章を削ったり膨らませたりする必要もあったので、結局「パリ通信」はそうした能力に長けているデルフィーヌにしか任せられなかった。ジラルダンは妻との間で年俸六〇〇〇フラン［約六〇〇万円相当］の専属記者の契約を交わし、さらに一行につき四〇サンチームの報酬を与えることにした。それによって彼女は、経済的な自立を果たすことができた。

4　「パリ通信」の戦略――「おしゃべり」

デルフィーヌ＝ローネイ子爵は政治的中立を建て前とする『プレス』紙の方針に背き、ルイ・フィリップのブルジョワ体制やティエール内閣を揶揄し、時には厳しい批判も辞さなかった。そしてその「言い訳」として、「パリ通信」は「嘲笑好きのおしゃべり」に過ぎず、「真面目な新聞」である『プレス』紙本体とは切り離して考えるよう読者に要請している。言わば、上段の政治欄と比べて低く評価されていたフユトン欄の特徴を逆手に取ったわけだ。

ローネイ子爵は自らを「記録作家」と呼んで、次のように説明している。

我々は我々自身の意思に反して、一種の歴史家ではなく「記録作家（mémorien）」に変身させられてしまった。これは、その作品が偉大な作家によって時折参考文献として扱われるあの無価値な作家たちの一種で、自分では何も作り出すことができないが、才能ある芸術家が作品を準備するのに貢献することはできる、あの出来の悪い労働者の一種であった。記録作家と歴史家との関係は、下手な絵を描く画学生と画家との関係、［…］見習いコックと料理長との関係のようなものだ。画学生は「へぼ画家（rapin）」と呼ばれ、見習いコックは「へぼコック（gâte-sauce）」と呼ばれるが、「へぼ歴史家」に与えられる嘲笑的な綽名は見当たらない。この取るに足らぬ仕事もまた何らかの綽名を持つべきであろう。あいにく我々はいまだその言葉を知らない。しかしそれは確かに存在するし、恐らく「新聞記者」という名であろう。

このように、ローネイ子爵は自らを「へぼ歴史家」と卑下し、自身の記事をしばしば「つまらないおしゃべり」「馬鹿げたこと」「軽薄」と形容している。しかしながら、それと同時に「パリ通信」が後世に残る価値を持つという自負の念も抱いていた。

我々が細心の注意を払い、野望を持って書いたすべての作品のうち、最も軽視されているものこそ、まさしく我々よりも生き延びる機会を多少とも多く有する唯一の作品なのである。しかしながら、ことは至って簡単だ。我々の生み出す詩句は、所詮我々自身でしかない。ところが我々のおしゃべり…それはあなた方であり、あなた方の時代なのだ。[…] その取るに足らぬ物語、最も無意味な思い出が、いつか世の強力な関心事となり、計り知れぬ価値を持つことになろう。

この文章が証明しているように、デルフィーヌは「ミューズ」として称えられた自らの詩よりも、「おしゃべり」に価値を置いている。それが当時の社会風俗を映し出す鏡となることを自覚していたからだ。本来「おしゃべり」は女の領域であり、男性が関わる政治や経済など「真面目な」領域の外にあるとみなされてきた。興味深いことに、ここではそうした「取るに足らぬ」「最も無意味な」ものがいずれは「計り知れぬ価値」を持つという、価値の逆転が生じている。それは社会の優位に立つ男性原理への異議申し立てだが、デルフィーヌは自らを卑下することで批判や検閲を免れる巧みな戦略を取っていた。

「おしゃべり」の中でも「パリ通信」が好んで取り上げたのが、女性と最も密接な関係にあるモードの話題であった。モードに関してローネイ子爵はしばしばchiffonsという言葉を使っている。chiffonsは「女性のおしゃれ用品、装身具」を指し、parler chiffonsという表現は「おしゃれの話をする」のほかに、「つまらないおしゃべりをする」という意味にもなる。彼女がモードを「おしゃべり」の主題として取り上げたのは、一つには「パリ通信」の――とりわけ地方の――女性読者に、パリの最新流行を知らせるためであったろう。しかしそれだけではない。彼女は、女性の装飾品を真面目に研究すると「つまらないおしゃべり」を超越して「哲学的な深み」を持つ「完璧な体系」を確立することができると述べている。

　例えば、金融資本家をはじめ富裕なブルジョワの住むショセ＝ダンタン地区と、由緒ある貴族が住むフォブール・サン＝ジェルマンとの違いを、モードを通じて分析した記事がある。それによれば、ドレスに六〜八重の裾飾りをつけることが現在流行しているが、この流行には地区によって違いが見られる。ショセ＝ダンタンのお洒落女が同地区の銀行家の舞踏会に八重の裾飾りのドレスを着ていけば称賛の的となり、ライヴァルの女性たちから羨望の目で見られる。彼女の価値は、他の女性たちに差をつけた裾飾りの数の分だけ高まるからだ。それに対し、同じ装いをした女性がフォブール・サン＝ジェルマンのサロンに行くと、趣味の悪さによって「八重の裾飾りは顰蹙を買うことになる」。

　大胆に投機の世界に打って出る金融業者の地区であったショセ＝ダンタンは進取の気性に富み、銀行家の妻たちは新しいモードに挑戦し、そのためには金に糸目をつけない。それに対し、伝統的なフォブール・サン＝ジェルマンでは流行から距離を置き、シンプルだが気品に溢れ、洗練されたモードが好まれる。ローネイ子爵は、こうした両者の気質の違いが裾飾りに現れていると述べたのである。

ショセ＝ダンタンの大胆なモード（左）とフォブール・サン＝ジェルマンの上品なモード

ローネイ子爵はさらに、モードには「重大な事柄と同様に、従うべき法律、遵守すべき規則」があるとして、政治とモードを関連づけた上で、モードの法則の成立を次のように描写している。

> ショセ＝ダンタンが提案し、フォブール・サン＝トノレ〔第一帝政時代に貴族となった新興貴族の住む地区〕が採用し、フォブール・サン＝ジェルマンが聖別し、マレー地区〔タンプルの古着市で有名な庶民の地区〕が処刑して埋葬する。

このように、社会階層の違いが服装という記号を媒介にして見事に描き出されている。それは女性の視点による優れた社会分析と言えよう。モードという「軽薄」な事象を「重大な」政治的問題と同列に論じるところに、ローネイ子爵の面目躍如たるものがある。同時代の批評家サント＝ブーヴは、ローネイ子爵のこうした記事を「意識的に表面的・社会的表層に〔視点を〕限定した」もので、「本質が避けられている」と批判した[12]。しかし、それ自体が彼女の一種の策略であったように思える。「パリ通信」に次のようなくだりがある。

> 我々はあてこすりを非常に恐れているので、それを避けるために極端に迂回した表現を使う。それ

郵便はがき

料金受取人払郵便

新宿北支店承認

5138

差出有効期限
平成25年2月
19日まで

有効期限が
切れましたら
切手をはって
お出し下さい

169-8790

260

東京都新宿区西早稲田
3—16—28

株式会社 **新評論**
SBC（新評論ブッククラブ）事業部 行

お名前	SBC会員番号 L　　番	年齢
ご住所（〒　　　　） TEL		
ご職業（または学校・学年、できるだけくわしくお書き下さい） E-mail		
本書をお買い求めの書店名 市区 郡町　　書店		
■新刊案内のご希望　□ある　□ない		
■図書目録のご希望　□ある　□ない		

SBC（新評論ブッククラブ）入会申込書

※に✓印をお付け下さい。

SBCに**入会する**□

SBC（新評論ブッククラブ）のご案内

◆当クラブ（1999年発足）は入会金・年会費なしで、会員の方々に小社の出版活動内容をご紹介する小冊子を定期的にご送付致しております。**入会登録後、小社商品に添付したこの読者アンケートハガキを累計5枚お送り頂くごとに、全商品の中からご希望の本を1冊無料進呈する特典もございます。**ご入会は、左記にてお申込下さい。

読者アンケートハガキ

●このたびは新評論の出版物をお買上げ頂き、ありがとうございました。今後の編集の参考にするために、以下の設問にお答えいただければ幸いです。ご協力を宜しくお願い致します。

本のタイトル

●この本を何でお知りになりましたか

1.新聞の広告で・新聞名（　　　　　　）2.雑誌の広告で・雑誌名（　　　　　　）3.書店で実物を見て　4.人（　　　　　　）にすすめられて　5.雑誌、新聞の紹介記事で（その雑誌、新聞名　　　　　　）6.単行本の折込みチラシ（近刊案内『新評論』で）7.その他（　　　　　　）

●お買い求めの動機をお聞かせ下さい

1.著者に関心がある　2.作品のジャンルに興味がある　3.装丁が良かったので　4.タイトルが良かったので　5.その他（　　　　　　）

●この本をお読みになったご意見・ご感想、小社の出版物に対するご意見があればお聞かせ下さい（小社、PR誌「新評論」に掲載させて頂く場合もございます。予めご了承下さい）

●書店にはひと月にどのくらい行かれますか

（　　　）回くらい　　書店名（　　　　　　）

●購入申込書（小社刊行物のご注文にご利用下さい。その際書店名を必ずご記入下さい）

書名　　　　冊　書名　　　　冊

●ご指定の書店名

書店名　　　　都道府県　　　　市区郡町

によって我々はまさに、より危険な別のあてこすりに辿りつくことができる。口にするのが憚られることは避け、代わりに別のことを言う。それによって我々はそれと知らずに才気を見せることになるのである。

ちょうどこの頃、国王ルイ・フィリップや政府を攻撃するカリカチュア作家たちに業を煮やした当局が、一八三五年九月に新たに検閲法を制定し、罰金額を大幅に増やすと同時に事前検閲制度を導入した。これに対抗してジャーナリズムは、あからさまな政治的戯画を断念する代わりに、七月王政を象徴するロベール・マケール(13)のような「寓意的類型(14)」を作り出し、読者には「あてこすりをさがす癖(15)」をつけるようにと訴えた。そうすることで「体制覆滅の、高度に雄弁な沈黙の新しい次元(16)」を確立していったのである。

デルフィーヌ＝ローネイ子爵もまた、同様に「極端に迂回した表現」によって真実を暴きだす戦略を取ったのではないだろうか。それは政治的風刺に限らない。男女の社会的不平等に関しても、彼女は一見、保守的な立場に立って男性優位の社会を認めながら、皮肉を交えた言説の中で社会の矛盾を突いている。例えば、なぜアカデミー・フランセーズ会員が男性だけに限られ、才能ある女性が選ばれないのか、という問いに対して、ローネイ子爵はそれが社会風俗に反しているからだとして、次のように答えている。

> この騎士道精神に溢れた素晴らしい国では、いかなる個人的な威厳も女性には禁じられている。女性は反映(17)によってしか輝いてはならない。サリカ法典［ゲルマンの古慣習法で、そこでは女性は不動産を相続できず、王位継承権がなかった］が至る所で女性に襲いかかっているのは、ご存じの通りだ。だから彼女た

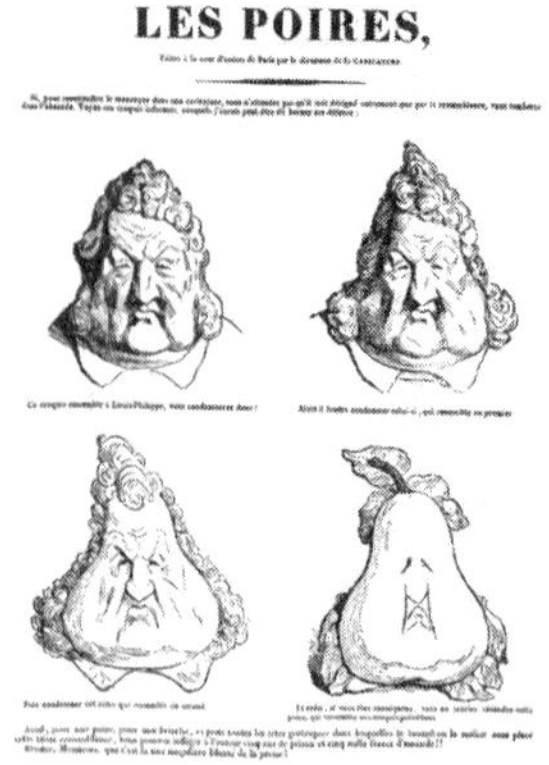

(左) ドーミエによるロベール・マケール (左) と相方のベルトラン 下に次のようなキャプションがついている。「ベルトラン，おれは産業が大好きだ。お前が望むなら銀行を創ってやるよ。そう，本物の銀行だ。資本金100兆，100京の株式だ。フランス銀行をぶっつぶしてやる［…］」「でも警察はどうするんで？」「お前はなんて馬鹿なんだ，ベルトラン。誰も大金持ちを捕まえたりしないさ」

(右)「西洋ナシ」(ドーミエ画，『シャリヴァリ』1831年1月17日号) ジャーナリストで風刺画家のシャルル・フィリポンは風刺新聞『カリカチュール』と『シャリヴァリ』を刊行し，30年にわたって政治を風刺し続けた。特に有名な記事がルイ・フィリップを「西洋ナシ (poire)」に見立てたドーミエによるカリカチュアで，それは肥満体のルイ・フィリップの身体的特徴に合致すると同時に，「西洋ナシ」の俗語的な意味 (「馬鹿，間抜け」) によって痛烈な体制批判ともなった。

ちをそこから逃れさせようと夢見てはいけない。例外は危険だ。それは調和を破壊し、狂気じみた希望を引き起こし、虐げられた人々にとって有難い幸福な時、すなわち、犠牲者たちの大きな力となる諦めの瞬間が訪れるのを遅らせてしまう。

女性を敬う「騎士道精神」の国と称揚されるフランスにおいて、女性の「個人的な威厳」が否定されているという逆説から始まるこの一節は、表向きは現状維持を支持する体制派に与しながら、暗にそれを否定する、逆説と皮肉に満ちた文章から成っている。その行間には、ナポレオン法典下で政治的・社会的・経済的権利をすべて剥奪された女性の立場が表現されている。慧眼な読者ならばそこに、性別による社会的不平等の告発を読み取ることができよう。

このように「パリ通信」には、さまざまな次元で「極端に迂回した表現」が見出せ、軽妙洒脱な文体の裏に深刻な社会告発を読み取ることができる。デルフィーヌを最もよく理解していたゴーチエが、「パリ通信」を「彼女の作品の中で最も真面目なもの[18]」としているのも故なきことではない。

第四章　政治的発言とその反響

1　ジラルダン擁護の記事

前章で触れたように、デルフィーヌは「パリ通信」では『プレス』紙の方針から独立して、自らの思想を自由に述べながらも、政治的風刺を行う場合は「極端に迂回した表現」による婉曲な批判に留めていた。ところが、夫ジラルダンが攻撃された時は、彼女は正面切って相手を攻撃することも辞さなかった。

一八三七年にジラルダンが共和派の政治紙『ナショナル』の主筆アルマン・カレルと決闘し、カレルが死亡する事件が起こった(1)。カレルをリーダーとみなしていた共和派の新聞はこぞってジラルダンを殺人者呼ばわりし、彼を個人攻撃する記事を書いた。窮地に陥ったジラルダンを見て喜んだのが、内務大臣ティエールである。ジラルダンは一八三四年にブルガヌフ〔リモージュ地方クルーズ県の都市〕選出の下院議員となった時、議会でティエールの好戦的対外政策や、鉄道建設への反対姿勢を批判して真っ向から対立した。さらに『プレス』紙上で平和主義と鉄道建設の必要性を訴え、彼はティエールにとって手ごわい政敵となっていた。そのためティエール派は彼の追い落としを図り、選挙妨害も辞さなかった[2]。

こうして政敵から激しい攻撃を受ける中、デルフィーヌは「パリ通信」を使って敢然と夫を擁護した。一八三九年三月二二日付の「パリ通信」では、ジャーナリズム批判を通じて読者に次のように訴えている。

ジャーナリズム！　皆さん、それがあなた方の王様であり、あなた方は皆その廷臣なのだ。その上、あなた方が我々を迫害するのは王様に気に入られるためだ。というのも、我々だけがこの王様を敵に回す勇気を持ち、ジャーナリズムという王を玉座から引きずり降ろすことを使命としているからである。確かに我々もジャーナリズムの一員とはなったが、それはジャーナリズムをよく知るためである。確かに我々はその武器を取ったが、それはジャーナリズムを叩くためである。まさにジャーナリズムこそが真の暴君だ。あなた方は憎むということを忘れている〔…〕。愛国心についてなど語らないで欲しい。あなた方は奴隷でしかなく、我々だけが自由の擁護者なのだから。

彼女はさらに、こうしたジャーナリズム批判を主題とする戯曲『ジャーナリスト学校』を執筆して、ジラルダンの前に立ちはだかる新聞各紙とティエール派に反撃しようとした。フランス座はこの芝居の上演を決めたが、政府の検閲によって上演禁止となってしまった。これを予期していたデルフィーヌは、屋敷に二〇〇人の知人を集めてこの戯曲の朗読会を催し、本として出版することで世間の耳目を引き付けた。

ジラルダンは一八四〇年代の後半から、政府との対決姿勢を一層強めていった。当時、産業革命によって貧富の格差が広がり、労働者たちが貧困に苦しむようになっていた。こうした貧困や失業者の問題に対して手をこまねいていたギゾー内閣に対し、「進歩的保守主義者」を自認するジラルダンは政府の腐敗を非難し、『プレス』紙上で政治改革を訴えるキャンペーンを繰り広げた。

一八四七年には前年の凶作のために小麦の価格が二倍に上がり、フランス全土が経済不況に陥った。それに伴い、労働者や共和主義者による機械破壊運動や、選挙資格税額の引き下げを要求する選挙法改革運動が起こった。同年、ラマルチーヌが『ジロンド党史』を出版した。フランス革命中に急進人民主義のジャコバン党によって粛清された穏健左派のジロンド党員への共感を表明したこの本はベストセラーになり、その結果、ラマルチーヌは左翼の英雄と目されるようになる。

それまでデルフィーヌは政局と距離を置き、「パリ通信」では直接的な政治批判は行っていなかったが、夫やラマルチーヌの影響を受けたのか、この頃から頻繁に政治に言及するようになる。とりわけ一八四七年七月一一日付の「パリ通信」では、私利私欲に走る大臣や代議士の無能ぶりを激しく非難している。

あなた方は愚か者の欲望に甘んじ、そこ［＝大臣の職］に留まることに満足し、その地位を守り、ライヴァルに奪われないようにすることしか念頭にない。実のところ、あなた方は非常にけちな野心家にすぎず、その情けない欲望とちっぽけな野心のために偉大な国の偉大な運命を犠牲にしているのだ！

2　二月革命の勃発

一八四八年二月二二日、選挙法改革を要求する労働者たちによってパリ市内各所にバリケードが築かれ、二月革命が勃発した。国王ルイ・フィリップはギゾーを解任しモレを首相に据えるが、民衆の怒りは静まらなかった。労働者と軍が衝突し、労働者側に死者五二名、負傷者一〇〇名が出た。怒りに燃えた労働者たちは暴徒と化し、二月二四日には市庁舎などを占拠する。

ジラルダンはチュイルリー宮殿に駆けつけて国王の退位と王妃による摂政開始を進言し、国王もそれに従おうとした。しかし、労働者側は王政廃止を叫んで譲らず、国王夫妻はイギリスに亡命する。これを受けてラマルチーヌ（ブルジョワ共和派）、ルドリュ＝ロラン（急進共和派）、ルイ・ブラン（社会主義者）など共和主義者、社会主義者から成る臨時革命政府が組織され、共和政の樹立が宣言された。二月二五日にはジラルダンは一転して新政府支持に変わり、『プレス』紙に「信頼を！　信頼を！」で始まる有名なアピール文を掲載する。彼はその功績によって大臣の職に就くことを期待していたのだが、政治的信条をたびたび変えることで信頼されていなかったことや、その挑発的な態度のせいか、その期待は実現しなかった。一方臨時革命政府の内部でも対立が生じ、失業者のために設けられた国立作業場はうまく機能しなかった。この状況に業を煮やしたジラルダンは三月六日付の『プレス』紙で政府攻撃を開始する。

デルフィーヌも夫に同調して五月一三日付「パリ通信」で次のような体制批判を行っている。

突如として自由な振る舞いや威厳ある感情を己の内に再び見出すことは、あらゆる者にとって喜びであり、勝利であった。そして、頭を一度も上げたことのない生まれつき不幸な者や、隷属を喜びとしてきた卑屈な性格の者を除いて、フランスで精神と心を糧に生きる者なら誰でも、〔…〕理想の共和国の夜明けを熱狂的に迎えた。

それなのに突然、熱狂が恐怖に、黄金の夢が悪夢に終わってしまった。

彼女はさらに、臨時革命政府の政策を批判するにあたって、女性の権利にも触れている。

臨時政府が共和政を理解していない証拠に、彼らは万人の解放というその立派な約束の中に女性を入れるのを忘れてしまっている！　彼らはまだ文明化されていない黒人たちを解放〔一八四八年、フランスの植民地の奴隷制が廃止された〕する一方で、あの老練な碩学たち、文明に関する優れた教授である女性たちを隷属状態のままにしている。彼らは家の召使をはじめ、金で雇われた者をすべて解放したが、〔…〕家族の母親、家の女主人を解放しようとは考えだにしなかった。女性を解放するどころか無力化してしまった。

普通選挙が施行されるようになって、召使も参政権を持つようになったのに、家の女主人にはいまだ一票を投じる権利がない。どんなに知能の劣った者でも男ならば参政権が与えられるのに、例えばジョルジュ・サンドのような優れた人物が女性だというだけで参政権を与えられない——彼女はこの不条理に憤り、告発している。

ただし、デルフィーヌは穏健な女性解放論者として、参政権よりはむしろ労働の権利または自分の財産を管理する権利といった女性の経済的な権利を要求した。その点ではマドレーヌ・ラセールが批判しているように(3)、彼女はかなりブルジョワ的発想に囚われていたと言える。しかし、デルフィーヌが女性の働く権利を何よりも優先したのは、女性の解放は経済的自立なしには実現できないと考えていたからであろう。

それは現代社会にもあてはまる、当時としては新しい考え方であった。
一八四八年四月二三日から翌日にかけて、憲法制定議会のための普通選挙が行われた。その結果、多数派となった穏健共和主義者たちが国立作業場の廃止と失業者の軍隊への編入を決議した。これに反発した労働者と失業者たちは六月二三日、一斉蜂起をする。これが六月事件であるが、議会から全権委任されたカヴェニャック将軍率いる軍隊によって、労働者たちの反乱は容赦なく弾圧され、多くの市民が虐殺された。ジラルダンは蜂起弾圧当日の『プレス』紙上で「サーベルによる独裁政治」を批判し、言論の自由が奪われていると訴えた。この記事を見咎めたカヴェニャック将軍は六月二五日に彼を逮捕し、コンシェルジュリー監獄に監禁する。デルフィーヌは夫の釈放を求めて将軍と直談判したが、将軍は陰謀への関与を理由にジラルダンの拘束を解かなかった。

六月事件の様子を描いた『スフロ通りのバリケード』
（オラース・ヴェルネ画，1848年6月24日）

六月三〇日付の「パリ通信」では、デルフィーヌは初めてローネイ子爵のマスクを脱ぎ捨て、夫を案じる妻の気持ちを赤裸々に綴った。それは時評というより個人的な日記の体裁で、それまで使っていたジャーナリスト特有の「我々」という一人称複数の主語も「私」という一人称単数に変わっている。「私がジラルダン氏の逮捕を知ったのは、六月二五日の日曜日、夜七時であった」という文章で始まり、その三日前からの緊迫した情勢と、夫からの私信、それらをめぐる自身の行動がルポルタージュ風に描かれている。それは「パリ通信」らしからぬ文体であり、彼女がもはや、皮肉や嘲笑の入る余地のない危機的な状況に身を置いていることを物語っていた。

ジラルダンは共和派ジャーナリストたちの働きかけによって、七月五日に釈放される。『プレス』紙は六月二六日から八月五日まで発行停止処分を受けた。しかし八月六日に復刊が許されると、ジラルダンは全く懲りた様子もなく、反カヴェニャック・キャンペーンをそれまで以上に激しく展開し始めた。デルフィーヌは九月三日付「パリ通信」を、読者に向けた次のようなメッセージで終えている。

戒厳令下にある我々の文章、というよりむしろ彼らの文章をご容赦いただきたい。二週間の躊躇の後、この記事が〔検閲を終えて当局から〕戻ってきたが、それは手ずれ、一部切断され、もはや何の意味も持たず、時宜を得ないものとなっていた。〔…〕少しでも刺激的な箇所はすべて抹消され、少しでも寛大な考えはすべて削除された。これが本当にフランスなのか？ 機知と勇気を持つことさえもはや許されないこの国が？

検閲を糾弾するこの記事が「パリ通信」最後の記事となった。

3 体制批判とそれへの反発・弾劾

こうして一二年間続いた「パリ通信」は、六月事件後の検閲強化をきっかけに終わりを告げたが、デルフィーヌは屈することなく、体制批判の筆鋒を弛めなかった。一八四八年一一月二四日にカヴェニャック将軍の六月事件弾圧を承認する決議案が国会で通った時には、それを激しく非難する詩を作って『プレス』紙に発表した。

私は神の前で、神の前で弾劾する！
私は一人の女、一人の狂女、ミューズに過ぎない。
しかし私の恐怖に満ちたフランス人の魂は憤激に震えている。
心の中で真実の声が語りかけるのが感じられる。

彼女の言葉は、後にドレフュス事件〔ユダヤ人将校ドレフュスがスパイ嫌疑をかけられ、有罪判決を受けるが、後に無実が立証された〕でドレフュスの無実を訴え、『オーロール』紙〔一八九八年一月一三日付〕に告発文を寄せたエミール・ゾラの有名な言葉「私は弾劾する！」を彷彿とさせる激しいものであった。この弾劾文はたちまち共和派の反撃を受け、デルフィーヌは各新聞紙上で叩かれた。
一二月二日付の『イリュストラシオン』紙は、次のような詩で彼女に応酬した。

偽りの愛国心にあなたは惑わされている。
デルフィーヌよ、おお女よ、おお狂女よ、おおミューズよ！
偽りの愛国心のみが邪な意図であなたに吹き込むことができたのだ、
これほど悪意にみちた詩句を。(4)

（左）『ルヴュ・コミック』のカリカチュア（作者不明，1848）　ハゲタカの姿をしたデルフィーヌが口と爪で（カヴェニャック）将軍の肩章を引きちぎっている。右上の盾形紋章はブルーストッキングに鵞ペンが突き刺さった図柄。キャプションにはデルフィーヌの詩句をもじって「私は一人の女，一人の狂女，ノスリ（buse）［中型の猛禽。museをbuseに言い換えている］に過ぎない」とある。
（右）「1848年のミューズ」（ドーミエ画，『シャリヴァリ』1848年）　「詩」の象徴である竪琴を脇に立てかけたまま放置し，指をインクで真っ黒に染め，メドゥーサのように蛇の生えた頭を振り乱して『プレス』紙の記事を書くデルフィーヌの恐ろしい姿が描かれている。しかもインク壺にはvitriol［濃硫酸，比喩的には「毒舌」を意味する］という文字が書かれている。後景の壁には『プレス』紙が貼られている。

この詩に続き、同紙は「男の、市民のつらい義務」は夫に任せて「賢い主婦」に戻るよう促している。オノレ・ドーミエも「一八四八年のミューズ」というタイトルで、『シャリヴァリ』紙に彼女を批判するカリカチュアを掲載した。『ルヴュ・コミック』誌もカヴェニャック側に立ち、往年のミューズが「老いぼれて脈絡のない戯言を繰り返すようになった」と揶揄したばかりか、『シャリヴァリ』と同様のカリカチュアを掲載した。

男性側からこれほど激しい中傷と揶揄が浴びせられたのは、彼女がもはや「極端に迂回した表現」によってではなく直接的に政治に関与しようとしたからであろう。その上、男の名であるローネイ子爵というフィルターを通さず、女性であることを強く主張しながらの批判であったことも、その一因であろう。

こうした批判にすっかり嫌気がさしたのか、デルフィーヌはそれ以降ジャーナリストとしての活動をやめ、政治的発言を控えるようになる。

二月革命の後、憲法が制定され、国民投票による大統領選挙が公示された。立候補したラマルチーヌとカヴェニャック将軍の対抗馬としてナポレオン一世の甥、ルイ＝ナポレオン・ボナパルト（ナポレオン三世）が登場した。彼はナポレオンの弟ルイと、ジョゼフィーヌの連れ子オルタンス・ド・ボーアルネとの間にできた息子で、ナポレオン失脚後はヨーロッパ各地で亡命生活を送っていた。彼は当初、注目を引かなかったが、大統領選が近づくにつれ、ナポレオン一世への強い郷愁や憧れを抱く農民層の間で圧倒的な人気を呼ぶようになる。

ルイ＝ナポレオンはさらに、産業至上主義を提唱するサン＝シモン主義者たちの社会改革案に賛同を示し、ジラルダンやユゴーの共感を集めた。二人は、一見地味だが明らかに伯父の威光をまとったこの人物を担ぎ出して、その政治的ブレーンとなり、自分たちの理想とする社会改革を成し遂げようとした。そのために彼らはルイ＝ナポレオンを擁護するキャンペーンを展開した。

しかし、ルイ＝ナポレオンは圧倒的な得票で大統領に選出された後、一八五一年一二月にクーデタを決行して強権を敷いた。これに抵抗したユゴーはクーデタ直後に、ジラルダンは翌年一月にブリュッセルに亡命する。ユゴーはそれ以降一九年間の亡命生活を送ることになるが、ジラルダンは三か月後にはフランスに帰還し、プレス社に復帰する。しかし新聞報道の自由はもはやなくなり、政治批判の記事を書くことは不可能であった。彼は筆を断ち、政治の一線から身を引く。デルフィーヌの関心も政治から離れ、演劇と小説の執筆に専念するようになる。

ジラルダンとユゴーに支えられたルイ=ナポレオン（ドーミエ画）

第五章　晩年の執筆活動

1　戯曲の執筆

戯曲に関しては前述したように、デルフィーヌは一八三八年にすでに『ジャーナリスト学校』を書いていた。また、同年一一月二一日付の「パリ通信」で人気女優ラシェルを称賛したのが縁で、彼女の依頼で聖書に題材を取った宗教劇『ジュディット』（三幕物の悲劇）を書いた。これは宗教色が強すぎるという理由でフランス座から一旦は上演を拒否されるが、書き直して四三年に同座で上演された。四六年にも同じくラシェルのために悲劇『クレオパトラ』を執筆し、翌年やはりフランス座で上演された（ラシェルが身重のため一三回で打ち切りとなった）。これらデルフィーヌの悲劇作品の劇評はあまり高くはなく、ゴーチエが言うように、「喜劇や喜歌劇の高度なセンス」[1]を有する彼女には喜劇の方が向いていたようだ。

一八四九年には一幕物の喜劇『夫の過ち』を、一八五二年にはモリエールの『タルチュフ』をもじった五幕物の喜劇『レディ・タルチュフ』を執筆し、それぞれ五一年、五三年にフランス座で上演され、まずまずの評判を取った。最も大きな成功を収めたのが、一八五四年二月にフランス座で上演された一幕物の喜劇『喜びは恐怖をもたらす』で、家族の情愛をうたった涙と笑いの物語であった(2)。批評家はこの芝居をこぞって褒め称え、とりわけジュール・ジャナンは激賞した。ジャナンは第一部で見たように、女性作家に対して厳しい評価を下すのが常だったが、ことデルフィーヌに関しては別で、彼女をあえて「男性作家」と呼ぶことで敬意を表している。彼は劇評の最後を次のような文章で締めくくっている。

> ジラルダン夫人は、「真の男性作家」（私はこれに勝る称賛の言葉を知らない）として、すでに多くの栄冠を勝ち取ってきた。少女時代に早くもコリンヌの称号を授かる栄誉〔一一三頁参照〕に値していたし、少し後の散文の時代も、優雅さと茶目っ気を忘れず、しかも最も辛辣なタッチで書いてきた。小説は風刺文と同じほどの成功を彼女にもたらした。そして最後に悲劇やドラマ、喜劇の創作においては、時に失敗し、時に拍手喝采を浴びながら、地位を築いていった。今や彼女はついに真の成功に達したのである(3)。

ラシーヌの悲劇『バジャゼ』のヒロイン，ロクサーヌを演じる女優ラシェル

この作品は彼女の戯曲の中で唯一、フランス座の演目として後世に残ることになった。さらに一八五四年一二月からはジムナーズ座で一幕物の喜劇『時計屋の帽子』が上演され、これも大成功を収めた。

小説としては、一八四五年に四人の作家（ローネイ子爵、ゴーチエ、ジョゼフ・メリ、ジュール・サンドー）がそれぞれ一人の登場人物を担当し、物語を語り継ぐという書簡体小説『クロワ・ド・ベルニー』を『プレス』紙に連載小説として掲載し、人気を博した。五一年には長編小説『マルグリットまたは二つの愛』を執筆する。どちらも情熱的な愛を希求する若い娘が主人公で、最後はその悲劇的な死で終わる。そこには情熱的な愛を一度も味わうことのなかったデルフィーヌ自身の願望や失望感が窺える。

2　神秘思想への関心

一八四八年頃からデルフィーヌは、度重なる心労のせいで胃痛に悩まされるようになる。外見は穏やかな微笑みを絶やさず、陽気に振る舞っていたが、その体は次第に病魔に侵されていった。一八五三年九月六日から一六日まで、彼女は病気をおしてジャージー島で亡命生活を送っていたユゴーを訪れる。彼からの度重なる招待に応じてのことだった。彼女はその時「テーブル・ターニング」〔日本の「コックリさん」にあたる〕と呼ばれる降霊術を披露し、ユゴーの神秘思想への傾注に大きな影響を与えた[4]。最初は懐疑的であったユゴーも、セーヌ川で溺死した愛娘レオポルディーヌの霊がデルフィーヌの問いかけに答えたのに驚愕して、以来降霊術の虜となり、のちには自らシャトーブリアンやダンテ、ラシーヌ、シェークスピア、イエス＝キリストの霊までも呼び寄せ、死者との対話に没頭したという。ユゴーはこの神秘体験によって、人間と宇宙の運命や、それを動かす宇宙の摂理について哲学的な思索を巡らすようになり、森羅万象に霊魂が宿っているという考えを持つに至った。それが一八五六年の『静観詩集』に結実することになる。

このように、デルフィーヌはユゴーを神秘思想に目覚めさせる媒介者の役割を果たした。彼女もまた、自らが「あの世」と交信できる生命流体の持ち主だと確信しており、バルザックの霊を召還したりした。当時流行していたメスメルの動物磁気説〔次章コラム7参照〕にも関心を持ち、「パリ通信」でも何度も言及するなど、もともと神秘思想に関心があったようだ。

この当時のデルフィーヌを写した銀板写真で見る限り、もはや往年の美貌は見出せない。アルマン・ド・ポンマランという風刺作家が『シャルボノー夫人の木曜サロン』（一八六二）の中で、作中の女性マルフィーズのモデルとなった晩年のデルフィーヌを次のように描写している。

> とりわけ彼女の顔の詩的な表情を損ねているのが、今にもくっつきそうな顎と鼻で、顔全体が竪琴や後光というよりはむしろクルミ割り器を思い起こさせた。彼女の肩はでっぷり太り、腕も足も太かった[5]。

しかし、頑丈な外見の下には繊細な精神が秘められていた。そして頑健そうに見えるその体は、すでに胃癌という重い病に蝕まれていた。

デルフィーヌ晩年の写真

3　デルフィーヌの死

一八五五年には胃癌がかなり進行し、熱と嘔吐に悩まされ、食事もほとんどできなくなり、デルフィーヌは次第に衰弱していった。喜劇の執筆に取りかかったものの、書き進めることはできなかった。心配した夫ジラルダンに付き添われ、パリ郊外のサン＝ジェルマン＝アン＝レイに療養に出かけるが、容態は好転しなかった。結局、彼女は自分がこよなく愛したパリに戻り、夫がつきっきりで看病をした。

五月二一日、親しかったジョルジュ・サンド、ラマルチーヌらが見舞いに来るが、それが彼らの最後の訪問となった。ゴーチエは、病床のデルフィーヌを次のように描いている。

晩年には、彼女の美しさは偉大さと独特の憂鬱さで特徴づけられるようになった。彼女の観念的な顔つき、その透明な蒼白さ、物憂げな態度からは、死に至る病が密かにもたらす荒廃など窺い知れなかった。彼女は長椅子に半ば横たわり、足を白と赤の羊毛で編んだネットで包んで、重病人というよりむしろ回復期にある病人のように見えた。彼女が何の底意もなく称賛していたジョルジュ・サンドがその頃しばしば彼女を訪ねてきた。ジョルジュがスフィンクスのようにじっと身動きもせず、夢見がちな様子で黙ってタバコを吸っているのに対し、デルフィーヌは自らの苦痛を忘れ、または苦痛を隠してジョルジュに巧みな褒め言葉をかける術をいまだ心得ていた。それは真心と機知に溢れた魅力的な言葉であった(6)。

六月二九日、デルフィーヌは夫に看取られながら息を引き取った。誰からも愛された彼女の葬儀には大勢の人々（ラマルチーヌ、ヴィニー、デュマ父子、サンドー、ジャナン、ナポレオン一世の末弟ジェローム、ゴーチエなど）が参列し、彼女の棺はモンマルトル墓地に埋葬された。墓は、彼女が四〇歳の時に書いた遺書に従って簡素なしつらいとされ、「私の墓には一本の十字架だけを飾って下さい。一八四四年八月八日」という墓碑銘だけが彫られている。

彼女の訃報を受けて、新聞各紙に追悼文が掲載されたが、七月八日付『フィガロ』紙では時評欄担当のオーギュスト・ヴィルモが次のように書いている。

現在最も高名な人物の中で、虚栄も気取りも全くない男は二人しか知らない。その二人の男は、ジョルジュ・サンド夫人、ジラルダン夫人と呼ばれている。(7)

ユゴーも『デルフィーヌ・ゲイ・ド・ジラルダンに捧ぐ』というタイトルで哀悼の詩を書き、翌年出版の『静観詩集』に収録した。

妻を失ったジラルダンは、思いのほか深い心の痛手に苦しんだ。二人の間には夫婦の愛情はもはやなかったが、デルフィーヌは彼にとって、政治とジャーナリズムの世界で二五年間共闘してきた同志であった。のちにサンドに宛てた手紙の中で、ジラルダンは次のように言っている。

私は、彼女を愛していたというよりも尊敬していました。私の中では、ちょうど気高い先祖を誇りに思うのと同じように、彼女を誇りに思っていたのです。(8)

デルフィーヌの肖像画を持っていなかった彼は、(9)妻の死後、画家のシャセリオに肖像画を描いてもらった。シャセリオはデルフィーヌのサロンの常連で、一八四〇年に彼が官展に出品して評判を取った『水浴

左がシャセリオによる『水浴のシュザンヌ』（1840），右がデルフィーヌの死後に同じくシャセリオが描いた肖像（1855）

のシュザンヌ』は、当時三〇代半ばだったデルフィーヌがモデルとされている。

ジラルダンは一八五六年に妻の遺作の詩を『プレス』紙に掲載した後、同年一一月にはプレス社の持ち株をすべて売却し、新聞事業一切から手を引いた。しかし、彼は孤独に耐えられるタイプではなかった。妻が亡くなった翌年の一〇月にはバーデンの湯治場で出会った名門貴族の娘ミナ・ブリュノーと再婚している。彼女はコケットな社交界のアイドルで、ジラルダンの名声と財産に惹かれたらしい。ジラルダンの方は彼女の若さと伯爵の娘という肩書きに惹かれたようだ。彼の再婚の知らせを受けた友人たちはみな衝撃を受け、新妻と比較してデルフィーヌの機知やユーモア、温かい人柄をなつかしがった。

やがてジラルダンは新しい妻との間にマリー＝クロチルドという娘を授かるが、六歳で病死してしまった。その後、ジラルダンは移り気な妻に嫌気がさして別居し、一八七二年に正式に離婚した。一八八一年にジラルダンは鬼籍に入り、遺言によってその亡骸はデルフィーヌの墓の隣に埋葬された。墓も元妻と同じく十字架だけの簡素なもので、墓碑銘には「死は二人を隔て、やがて再び結びつけた」とある。

以上のように、第三部ではデルフィーヌ・ド・ジラルダンの生涯と作品を概観した。彼女は前半生には才能ある詩人として「ロマン派のミューズ」に祀り上げられ、結婚後はサロンの女主人として各界の名士を集めると同時に、ジャーナリストとしても活躍した。しかし一見、華やかに見える彼女の人生にも、様々な挫折と失望があった。とりわけ「ロマン派のミューズ」からジャーナリストへの転身には、自らの詩才に対する幻滅と失望が大きく関係していた。その精神的危機を乗り越えた後は、自己諧謔をも糧として痛烈な社会批判を軽妙な文体で綴るジャーナリストへと変身した。それは彼女本来の陽気で活力に満ちた性格と、サロンの女主人としての才覚に負うところが大きかった。

七月王政期は、伝統的な価値観（名誉、宗教、家柄）を重視する貴族階級に代わって、資本主義的な価値観に基づくブルジョワ階級の覇権が確立した時代である。デルフィーヌ自身は後者に属しながらも、精神的には前者の立場に立ってブルジョワ＝成金の拝金主義を揶揄することがしばしばであった。しかし、彼女は貴族的な価値観を絶対視していたわけではなかった。「貴族の威光」を認めながらも時代の変化を十分理解し、「民主主義の絶大な力」を認めている。彼女の独自性は、サロンという貴族的な閉鎖空間を新聞というマスメディアに曝け出すことで、「サロンの民主化」を促した点にある。そして、「いかなる組織にも、いかなる党派にも、いかなる流派にも属さない」「無頓着な観察者」と自らを位置づけているように、彼女は語るべき対象との間に一定の距離を置いて考察する客観性を重んじ、精神の自由と独立を何よりも重視した。その自由が抑圧的な権力によって奪われそうになると、断固とした抵抗の姿勢を貫いた。

彼女のもう一つの特質は、「取るに足らぬおしゃべり」を通して社会を照射したことであった。それは従来男性の書き手が専有してきた一般紙の文芸時評欄で、女性として初めて記事を書いたことにも関連している。女性が公の空間で自らの思想を述べることがまだタブー視されていた中で、彼女が取った戦略は

「極端に迂回した表現」によって言外に真実を述べるというものであった。シャルル・ド・ローネイ子爵という貴族男性の称号をペンネームとしたこともまた、表現のための自己防衛の一手段であった。

二月革命以降、ジャーナリストとして自由に書くことが困難になると、彼女は戯曲や小説の執筆に向かった。それによって男性側からの中傷・揶揄の対象になっても、執筆活動を断念することは決してなかった。書くことは彼女にとって、自己実現のために必要不可欠な手段であったのだ。また、デルフィーヌはボードレールやヴァルター・ベンヤミンに先駆けて、大都市の散歩者（flâneur）として近代生活を活写した。しかもその手法は、モードという表層的な事象を通じて社会の深層を鋭く分析するという、女性独特の視点によるものであった。

性的役割分業に関するデルフィーヌの基本的な考えはむしろ保守的で、当時の女性解放運動とは一線を画していた(10)。しかし、すでに見たように「パリ通信」は逆説、皮肉、揶揄に富んだ言説に溢れているので、それを文字通り受け取ると彼女の真意を捉え損ねる恐れがある。ここで取り上げたのは「パリ通信」のほんの一部でしかない。「パリ通信」全体を丹念に読み解いていけば、デルフィーヌ個人の社会的性差に関する考え方のみならず、当時の社会の本質をもより深く捉えることが可能となろう。

第二部では言わば体制側に立つジャンリス夫人、第三部では体制を批判したデルフィーヌ・ド・ジラルダンを取り上げた。この二人は政治的・思想的に異なる立場に立っていたが、一方でどちらも富裕な階級に属していた。次の第四部では、労働者階級に属し、労働者階級の解放に身を捧げた女性作家フロラ・トリスタンの生涯と創作を見ていこう。

第四部　「パリアの作家」誕生――フロラ・トリスタン

フロラの肖像（作者不詳，1839）

「女性はこれまで人間社会において何の価値も持っていなかった。［…］聖職者も立法者も哲学者も，女性を真のパリアとして扱った。女性（それは人類の半分にあたる）は教会の外，法の外，社会の外に置かれていた。」

（フロラ・トリスタン『労働者連合』）

はじめに

一九世紀フランスにおいては、スタール夫人やジョルジュ・サンド以外にも様々な女性が男女平等を要求する運動に携わっていた。その中でとりわけ異彩を放つのが、フロラ・トリスタンである。彼女はマルクスに先駆けて国籍を越えた労働者たちの連帯を呼びかけ、労働者自らが労働組合を組織するべきだと訴えた。しかも、彼女自身が労働者階級出身であった点が特徴である。一九世紀当時、フロラ・トリスタンはデルフィーヌ・ド・ジラルダンと並んで、サンドに匹敵する優れた女性作家としてもてはやされた。その上、スペイン系の血を引くそのエキゾチックな美貌は、人々を惹きつけてやまなかった。ジュール・ジャナンは彼女の容姿を次のように描写している。

　彼女は素晴らしくきれいである。〔…〕優雅でしなやかな体つき、誇り高く生き生きとした顔つき、オリエントの火に満たされた眼、マントの役目を果たす長い黒髪、つやつやと輝く美しいオリーヴ色の肌、〔…〕繊細で挑発的な整った白い歯、優雅な佇まい、しっかりした足取り、簡素な服装。〔…〕眼を輝かせ、陽光を浴びる蛇のように肘掛け椅子にうずくまった彼女を一目見るだけで、彼女が光と影に彩られた遠い国の出身であり、北の国に紛れ込んだ暑い国の娘であることが分かるであろう。(1)

一八三七年の官展には画家ジュール・ロールが描いたフロラの肖像画が出展され話題を呼んだ。また一八四〇年に出版され人気を博した『パリと地方の美人肖像画集』には、貴族、ブルジョワだけでなく女優、作家、詩人、女工など民衆の女性も含めて当代の美女の肖像画が多数収められており、彼女を描いたデッサンもそこに含まれていた。したがって彼女の美貌は当時のフランスで広く知れ渡っていたと思われる。

しかし、一八四四年に四一歳で亡くなった後は、四八年の二月革命の動乱にまぎれて、彼女の名は次第に忘れられていった。フランスでその功績がアンドレ・ブルトンらによって再評価されるのは二〇世紀半ばになってからである。また、その名は従来、印象派の画家ポール・ゴーギャンの祖母という形で紹介されることが多かった。しかし最近、フランスでは彼女の作品が次々に復刊され、フェミニストとしての彼女の社会思想が注目を浴びるようになっている。

第四部では、日本ではほぼ無名に近いこのフロラ・トリスタンの数奇な生涯とその作品を検証していきたい。彼女の代表作『ある女パリアの遍歴　一八三三〜三四』（以下『遍歴』）は、彼女が父親の遺産相続を求めて単身赴いたペルーでの出来事を描いた旅行記であり、この旅を契機に作家フロラ・トリスタンが誕生する。彼女の人生はこの旅を境に大きく二分されると言える。以下ではまず、ペルーに旅立つ以前の彼女の半生を概観し、さらにペルー滞在中の出来事に触れた後、『遍歴』の内容を分析し、さらにフランスに帰国してからの彼女の活動を追うこととしよう。

フロラ・トリスタン（A.-L.コンスタン画，『パリと地方の美人肖像画集』1840より）

第一章　ペルーへの出発までの半生

1　「名門の血」と「庶民の血」

フロラ・トリスタンは一八〇三年四月七日、フランス人ブルジョワの家庭に生まれた母アンヌ＝ピエール＝テレーズ・レネと、ペルー人貴族の父マリアノ・デ・トリスタン・イ・モスコーソとの間に生まれた。彼女の本名はフロール＝セレスチーヌ＝テレーズ＝アンリエットで、通称「フロラ」と呼ばれていた(1)。父方のモスコーソ一族はアステカ最後の皇帝モクテスマ二世に遡る名家で、広大な土地を有する大富豪でもあり、ペルー植民地政府で権勢を振るっていた。マリアノはスペイン陸軍大佐となり、スペイン北部の港町ビルバオに駐屯中、この地に革命を逃れて渡ってきていたアンヌと知り合い、結婚した。当時、スペイン軍人は結婚するにあたり国王の許可を得なければならなかったが、マリアノはその手続きをせず［理由は定かではない］、結婚式はやはり革命を逃れて亡命してきていたフランス人司祭の手で執り行われた。そのため二人の結婚は登記簿には記載されず、法的には無効であった。

マリアノは一八〇二年に退役して夫婦はパリに移住し、そこでフロラが誕生した。フロラは父の認知にもかかわらず、結婚の書類不備のため私生児扱いされた。それが彼女の人生に大きな影を落とすことになる。ただし、父マリアノが生きている間は、ペルーの実家から潤沢な仕送りを受け、一家は贅沢な暮らしを享受できた。

一八〇六年五月、マリアノはパリの一等地ヴォージラールに、美しい庭園に囲まれた屋敷を購入した。そこには、生地ベネズエラから留学中で、後に南米の植民地独立運動を先導し、「解放者（*El Libertador*）」として名を馳せることになる若きシモン・ボリバルもしばしば姿を見せた。幼いフロラはボリバルによく遊んでもらったという。

しかし、幸福は束の間だった。一八〇七年六月一四日、父マリアノが脳卒中で急死する。臨月だった母アンヌは同月二七日に男の子（マリアノ＝ピオ＝アンリック）を出産した。しかも、当時スペインはナポレオン軍と交戦中だったため、一八〇八年にヴォージラールの屋敷は敵国の財産としてフランス政府に没収され、以後、アンヌは子どもたちを連れて住居を転々とすることになった。ペルーのマリアノの財産の管理は弟のフアン・ピオ・デ・トリスタンに委ねられていたため、夫の死後、アンヌはピオに二〇通以上の手紙を送ったが、返事はなかった「その頃、ペルー国内もスペインからの独立戦争で混乱状態にあったため、アンヌの手紙も届かずに紛失したものとされている」。

南米の解放者シモン・ボリバル

一八一〇年、アンヌはパリの近郊リラダンに土地を買い、そこでフロラが一五歳になる一八一八年まで暮らす。その間に弟は九歳で死亡するが、リラダンでの暮らしぶりは定かではない。一八一八年二月、財政的に困窮したアンヌはリラダンの土地を売り、パリのフアール通りに居を定める。フアール通りのあったパリ一二区は、当時の貧困階級について調査を行ったウージェーヌ・ビュレの一八三五年の調査によれば、パリ全一二区の中で最も貧困率の高い地区であった[2]。さらにビュレは、一二区では貧困に苦しむ女性の割合が男性より圧倒的に多いことに注目し、その理由として女性労働者の劣悪な生活条件を挙げている[3]。女性労働者は雇用が不安定なうえ低賃金で、「一人で生活費を賄うことはほとんど不可能であり、男性と暮らすことで不足分を補塡してもらわねばならなかった[4]」。ビュレはまたそこに売春の要因を見出している。実際、パリにおける売春について調査したアレクサンドル・パラン゠デュシャトレの『公衆衛生、道徳、行政の面から見たパリ市の売春について』（一八三六）では、フアール通りを含むサン゠ジャック地区は、最も娼婦の多い地区の一つに数えられている[5]。

このような環境の中で、フロラは一五歳から結婚するまでの多感な時期を過ごし、貧しい労働者や娼婦たちを目のあたりにして育った。凋落したトリスタン家ではあったが、母アンヌは娘に、高貴な父親の血が流れていること、ペルーに行けば贅沢な暮らしができることを何度も言い聞かせ、フロラの内に「貴族の誇り」を植えつけた。

トリスタン一家に金銭的な援助をしたのは、アンヌの兄で元ナポレオン軍将校のトマ゠ジョゼフ・レネであった。彼は手に職をつけさせるために、姪のフロラをデッサンの学校に行かせてくれた。そこでフロラは家柄の良い青年と出会って恋に落ち、やがて結婚話が持ち上がった。しかし、フロラが私生児であることを知った相手の両親の反対で二人の関係は断たれる［フロラによれば相手の青年は自殺したという］。彼女は初めて私生児に対する世間の偏見と差別を知り、母親と社会を激しく非難するようになる。

フロラの欠点は、彼女自身が自らを「多血質」だと認めているように、短気で怒りっぽい性質にあった。実際、彼女は生涯にわたって何度か激しい怒りの発作に襲われることになる。ドミニック・デザンティの言葉を借りれば、「同時代の女性たちが気鬱《ふさ》ぎや失神、頭痛に逃れたのに対し、彼女は怒りの中に自らのエネルギーを発散していた(6)」。

2　シャザルとの結婚

一八二〇年、一七歳のフロラは生活費を稼ぐために、石版工アンドレ＝フランソワ・シャザルの工房で彩色工として働き始めた。貴婦人然とした彼女の物腰と美しさにシャザルは一目惚れし、プロポーズをする。結婚することで生活の安定を得られると喜んだ母と伯父トマ＝ジョゼフの強い勧めによって、フロラは一八二一年二月三日にシャザルと結婚する。彼女はこの結婚に関して、『遍歴』の中で「母は私が愛することも尊敬することもできない男と無理やり結婚させた」と語っている。

翌年には男の子が生まれる［アレクサンドルと名づけられるも一〇歳で死亡］が、虚弱体質のフロラは産後の肥立ちが悪く、回復までに数か月床につかざるを得なかった。一八二四年六月二二日には次男エルネスト＝カミーユが生まれる。しかしフロラは自分の産んだ子どもにあまり母性愛を感じることができず、病気がちの二人の子どもを哀れに思いながらも、育児や家事に追われて家庭に縛られることへの反抗心を覚えていた。彼女は後の著作『労働者連合』の中で、女性の立場をパリア(7)［不可触民］に喩えて次のように述べている。

女性はこれまで人間社会において何の価値も持っていなかった。［…］聖職者も立法者も哲学者も、女性を真のパリアとして扱った。女性（それは人類の半分にあたる）は教会の外、法の外、社会の外に置かれていた。

こうした考えは、望まない結婚生活から彼女が得た苦い教訓に基づくものであった。スタール夫人やラマルチーヌ、ウォルター・スコット、バイロンの作品を読み耽るロマン主義的な気質で、知的好奇心が強く、気位の高いフロラと、職人気質の夫とは性格も趣味もかけ離れていた。夫婦仲は悪化し、シャザルは居酒屋に入り浸るようになり、賭け事におぼれて家に金を入れなくなった。一八三六年にフロラが夫との別居を求めて法廷で争った時［当時、離婚は禁じられていた[8]］、フロラの弁護人はシャザルが一八二五年頃、「賭博熱」のために妻に売春を強制しようとしたと陳述している[9]。夫が妻に売春を強制することは当時それほど珍しくなく、この裁判を扱った法廷新聞や裁判官は「無関心な態度[10]」を装ったという。ともあれ、夫の言葉に激怒したフロラは家を飛び出し、母親の元に身を寄せる。シャザルも借金取りに追われ、しばらく身を隠す必要があったため、フロラは束の間の自由を味わうことになった。

しかし、この時彼女は三人目の子どもを身ごもっていた。母アンヌはフロラを喜んで迎え入れたが、保守的な伯父は、「夫の元から自分の意志で飛び出すような女は、社会の外にあるパリアだ」と激しく非難した。それに対してフロラは「それならば、私はパリアになる!」と誇らしげに答えたという。それが後に、自ら「パリア」と称し、『ある女パリアの遍歴』を書く動機となった。

3 「パリア」としての自覚

「パリア」という言葉は、フロラが愛読していた一八世紀の作家ベルナルダン・ド・サン＝ピエールがその著『インドの藁ぶきの家』（一七九〇）で言及し、一九世紀には『パリア』というタイトルの芝居が上演されるなど、一般に知られた言葉であった。それはインドのカースト制度外の最下層の人々を指すだけでなく、比喩的には「同胞から軽蔑され、拒絶された人間」[11]を意味し、「排除の普遍的な象徴」[12]となっていた。この「パリア」という語を女性と結びつけたのがスタール夫人である。彼女は『文学論』（一八〇〇）の中で、知性のレベルで「優れた女性」を「パリア」に喩えている。[13]男性優位の社会においてジェンダー規範を逸脱した「優れた女性」を、男でも女でもなく、どの階級にも属さない存在と位置づけたのである。フロラはこうした考え方をふまえて、この「パリア」という呼称を女性全体に敷衍して使うことになる。

一方、ベルナルダン・ド・サン＝ピエールの小説では「パリア」は社会の腐敗や愚かさを免れた人物を指し、「一種の知恵」の持ち主、「救済」を約束する存在でもある。[14]これはフロラが後年、自らを「救世主」とみなしたことと関係があろう。

一八二五年一〇月一六日、フロラは第三子となる女の子アリーヌ＝マリーを出産する。これまでとは違い、彼女は自分とそっくりなこの娘に強い愛情を感じ、母娘の密接な関係はフロラの生涯を通じて続いた。このアリーヌが、後にポール・ゴーギャンを産むことになる。

サン＝シモン主義の「教父」と呼ばれたアンファンタン

一八二五年末には、子どもたちの養育費と生活費を稼ぐために、彼女はイギリス貴族の女性たちの付添婦（*lady's maid*）となった。一八三〇年頃まで、雇い主に従い、イギリス、スイス、ドイツなどヨーロッパ諸国を巡り、様々な経験をしたようだ。その間、二人の男の子は里子に出し、幼い娘は母アンヌに委ね、独身という触れ込みで働いていた。子持ちであることは、当時の社会では就職の大きな妨げになったからだ。誇り高いフロラは、おそらく貴族に奉公人として仕えることに忸怩《じくじ》たる思いがあったのだろう、この付添婦時代の書類をすべて廃棄したため、この時期に彼女がどのような人物に仕え、どのような暮らしをしていたのかは定かではない。

一八二八年五月、夫に給金を奪われることを恐れたフロラは、セーヌ県民事裁判所に財産分離の訴訟を起こし、認められた。翌二九年には娘のアリーヌと一緒にパリで暮らし始める。

サン＝シモン主義者の集会にしばしば出席するようになったのもこの頃である。サン＝シモン主義とは、新しい道徳（自由恋愛や離婚の自由など）を核とする人道主義に基づいた産業至上主義を標榜する社会思想で、当時サン＝シモン自身はすでに亡くなっていたが、その弟子バザールと、理工科学校《エコル・ポリテクニック》出身のアンファンタンが師の教えを広めていた。集会には理工科学校の学生や技師、産業家、弁護士、新聞記者や芸術家など富裕層および知識階級が多く参加し、女性や労働者は少数であった。彼らは不労所得者よりも「産業者」〔農業従事者、製造業者、商人など産業に携わる人々〕の方が社会にとって重要だと唱え、「産業者」の生活条件の改善と、能力と成果に応じた報酬を主張していた。

ゲルハルト・レオは、フロラの立ち会った集会の様子を次のように描写している。

アンファンタンとバザールは、プロレタリア階級に関心を寄せつつあった晩年のサン＝シモンの考えを説明していた。フロラは友愛と「新しいキリスト教」について話されるのを耳にした。最も貧しく最も数の多い階級の惨状を軽減しなければならない。彼女は［サン＝シモン主義者たちと］賃金労働者との強い連帯感に感動したが、彼らが女性について語る口調にはより一層感動した。「女性とプロレタリア階級はどちらも解放されなければならない」とアンファンタンが説いていた。［…］彼は次のように予言した。「世界の救済は女性から生まれるだろう。民衆を救うのは女性だ。」(15)

フロラはサン＝シモン主義の主張のうち、とりわけ「女性とプロレタリアの解放」「女の救世主」に感銘を受けていた。そして続くアンファンタンの言葉は、彼女をさらに惹きつけた。アンファンタンは、男女平等の自由な社会を実現するためには、離婚の権利の獲得が必要だと訴えたのである。既成の価値観を打ち破るサン＝シモン主義のこうした新しい思想は、それまで独学で知識を習得してきたフロラの世界観を大きく広げることになる。

4　ペルー行きの決心

一八三〇年に七月革命が勃発し、フロラは「栄光の三日間」を目の当たりにした。第三部で触れたよう

『民衆を導く自由の女神』（ドラクロワ画，1830）

に、七月革命はシャルル一〇世の反動政府に対して、新聞記者たちが「言論の自由」を求めて民衆に蜂起を呼びかけたことに端を発する。民衆はパリの要所にバリケードを築いて政府軍と戦い、七月二七日から二九日までの三日間、戦況を優位に進め、ブルボン宮やルーヴル宮を占領するに至った。これが「栄光の三日間」であり、この時の民衆の熱狂ぶりはドラクロワの絵が示す通りであった。しかしながらその後、事態を掌握したのはラフィットなど金融資本家を中心とするリベラル派の政治家たちであった。そうして民衆の共和政への夢は消え、「市民の王」ルイ・フィリップが即位する。

一八三二年には、夫シャザルからの働きかけで、母アンヌと伯父トマ＝ジョゼフの立会いのもと、夫婦の話し合いがもたれた。その結果、別居の条件として息子のエルネストを夫に引き渡すことになってしまった。この上娘まで夫に奪われることを恐れたフロラは、自分の居所を夫に知らせなかった。それにもかかわらず、どうして住所を知ったものか、ある日夫が家の近くで彼女の帰りを待ちうけていた。夫に掴みかかられ、暴力を振るわれるフロラの姿を見て、三人の青年が駆けつけてきた。その時の様子を彼女は後に、法廷で次のように証言している。

男性たちが急いで私を助けに来てくれました。彼らはシャザルから私を守ろうとしてくれたのです。その時、シャザルが叫びました。「彼女に触るな。それは私の妻だ、妻なのだ！」私は、残念ながらその通りだと言いました。男性たちは法学部の学生でした。彼らは私にこう告げました。「彼があなたの夫であるなら、僕たちには何もできません。もしそうでないなら、彼に女性の扱い方を、彼がそうしたのと同じように［腕力で］教えてやるのですが。」(16)

当時の法律では、妻は夫の「所有物」であり、夫はその身を好きなように処することができた。それが、ナポレオン民法典に基づいた結婚制度の実態であった。

以後、フロラは夫の追跡を逃れてフランス中を転々とする。やがて経済的な問題を解決する必要を痛感した彼女は、アングレームで知り合った女性の経営する寮に娘のアリーヌを預け、単身ペルーに向かうことを決意する。それまで貴族の付添婦、菓子屋の店員など様々な職に就いていたが、娘の養育費や生活費を賄うには十分ではなかった。そこで、叔父ピオに会って肉身の情に訴え、亡き父マリアノの莫大な遺産を分けてもらおうと考えたのだ。フロラはその数年前、ペルーとフランスを往復する定期船の船長ザシャリ・シャブリエとパリで偶然知り合い、叔父の消息を聞いた折に、叔父に手紙を送ったことがあった。その手紙では、自分に不利になることを恐れて、不幸な結婚や子どもがいることには触れず、父亡き後の母アンヌの苦労や生活難を訴え、遺産相続に与りたいと率直に書いた。母が正式な結婚証明書を持っていないことも正直に書き、代わりに自分の洗礼証明書の写しを送って姪であることの証しとした。叔父の「公正さ」と「善良さ」に訴えたこの手紙に対して、一八三〇年一〇月、叔父から返事が届く。

叔父ピオは当時五七歳で、南部アレキパ地方で最も裕福な大土地所有者として、大勢の奴隷を擁し、製糖工場も幾つか経営していた。一八二四年のペルー独立戦争の時には植民地政府側の司令官として独立軍

『アルジェの女たち』（ドラクロワ画，1834）　ハーレムの女たちを描いたこの絵は，ヨーロッパ男性のオリエントへの夢を掻き立てた。

と戦ったが、独立軍が優勢になるや一転してシモン・ボリバルの解放軍に寝返るという老練な策謀家であった。独立軍の勝利直後には最後のペルー副王〔王の代理として植民地を統治する官職〕を務め、一八五〇年以降は軍事大臣、外務大臣の地位に就き、ペルーで最も保守的な政治家として名を成すことになる。

彼は、二〇年来消息不明だった姪が連絡してきたからといって、情にほだされるような人物ではなかった。金にうるさく、莫大な財産があるにもかかわらず、他の貧しい親戚に対してもわずかな援助しかしていなかった。叔父は手紙の中で、フロラが兄の実の娘であることは認めるが、母アンヌは兄の正式な妻ではない、したがって財産を相続することはできないと冷酷に言い放っていた。ただ、八九歳になる彼の母（つまりフロラにとっては祖母）からの生前贈与として、フロラに三〇〇〇ピアストルを贈るとのことであった。フロラは『遍歴』の中で、これについて次のように記している。

> 私は性善説を信じていたけれども、この返事を受け取って、叔父には何も期待してはいけないと悟った。しかし私にはまだ優しいおばあさまがいる。私の希望は祖母に向かった。

しかし、彼女がペルー行きを決意したのは、単に金銭的理由からだけではない。フロラはこの旅を素材に旅行記を書こうと計画していた。ナポレオンのエジプト遠征以来、一九世紀前半にはヨーロッパでオリエンタリスムが流行し、旅行記や紀行文が次々に出版され、人気を博していた。それゆえ、南米のペルーというエキゾチックな国の自然や風習を描けば珍しがられ、評判を取るに違いないと考えたのである。そのため、彼女は旅行の間は終始、綿密なメモを取り続け、日記を書くことを怠らなかった。

フロラはすでに多くの本を読んで独学し、七月革命の動乱も体験していた。そして、まだ社会の出来事を注意深く観察するという段階に留まってはいたが、サン゠シモン主義の幾つかの原理、すなわち「生産的な労働の尊重」「女性の解放」を自らの信条とし、考察を重ねてもいた。貧しい労働者としての、また夫から迫害される妻としての自身の苦い体験に裏打ちされた独自の思想が、熟し始めていたのだ。したがって、ペルー旅行記も単なる紀行文ではなく、彼女の政治的・社会的な思想が織り込まれたものとなるだろう。

フロラはボルドーに住んでいたピオの従兄ペドロ・デ・ゴエネシュに会いに行き、ピオへの紹介状をもらって、ボルドーからペルーに向けて旅立った[17]。

第二章　ペルーへの旅

1　メキシカン号

一八三三年四月七日、フロラはボルドーの港から商船メキシカン号に乗り込み、ペルーに向けて出発する。船長は偶然にも数年前に知り合ったシャブリエであった。彼女を含めて五人の乗客と一五人の船員のうち、女性は彼女一人であった。一三三日にも及ぶ船旅の間、フロラは次第に船員同士の揉め事の仲裁役を務めるようになり、皆が彼女に助言を求め、頼りにした。

五月二日、当時ポルトガルの植民地だったカーボベルデ諸島［セネガル北西の火山島群］の首都プラヤに船の修理のために上陸し、一〇日間滞在する。そこでフロラは、奴隷制度の過酷な実態を目の当たりにした［詳細は第三章で触れる］。船の修繕が終わると再び船上生活が始まり、赤道を通過する時には暑さと雷雨、船倉にたまった水の腐敗による臭気などで乗員は苦しみ、虚弱体質だったフロラは病に倒れてしまった。その時、彼女を献身的に看護したのがシャブリエ船長であった。

シャブリエは彼女の身の上［フロラは彼に「未婚の母」と偽っていた］に同情し、その美貌に惚れ込み、結婚を申し込んだ。フロラは悩んだが、軽蔑されて彼の庇護を失うのを恐れ、真実を言い出せなかった[1]。

一八三三年八月一八日、メキシカン号はチリのバルパライソに到着した。フロラはそこで、ちょうど彼女がボルドーを発った日に祖母が亡くなったことを知る。最後の希望が消えたように感じたフロラだったが、何としても遺産を分けてもらわねば、生活が成り立たない。彼女は気を取り直し、ペルーに向かうことにした。

フロラが辿った航路

メキシカン号

　九月三日、フロラはアメリカ船レオニダス号に乗り換え、八日後にペルーのイズレーに到着した。そこで彼女は、叔父のピオが製糖工場の視察のためにアレキパを留守にしていることを知る。彼女は、叔父と対決する前に情報を集める必要があると考え、まずアレキパに向かった。

　焦熱地獄に苦しみながら砂漠を二日間にわたって横断した後、アレキパの叔父の屋敷［父マリアノの生家でもある］に到着し、大勢の親戚や地方の名士たちに迎えられた。それから三か月、叔父ピオが戻るまで待つことになるが、その間、彼女はペルーの支配階級や民衆の生活をじっくり観察することができた。そのうえ、従姉のカルメンが上流社会での案内役を務めてくれたため、フロラはどこでも自由に出入りすることができた。

2　アレキパ滞在――叔父との邂逅

『遍歴』には、そうやって観察したアレキパの歴史、地理、人々の生活や風習などが余すところなく描かれている。アレキパの人口は当時四万人程度で、そのうちインディオが二万人、黒人と混血が一万人、白人が一万人で、スペイン人の血が流れていることが「貴族の称号」とみなされていた。フロラは、ペルーでは支配階級として君臨する白人が、民衆を啓蒙することもなく、聖職者階級と結託して人々を「愚鈍な状態」に置くことで自らの権力を維持している、と痛烈な批判を浴びせている。

また、彼女はアレキパの施療院、精神病院、孤児院なども訪れている。とりわけ、孤児院における孤児の悲惨な状況――わずかな食糧を与えられるだけで教育や職業訓練も施されず、たとえ成長しても浮浪者になるしかない実態――を、怒りを込めて指摘している。修道院に関しても、訪問したサンタ・ローザ修道院におけるあまりに厳格な規律と、修道院長の理性の限界を超えた「宗教的ファナチスム」を批判し、その犠牲となった従姉のドミンガへの同情と共感を表明している。

一八三四年一月三日、彼女はようやく叔父のピオと初めて顔を合わせた。叔父は「山岳人特有の頑固さと狡猾さ」と「フランス風の優雅さ」を併せ持ち、完璧なフランス語を操り、一見柔和で洗練された宮廷人の風貌を備えていた。彼はフロラを愛想よくもてなしたが、彼女が父親の財産のことに触れるや豹変し、「守銭奴」の顔つきになった。彼は、兄とアンヌの正式の結婚証明書がない限りフロラは私生児であり、財産相続の権利はないと冷然と言い放った。フロラは叔父の肉親愛や寛容さに訴え、父の遺産一〇〇万ピアストルの八分の一にあたる五〇〇〇フランの年金［五〇〇万円相当］を支給してほしいと頼むが、無駄であった。訴訟を起こすことも考えたが、現地の有力者である叔父が相手では勝ち目がなかった。結局、従兄のアルトハウスの取りなしで、彼女は二五〇〇フランの年金を受け取ることで妥協せざるを得なかった。

一月二三日、ペルーの首都リマで内戦が勃発した。ペルーは一八二五年にスペインから独立を果たしたばかりの新しい国で、政治的に混乱状態にあった。当時の大統領ベルミュデスは影の支配者である前大統領ガマラの傀儡で、反ガマラ派は議会でオルベゴゾを大統領として承認した。これによってガマラ、ベルミュデス、オルベゴゾの覇権争いが起こり、内戦状態へと突入したのである。フロラは戦争への憤りと南米の人々への思いを次のように記している。

私はこのイスパノアメリカ［植民地だったためにスペイン語とスペイン文化が浸透しているアメリカ大陸の国々］の不幸を嘆かざるを得なかった。この土地ではいまだかつて、人の生命や財産を保護する政府が安定的に樹立されたことがないのだ。［…］いま、スペイン系南米人が戦っているのは原理原則のためではなく、同胞から略奪することに対して報酬を与えてくれる指導者のためである。戦争というものが、これほど胸のむかつく、これほど卑劣な様相を呈したことはなかった。この不幸な国々では、貪欲な心を誘惑するものがすべて消滅しない限り、戦災は終わらないであろう。しかしその時は、遠くはない。いつの日かついに神が定めた日が訪れ、これらの国民が労働の旗のもとに結集することであろう。願わくばその時、彼らが過ぎ去った災禍を思い出し、血と略奪にまみれた者たちに対して聖なる憎悪を抱きますように！［…］彼らが人間の幸福のために用いられる科学や才能のみを言祝ぐようになりますように。

　当初は遺産相続の話し合いが終わり次第、ヨーロッパに戻る予定であったが、内戦を機にフロラはペルーの社会情勢を見極めるためにもう少しこの地に留まることにした。フロラの情勢判断は冷静かつ的確で、百戦錬磨の叔父や職業軍人のアルトハウスでさえ、彼女に政治的・軍事的な助言を求めるほどであった。

パンチャ・デ・ガマラ

　一八三四年四月五日、反ガマラ派として戦っていたアレキパ軍はガマラ軍に敗北し、フロラはアレキパの兵士たちが壊走する光景を目撃する。二日後、敵軍がアレキパの町に姿を現し、町の実力者ピオの家にやって来た時、対峙したのはフロラただ一人であった〔叔父たち一家は修道院に逃げ込んでいた〕。しかし敵軍の将校は意外にも礼儀正しく友好的で、とりわけ指揮官エスキュデロ大佐は才気煥発で優秀なスペイン人であった。フロラはたちまち彼と意気投合し、彼を通してガマラ軍の内情に精通するようになる。

　エスキュデロの情報によれば、ガマラ陣営で真の実権を握っていたのはガマラ元大統領本人ではなく、その妻パンチャ・デ・ガマラであった。これは「鉄の意志」を持つ女性で、フロラは彼女を「ナポレオン的野心を備えた天才的な女性」と高く評価している。その一方で、「尊大で専制的な」ガマラ夫人に代わって自分がエスキュデロを介して政治に携わり、影の指導者としてペルー国民に幸福をもたらしたいという誘惑に駆られる。言わば、後のエバ・ペロン〔アルゼンチン大統領フアン・ペロンの妻、通称エビータ〕がアルゼンチンで果たしたような役割を担おうとしたのである。しかし、「権力のもたらす快楽が人間に与える道徳的退廃」を恐れて、彼女はこの「野心的計画」を断念する。エスキュデロに惹かれていく自分を抑えるためにも、フロラはアレキパを離れることを決意した。

3　リマ滞在

一八三四年四月二五日、フロラはアレキパからリマに向けて出発する。再び砂漠を横断し、イズレー湾からカヤオまで船で渡り、馬車の旅を経て五月一日にリマに着いた。リマでは、当時アヤクチョ県の知事であった叔父ドミンゴの妻マニュエラが出迎えてくれた。マニュエラの案内でフロラはリマの上流社会に出入りし、好奇心の赴くままに、市庁舎や劇場、修道院、異端審問所などを訪ねて町の隅々まで観察し、リマの人々を熱狂させる闘牛も見物した。

ミシェル・ペローが指摘しているように、フロラ・トリスタンは「女性初の偉大なルポルタージュ作家」[2]であった。現地に赴いて自分の眼で観察したばかりか、外的な事象の下に潜む本質を直感的に見抜く力を持っていた。彼女は、バルザックやゴーチエなど当時のロマン主義作家たちと同様にメスメルの動物磁気説（コラム7参照）の信奉者で、「磁気的視線」の持ち主と自認し、それによって「他人の魂の中で生じることを読みとる」[3]ことができると自負していた。そしてこの「磁気的視線」を都市空間の観察にも使用し、その本質を読み解こうとした。彼女はリマの町を俯瞰し、石造りの壮麗な巨大寺院が幾つも立ち並ぶ一方で、民衆の住む界隈では陰鬱でみすぼらしいあばら家が連なっていることに気づく。彼女はこの対照的な景観の中に、ペルーという国の調和を欠いた権力構造を看取したのだった。

フロラはまた議会を訪れ、国会の討議を何度も見学するが、議員たちの華麗な演説の裏に私利私欲に駆られた動機を見抜き、皮肉を交えた口調で描写している。

コラム7　メスメルの動物磁気説とロマン主義作家たち

フランツ・アントン・メスメル（1734-1815）はオーストリアの医者で，人間の体内には磁気が流れているとする「動物磁気説（magnétisme animal）」を唱えた。メスメルは，体内における磁気流体の分布の不均衡が病気の要因であり，「クリーズ（発作）」を誘発することで磁気の流れをスムーズにし，病気を治癒することができるとした。メスメル自身，この磁気流体を豊富に有していて，患者に触れることなく，手や眼の動きだけで流体を患者に伝導し，「クリーズ」を引き起こすことができるとされた。メスメルのこの施術は，患者に神経的な発作を誘発する，もしくは催眠術による昏睡状態に陥れることで，ノイローゼなどの神経症を治療しようとするもので，後のシャルコーやフロイトにつながる神経病理学の草分け的な存在であった。

彼の動物磁気説は，一方では天体と人間の身体との相互関連性を主張するなど，神秘的な性質を帯びると同時に，18世紀の発見である電気や磁石など科学的理論にも基づき，科学と疑似科学ないしオカルティズムが混じり合った境界領域に位置していた。やがて彼の理論はメスメリズムと呼ばれるようになる。

メスメルの動物磁気による治療術は，革命前夜のパリで大流行した。患者たちはまず，大きなバケ（baquet）と呼ばれる「磁気桶」を囲んで座る。桶の蓋のへり近くに人数分の小穴があいていて，そこに外向きに直角に曲げた鉄棒が入っている。患者はそれぞれ，自分の前の鉄棒の先に患部を押しつける。さらに，磁気桶を囲む患者同士を紐で結んで全員をつなぎ，紐が環状となるようにする。すると患者（特に女性患者）は次々に痙攣や発作を起こし，それによって病気が快癒するというものである。

メスメルは自分の治療実験をもとに、動物磁気という新しい物理的流体を発見したと主張したが，王立科学アカデミー，王立医学アカデミーなど科学の権威はそれを否定し，動物磁気説は物理的根拠のある科学とは認められなかった。メスメル自身は1785年頃から行方不明となり，その後20年間，消息不明となる。しかし，メスメリズムは革命後も根強く浸透し，神秘主義的傾向を強めていった。当時の心霊主義（輪廻転生説，占星術など）と結びついた新しいメスメリズムに心を奪われた人々は，霊媒による降霊術などに熱中した（第三部五章で触れたテーブル・ターニングもその一種）。

特に，眼から磁気流体を放射することで他人を思いのままに操ったり，他人の心の奥を読み取る千里眼が持てるという考えは，ロマン主義作家たちを大いに惹きつけた。バルザック（『あら皮』『ゴリオ爺さん』）やアレクサンドル・デュマ（『ジョゼフ・バルサモ』），テオフィル・ゴーチエ（『化身』『魔眼』）などの作品の中では，しばしば登場人物の眼から磁気流体が発せられ，人々を釘付けにする場面が描かれている。

フロラ・トリスタンも「磁気的視線」という考えに魅せられた一人であった。『遍歴』のガマラ夫人との会談の場面には，次のようにある。

> この瞬間，私は彼女の考えを見抜いた。私の魂は彼女の魂を所有していた。私は彼女より自分が強いと感じ，視線で彼女を圧倒した。

メスメリズムへの彼女の愛着ぶりは，後の小説『メフィス』にも見て取ることができる。『メフィス』には「動物磁気」というタイトルの章が設けられているのである。そこでは，女主人公マレキタとメフィスとの出会いが，次のように描かれている。

> そして，彼［メフィス］は彼女［マレキタ］を長い間，非常に長い間見つめた。マレキタは見られるがままにしていた。それから彼女も彼を見つめた。この二人の人物は互いに魂の中で起こっていることを見抜こうとしていた。彼らは本能的に互いに知り合うよう運命づけられていることを感じていた。彼らの間には，磁気的な関係が成立していた。

ペルーの上院議員たちは、一八二二年にナポリが人々の前に華々しく登場させた議員［急進的立憲主義を掲げるカルボナリ党による一八二〇年のナポリ革命後に成立した革命政権を指す］に遜色はなかった。傲慢で言葉の上では大胆、確信に満ちてもったいぶった演説をぶち、その演説には献身と祖国愛が脈打っている。しかし、実際はどの議員も私的利益しか考えておらず、祖国のことなど全く頭にない。おまけに、このからいばりの連中のほとんどが祖国の役に立たない者なのだ。

またフロラは、ちょうどデルフィーヌ・ド・ジラルダンが「パリ通信」の中で分析したように、服装を社会的地位や精神構造を読み取る記号とみなしている。とりわけ、リマの女性の「サヤ」と呼ばれる民族衣装に注目し、女性の自立と関連づけている［サヤに関しては次章参照］。

フロラはリマに二か月滞在した後、帰国の途についた。彼女は出発の直前、エスキュデロに付き添われたガマラ夫人に偶然出会う。フロラがアレキパを離れた時にはガマラ陣営が優勢に立っていたが、略奪の限りを尽くしたガマラ軍に憎悪を抱いた民衆が敵の陣営につき、ガマラ陣営は敗れ去った。民衆の怨嗟の的となったガマラ夫人は祖国を追われ、チリに亡命する途上であった。イギリス船の中で初めて彼女と対面したフロラは、ガマラ夫人を次のように描写している。

　彼女の内にあるすべてが、彼女が傑出した女性であることを示していた。意志の強さにおいても知性の高さにおいても並外れた女性であった。［…］彼女の顔は、一般的な美の基準から見れば、確かに美しいとは言えなかった。しかし、彼女が万人に与える印象から判断すれば、最も美しい女性をも凌駕していた。ナポレオンと同様に、彼女の美貌の及ぼす影響力はすべてその視線の中にあった。何という誇り高さ、何という大胆さ、何という洞察力がそこに湛えられていることか！　その視線は何という抗いがたい力で人々の意志を捉え、尊敬と称賛の念を抱かせることか！

またフロラは、ガマラ夫人が独立当初は無政府状態に陥っていたペルーに秩序と平穏をもたらしたとして高く評価していた。それだけに、極度の傲慢さゆえに多くの男性の自尊心を傷つけ、敵を作ってしまったことを惜しんでもいる。と同時に、凡庸な夫を大統領の地位に就けるために彼女が味わった屈辱や苦悩を知り、自分は政治的野望を断念して良かったともしている。そして、ガマラ夫人を襲う激しい癲癇の発作とそれによる肉体的な苦痛は、伝統的な女性の役割から逸脱して権力を掌握しようとしたことへの「一種の罰」(4)として認識されている。

4　「遍歴」の意味するもの

一八三四年七月一五日、フロラはカヤオ港からイギリスのファルマス［コーンウォール州南部の港］に向かう商船ウィリアム・ラシュトン号に乗船する。『遍歴』の最後は次のような文章で締めくくられている。

五時ごろ、船の錨が上げられ、人々がみな甲板からいなくなった。そして私は海と空の二つの広大な空間の間にただ一人取り残され、全く孤独な身となった。

ペルーへの旅は、名門トリスタン家の一員と認めてもらい、自らのアイデンティティを取り戻すためのものであった。フランスでは私生児として、さらに貧困階級として、また夫から逃げる妻として社会から疎外された存在だったフロラは、その境遇から脱出するために父の国ペルーにやってきたのだった。しかし結局、正統な名前、社会的ステイタス、財産を獲得する夢は果たせなかった。アレキパの叔父の家を離れる時の心境を、彼女は次のように記している。

私はこの場所を捨て去るにあたって、心が激しく動揺した。私は父が生まれた家を去ろうとしていた。そこに避難所を見出したと思ったのに、そこで暮らした七か月の間、見知らぬ他人の家という感触しか持てなかった。これまで耐え忍んできたが、一度も家族として扱ってもらえなかったこの家から、私は逃げ出そうとしていた。そこで味わった耐え難い精神的苦痛や絶望感が私に吹き込んだ様々な暗示〔＝自殺願望〕から逃れていくのだ。逃れてどこに行こうとしていたのか？……私にはわからなかった。〔…〕どこに行ってものけものにされ、家族も財産も職業もなく、自分の名前さえ持てず、風任せに空に浮かぶ気球のようにあてどなく彷徨っていた。

フロラは母の国フランスからも父の国ペルーからも社会的認知を拒まれ、「パリア」としての生を余儀なくされた。しかしそれと同時に、ペルーの政治的・社会的動乱に立会い、ヨーロッパとは異なる文化に触れ、様々な経験をすることで人間的に大きな成長を遂げてもいた。彼女はこの旅によって、むしろ自らの置かれた状態を進んで引き受け、社会の偏見と差別に対して戦う決意を固めていた。それが自らを「パリア」と呼び、その旅行記に『ある女パリアの遍歴』というタイトルをつけたゆえんであろう。

ところで「遍歴（pérégrinations）」という言葉と関連の深い法律用語pérégrinitéは、「ある国における外国人の身分」、さらには「民法上死んでいる（市民権を持たない）人間の状態」を指す。[5]「民法的な死」はまさに、ナポレオン法典によって定められた妻の立場——政治的・社会的・経済的に夫に従属し、法律上「永遠の未成年」とみなされる立場——を意味し、とりわけフロラをはじめとする不幸な結婚をした女性がその範疇に属する。また、pérégrinationという言葉は「巡礼（pèlerin）」から派生し、宗教的・神秘的意味合いを帯びている。その意味では、フロラは幼い頃に亡くなった憧れの父親を求めて、その生家を「聖なる場所」とみなし、巡礼の旅に出たとも言える。

フロラはボルドーからアレキパまでの一三三日に及ぶ過酷な船旅（嵐、赤道直下の直射日光、疫病などとの闘い）や灼熱地獄の砂漠横断を、『遍歴』全二巻のうち一巻を費やして詳細に描いた。それは、彼女が自らの旅を「イニシエーション」と位置づけていたからであろう。ちょうど、神話の英雄が死の危険を冒して荒れ狂う海を渡り、それを乗り越えることで「死」から「再生」への道を辿ったように、フロラもまた艱難辛苦の旅を経て、新しい自我に生まれ変わろうとしていた。それゆえ、『遍歴』の冒頭が自らの再生を暗示するかのように、「一八三三年四月七日、私の誕生日が我々の出発日であった」という「出発」と「誕生」を重ね合わせた文章で始まるのも偶然ではない。したがって、『ある女パリアの遍歴』というタイトルは、単に空間的な移動を意味するだけではなく、彼女がポジティブな意味における「パリア」としての自覚を持って再生へと向かうに至る「魂の遍歴」の時間的経過をも指していると言えよう。

以上のように、『遍歴』には作者の自伝的要素が色濃く現れていると同時に、「ルポルタージュ作家」または民俗学者、社会思想家の視点が織り込まれてもいる。次章ではこの点について見ていくことにしよう。

第三章　『ある女パリアの遍歴』——真実の記録

1　『遍歴』の序文

『遍歴』の冒頭には「ペルー人たちへ」と題された献辞が置かれ、次に女性が書くということや回想録についていて述べた「序文」、さらにペルーへの旅の経緯を述べた「序言」が続くというふうに、いわゆる前書きが三つ付されている。そこで作者が強調しているのは、「真実」を語るということであった。フロラが同時代のジョルジュ・サンドを意識していたことは明らかで、「序文」にはサンドの名は挙げていないものの、彼女を明確に示唆する文章が見出せる。語り手はそこで、女性にとって不平等な社会に対して、女性の抗議の声が一つも出ないことを嘆いた後で、前言を翻して次のように述べている。

いや、間違っていた。デビュー作から高尚な思想と威厳ある完璧な文体で有名になった作家が、我々の法律によってもたらされた女性の不幸な立場を小説の形で浮き彫りにしたのだった。その作家は描写の中に多くの真実を組み入れたので、読者は作家自身が味わった不幸を感じ取ることができた。

しかしこのようなサンドへの称賛は、後半になると批判的な口調に変化する。

その作家は女性であったが、著作の中で自らを隠すヴェールだけでは満足せずに、男の名前で作品に署名した。虚構の裏に隠された嘆きによって、一体どのような反響が得られるというのか。小説を書く動機となった事実が現実味を失ってしまっては、いかなる影響を及ぼすこともできないはずだ。

フロラはサンドが本名を使わず男のペンネームを付して作品を書いたことに批判の眼を向けている。ここまでに見たように、当時、女性作家は男の名をペンネームにするのが慣わしであった。女性の役割が私的空間に閉じ込められていた一九世紀フランス社会において、女性が自らの考えを新聞や本などに公表することはタブー視されていたからだ。それに対してフロラは、本名を名乗ることで、より効果的に「闇に隠された不公平さを暴くことができる」と主張している。彼女は虚構ではなく、事実をそのまま記すことに意義を見出し、次のように述べている。

生きる上での苦しみを知り、人や物事と戦ってきた人は誰でも、自分が経験したり目撃した出来事をそのまま語り、不満や称賛の対象となる人物を名指ししなければならない。[…]このような暴露の効果なしには改革は成し遂げられないであろうし、誠実さや率直さは存在しえないであろうから。

したがって、フロラはその著作すべてを本名で発表し、『遍歴』の中では自分の不利益になることも承知の上で、叔父や親族に対して抱いた感情を「ヴェール」に包むことなく率直に書いた。彼女は「真実の存在」[1]であることを信条にしていたのであり、彼女の作品にほとんど強迫観念のように現れるライトモチーフは、「真実」とそれがもたらす「有益性」であった。[2]彼女は、「真実」を語ってこそ、同時代の社会や人々に働きかけ、「有益に」社会改革を進めることができると考えていた。

フロラの批判の矛先はサンド以外にも及んだ。彼女は「序文」の中で、ルソーをはじめとする回想録の作者の大多数が死後出版を望んだことを批判し、それでは同時代の社会に影響を及ぼすことができないと嘆いている。それゆえ『遍歴』では、実在の人物を実名で批判することも辞さなかった。この点では、第二部で見たジャンリス夫人の回想録と同じ方針であったと言える。しかしジャンリス夫人の場合、オルレアン公との恋愛関係など道徳的に非難を浴びる可能性のある事柄は避け、自分を理想の女性像として美化したが、フロラにはそうした欺瞞は見られない。

フロラはさらに、回想録作家の条件として、まず社会的に苦しんだ経験があることを挙げ、その経験によって自分や他者の真の価値を測ることができるとした。[3]その点で、様々な苦しみを味わった「パリア」としての自分には、回想録を書く適性があると自負していたのである。

「序文」に続く「序言」でも、自らの苦難に満ちた半生を語ると同時に、ペルーの叔父たちに独身と偽ったことも告白している。本編の中では、シャブリエ船長やエスキュデロへの恋愛感情や、重婚を承知の上で彼らとの結婚を考えたことすら率直に告白している。それは後に、夫との裁判にあたり、夫側の弁護士に彼女の不誠実と男性関係を暴く証拠として挙げられてしまうことになる。

このように、フロラは自身に不利になることも覚悟の上で、自分を包み隠さずさらけ出すことを通じて社会的不正や不平等を告発しようとしていた。同時代の作家でもサンドの場合、自伝『わが生涯の記』（一八五四〜五五）では読者の期待に反して、ミュッセやショパンとの恋愛を詳細に語ることはなかった。

フロラは冒頭の献辞「ペルー人たちへ」の中で、ペルーの人々に次のように語りかけている。

あなた方の中には、私の報告を読んでまず私に敵意を抱く人もいるでしょうし、哲学的な努力の末にようやく私が正しいと判断する人もいるでしょう。不当な非難は何の役にも立ちませんが、根拠のある非難は人を苛立たせるものです。しかし、それは結果として友情の大きな証しとなるのです。〔…〕あなた方の現在の繁栄と将来の発展を私ほど真摯に望んでいる者はいません。〔…〕私はあなた方の愛国主義的な誇りを傷つける危険を冒して、「あなた方が誤った道に進んでいることを」勇気を出して述べることにしました。

「献辞」とは普通、世話になった人や愛する人への感謝のメッセージである。しかしフロラはむしろ、この本が「献辞」を捧げられた相手（ペルー国民）を非難し、その誇りを傷つけるものであることを明らかにしている。彼女は、たとえ相手にとって不愉快なことであろうと、「真実」を語ることを何よりも優先し、それが「将来の発展」につながると確信していた。

2　「良心的な旅行者」

フロラは、『遍歴』の本編においても自らを「良心的な旅行者」と呼び、自分には「いかなる真実でもそれを語る義務がある」と述べて、随所でペルー社会を批判した。とりわけ、叔父のピオをはじめとする支配階級に対しては「全く腐敗している」と激しい非難を浴びせている。ペルーで力を振るうカトリック教会も例外ではない。キリスト教の祝祭日に演じられる聖史劇［キリストの受難などをテーマにした宗教劇］を見たフロラは、次のように描写している。

> 大群衆を前に教会の玄関下で上演された聖史劇は、パリからやってきた一九世紀の人間である私には、目新しいものであった。しかし、教訓に満ちた出し物は粗暴であった。一方、ここに集まった民衆の着ている粗悪な衣服、ぼろ着、そして彼らの極端な無知と馬鹿げた迷信は、私の想像力を中世まで運んで行った。白、黒、赤褐色のこれら全ての顔は、野蛮な獰猛さ、熱狂的なファナチスムを表していた。この聖史劇は内容において、〔…〕ヴィクトル・ユゴーが彼の『ノートル・ダム』で我々に見せてくれた芝居興業とかなり類似していた。

フロラは、イスラム教徒やユダヤ教徒を痛めつけて笑い興じるという聖史劇の内容が「粗暴」かつ時代遅れであり、民衆の「極端な無知」と「馬鹿げた迷信」を助長するものだと批判している。

聖母被昇天の祝日に催されるパレードに関しても、彼女は次のように痛烈な批判を込めて描いている。

ペルーの教会の祭りを見れば、異教のバッカス祭やサチュルヌス祭がどのようなものであったか想像できる。最も無知蒙昧な時代においても、カトリックがこれほど下品な滑稽さ、これほど冒瀆的なパレードを白昼堂々と人の目に曝したことはなかった。行列の先頭には、音楽隊と仮装したダンサーたちが歩いていた。〔…〕教会は彼ら〔＝黒人と混血の男性〕にピエロやアルルカン、ベネ〔間抜けな人間〕などの同じような道化の衣装を着せ、さらに顔を隠すためにあらゆる色の不細工な仮面を被せていた。四、五〇人のダンサーが下品でシニカルな様子で身ぶり手ぶりを交え、身をくねらせて黒人女や混血女を挑発し、彼女たちにあらゆる淫らな言葉を投げかけていた。〔…〕それはまさに、ひきつった笑いや叫び声の聞こえてくるグロテスクな混乱であり、私は嫌悪のあまり眼をそむけた。

フロラのこうした記述には、「未開の国」のヨーロッパとは異なる風俗習慣に対する「文明人」としての偏見と優越意識が見出せる。彼女が「野蛮」で「下品」と決めつけている宗教儀式の仮面や恍惚状態で演じられる舞踊は、その土地固有の信仰や神話とキリスト教との融合を象徴するものであり、文化人類学の考察の対象ともなってきたものである。その点では、彼女には異文化に対する理解や想像力が欠けていたと言わざるを得ない。特に、ペルー料理に対する偏見は、ヨーロッパ文化を絶対的価値とみなす彼女の理解の限界を示すものである(4)。

しかし、フロラが一貫していたのは、現地では支配階級の一族に属していたにもかかわらず、常に「民衆の眼」で観察し、社会批判を行ったことだった。前述の祭りに関しても、批判の矛先は「野蛮な」民衆ではなく、祭りを主宰するカトリック教会に向いていた。

とりわけ彼女の批判の的となったのが、当時まだ存続していた奴隷制度であった[5]。プラヤで北アメリカ領事の家に招待された時、奴隷に対する領事の野蛮な行為に彼女は大きな衝撃を受ける。黒人奴隷が主人に棒で滅多打ちにされ、血まみれになっている光景を目撃したのだ。領事は彼女に、奴隷が盗みを働き、嘘をついたのだから当然の仕打ちだと平然と答えた。フロラは白人に搾取され、人権を剝奪された奴隷の立場を全く無視して、支配者側の論理をふりかざす領事の態度に憤慨している。

リマ郊外の精糖工場を見学に訪れた時も、過酷な条件で働く黒人奴隷たち――そこには七〇〇人の大人の奴隷の他に、二〇〇人にのぼる子どもの奴隷もいた――の境遇の改善および奴隷制の廃止を工場主に訴えている。また、自分の子どもが奴隷になるくらいなら死なせた方がましだと考えて、授乳をやめてしまった若い女奴隷に対して、次のような感慨を抱いている。

> この黒い肌の下には、誇り高い偉大な魂が宿っている。黒人たちの中には、生来の自立した状態から突如として隷属状態に追いやられても、苦痛に耐え、隷従に屈することなく死んでいく不屈の精神の持ち主もいるのだ。

一方でフロラは、「黒人奴隷の臭気」に嫌悪感を抱いたと告白している。これは当時流布していた人種的な偏見で、『一九世紀ラルース大辞典』にも「黒人（nègre）」の項に「黒人が興奮すると、皮膚から黒っぽい油のような汗が出て下着にしみをつけ、不愉快な臭いを放つ」というくだりがある。彼女もこうした偏見から免れてはいない。しかし他方で、二〇年後にハリエット・ビーチャー＝ストウが『アンクル・トムの小屋』（一八五二）で描いたように、黒人奴隷を犠牲者とみなして、単にその善良さを理想化するのではなく、フロラは被抑圧者に反抗と解放運動への正当な権利を認めている。こうした彼女の考えは、フランスの奴隷貿易廃止論者に影響を与えたとされている。(6)

3　ペルーの女性

フロラはまた同性として、ペルーの女性の立場を注意深く観察した。彼女がまず気づいたのは、ペルーの女性たちもフロラと同様に、結婚制度の犠牲となっていることだった。その一人が従姉のカルメンで、彼女は夫の放蕩と暴力に苦しめられたにもかかわらず、財産を蕩尽し性病に罹って彼女の元に戻ってきた夫を死ぬまで看病した。夫の放蕩を家族に相談しても、辛抱するよう説得されるだけであった。その身の上話を聞いて、フロラは「これこそ結婚が解消できないために生じるモラルなのだ」と、離婚を認めない結婚制度を批判している。

「結婚こそ、私の知っている唯一の地獄」と断言するカルメンの言葉に、フロラは「パリア」という言葉が自分だけにあてはまるのではなく、女性全体に関わる問題だと認識するようになった。それが後に、国境を越えた女性同士の連帯を呼びかけるきっかけとなる。

一方、第一部で触れたように、当時のフランス社会では男性に対する女性の劣等性が自明の理と考えられていた。ところがペルーでは反対に、女性の方が男性よりはるかに優れていることにフロラは気づく。その証拠に、『遍歴』に登場する男性は、シャブリエ船長とエスキュデロ大佐を除き、政治家、軍人、ブルジョワの区別なく、すべて貪欲でエゴイスティックな人物として描かれている。臆病な軍の司令官や、軍に財産を没収されるのを恐れて右往左往する守銭奴たち――叔父ピオもその一人――の滑稽な姿が皮肉なタッチで描写されている。また、支配層の中で唯一評価されているガマラ夫人に対しては、その行動力がナポレオンに喩えて称えられている。周知のように、ナポレオンはロマン主義世代の作家にとって憧れの英雄であったけれども、そのナポレオンの名が男性ではなく女性に冠されているのも、ペルーの女性の優秀さを発見したフロラならではの特徴である。

最下層の階級においても、女性の優位性は変わらない。フロラは戦場でラバナス（*ravanas*）と呼ばれる従軍女商人たちと出会う。彼女たちは子連れで軍隊に付き従い、物資を賄うだけでなく、食事の準備や洗濯など兵士の生活全般を支えるインディオの女たちであった。ラバナスは食糧確保のために本隊より先に出発し、野営地で住民の抵抗がある時には、村を略奪し破壊する獰猛さを見せた。彼女たちは無報酬にもかかわらず、労苦と危険に満ちた生活に進んで飛び込んでいた。こうしたインディオの女たちの勇敢さにフロラは敬意を表し、「揺籃期にある民族の中で、女性の優位性を示すこれほど明白な証拠は他にないだろう」と語っている。

フロラは、女性には生来「知性」が備わっていて、男性と平等の教育を受けることでそれを発揮できるようになると考えていた。これは知的活動を男性のみに許された領域とみなす当時の価値観を覆すものであった。彼女はさらに、リマの女性たちが享受している自由を称えて次のように述べている。

リマほど女性が自由で、大きな影響力を行使している土地は地球上どこにも見当たらないだろう。ここでは女性が全面的に支配権を握っている。万事を突き動かす力は彼女たちから生じている。ここではあまりの暑さが人々の頭をぼんやりさせ、エネルギーを奪う。その残された僅かなエネルギーを、リマの女性が独占しているかのようだ。

フロラによれば、リマの女性は知性でも精神力でも男性を凌駕しており、そんな彼女たちに自由な行動を許しているのが「サヤ（*saya*）」と呼ばれる民族衣装「スカートと、顔から腕までをすっぽり覆う袋状のマントから成る」であった。女性たちは一年中、目のところだけ開いたマントで顔全体を覆っているが、それで自由が束縛されるのではなく、逆に匿名性が確保されることで劇場や闘牛、公の集会や舞踏会、散歩などに一人で自由に出かけることができ、自立した生活を享受できた。既婚女性でもサヤのおかげで夫以外の男性とアヴァンチュールを楽しむことも可能で、たとえ夫であっても、妻の後をつけて監視することは禁じられていた。当時、フランスやイギリスでは女性が議会を傍聴することは原則的に禁じられていた。それに対し、ペルーではサヤを着た女性たちが議場を訪れ、自由に政治的な意見を述べることができた。子どもの頃から法律、風俗、習慣などに束縛されるヨーロッパの女性と比べて、「リマの女性は人生のあらゆる段階で常に自分自身でいられる」とフロラは述べている。

サヤを身につけたリマの女性

　彼女ら「リマの女性」は決して、いかなる束縛も受けない。衣装が与えてくれる自由によって、娘時代には両親の支配から逃れることができるし、結婚しても夫の姓を名乗らず自分の姓を保ち、常に一家の主人であり続ける。家事にあまりにも疲れたら、サヤを着て外出する。ちょうど男が帽子を被ってそうするように。すべてにおいて、男と同じように自立した行動をとることができた。

このようにフロラは、自由を満喫するリマの女性たちを半ば羨望の眼差しで見ている。しかしそれと同時に、リマの女性たちがサヤによって得られる自由を主に恋愛に費やし、しかも相手の愛情を高価な贈り物で測る悪習に染まっていると批判している。彼女はやがて、むしろそのエネルギーと知性を建設的な目的に向け、男性、さらには人類を導く「救世主」としての役目を果たすべきだと考えるようになる。

以上のように、『遍歴』は通常の旅行記とは違い、異国の自然や風俗・習慣を客観的な立場から描こうとはしていない。むしろ主観的な女性の視点で描いたもので、そこには様々な社会思想や政治的メッセージが織り込まれている。それと同時に、彼女はこの旅によって「自らの魅力を自覚[7]」し、美貌だけではなく知性、エスプリによって権力者にも影響を及ぼしうる力を自らの内に見出した。フロラにとってペルー旅行は言わば、自己の再発見の旅であった。それによって彼女は、夫から逃れる弱い立場の女性から、自らの意見を発信していく自立した女性へと変貌を遂げる。

第四章　フロラ殺害未遂事件

1 『外国人女性を歓待する必要性について』

一八三五年一月、フロラはパリに戻り、娘のアリーヌと共にセーヌ左岸に居を構える。叔父から支給された年金のおかげで、生活に多少余裕のできた彼女は、さっそく本の執筆に取りかかる。七月には『外国人女性を歓待する必要性について』と題した三〇頁程度の小冊子を自費出版した。それは、一人で外国を旅する女性への世間の厳しい眼や偏見、不当な扱いを批判したものであった。それはまさに彼女自身の経験に基づいたもので、例えば、一人旅の女は宿屋で一番ひどい部屋をあてがわれ、法外な値段を要求された上に軽蔑の眼差しで見られるといった実情が記されている。しかしフロラは批判だけに留まらず、宿泊施設や職業を斡旋したり、法律相談に応じるなど様々な便宜をはかる「外国人女性のための協会」の設立を提案してもいる。彼女は女性の一人旅の不便さを嘆くよりも、むしろ一人旅でしかなしえない成長の意義を重視していた。女性が一人旅によって公的空間に身を置き、すべてを見、すべてを知ることで男女平等を要求する闘争の第一歩を踏み出し、抑圧された者同士が連帯することを訴えようとしたのである。

冊子のタイトルにある「外国人女性（femmes étrangères）」という言葉は単に「外国籍の女性」を意味するだけではない。誘惑され捨てられて上京してきた地方の娘や、フロラのように暴力的な夫の束縛から逃れて旅に出た妻など、国籍を問わず疎外されたすべての女性が含まれる。さらに étrangère の概念には、フロラ自身の特殊な事情も反映されていた。彼女はペルーではフランス人、フランスではエキゾチックなアンダルシアの女、またはオリエントの女とみなされ、どの国でも「よそ者（étrangère）」扱いされた。しかし彼女は、アイデンティティの危機に陥るどころか、むしろその曖昧さを歓迎し、常に「よそ者」の眼で世界を見極めようとした。

その結果、彼女は「人類愛」の名のもとに、国境を越えてすべての人間が「唯一の同じ家族[1]」を形成することを提唱するに至る。こうしたユートピアへの夢はサン゠シモン主義やフーリエ主義にもその源流を見出せる。しかしフロラの場合、現実に実行可能な「段階的な改善[2]」を求めている点に独自性がある。「我々は、自分で経験したことしか語ることができない[3]」と彼女自身が述べているように、フロラの思想はイデオロギー的なものではなく、むしろ実存的であった。

2　『ある女パリアの遍歴』の出版とその反響

『外国人女性を歓待する必要性について』は、その雄弁な文体と大胆な思想が評判を取り、たちまち完売した。これでフロラに注目したのがエミール・ド・ジラルダンであった。彼の要請でフロラは『泥棒』『ルヴュ・ド・パリ』『アルティスト』『ジュルナル・デ・デバ』『プレス』など各紙に寄稿することになった。また、ジラルダンの妻デルフィーヌのサロンにも才気煥発で魅力的な女性として歓迎され、さらに文壇では才能ある作家として注目を浴びた。

　一八三七年一一月には『ある女パリアの遍歴』が出版される。そこには前述したように、ペルーの支配階級やカトリック教会などへの痛烈な批判が散りばめられていた。そのため、これを読んだペルーの親族は激怒し、叔父ピオは彼女に支給していた二五〇〇フランの年金を即刻差し止めた。ペルーの権力者たちはこの本を発禁処分にし、中世の魔女裁判さながらに、フロラに似せた藁人形をリマの劇場前とアレキパの市役所前の広場に据え、公衆の面前で焼き払った。

　一方、フランスでは『アルティスト』紙が絶賛する書評[4]を載せるなど、有力各紙が取り上げ、評判を呼んだ。『遍歴』は、ペルーの社会事情やその動乱を現場で体験した貴重なルポルタージュとして、また作者自身の波乱万丈の人生を率直に描いた回想録として、フランスの読者の関心を大いに引いた。

シャルル・フーリエ

ロバート・オーエン

　帰国してからのフロラは、サン＝シモン主義者の他にも社会主義運動を推進する様々なグループと積極的に交流するようになった。土地や生産手段を共有する理想的な共同体（ファランジュ）の創設を主張したシャルル・フーリエやその弟子ヴィクトル・コンシデランにも会い、その思想に触れた。また、イギリスの社会改革者ロバート・オーエンの集会にも参加している。オーエンは労働者の生活改善や協同組合・労働組合の育成に尽力した人物で、フロラは一八三七年七月二八日にパリの自宅に彼を招いている。その他にもフェミニストのウジェニー・ニボワイエやポーリーヌ・ロランなどとも一時期活動を共にし、一八三七年一二月には議会に「離婚制度復活のための請願書」を提出している。

その一方で、劇場やサロン、オペラ座の仮面舞踏会にも足繁く通い、新聞のゴシップ欄に登場するなど、パリ社交界でも寵児となった。

3 夫との確執

ところで、夫のシャザルは一八三二年から妻の消息を知らず、彼女がペルーに行ったことも、パリに戻り娘のアリーヌと一緒に住んでいることも知らなかった。その間、彼は借金取りに追われてフランス中を逃げ回り、捕まって投獄され、釈放されてからはアルコールに溺れる荒んだ生活を送っていた。

一八三五年一〇月一五日、シャザルのもとに妻の居所を知らせる匿名の密告状が届く。そこには、娘のアリーヌを妻から奪えば相当な額の金を取れるとして、その手段も示されていた。ゲルハルト・レオの推測によれば、密告の主は秘密警察で、社会主義者フーリエに宛てたフロラの熱狂的な手紙がその眼に止まり、危険思想の持ち主と睨まれたためだという(5)。シャザルは密告状の指示に従って、学校帰りのアリーヌを拉致する。事態を知ったフロラは娘を取り戻すために訴訟を起こすが、たとえアルコール中毒の父親であっても、法律上の親権はシャザルにあり、奪い返す術はなかった。

一年半後の一八三七年四月一日、娘のアリーヌから、父シャザルの性的虐待を訴える手紙がフロラの元に届く。驚いた彼女は警察に通報し、シャザルは近親相姦のかどで逮捕投獄された。しかしアリーヌと、同居していた兄エルネストの証言にもかかわらず、シャザルは無罪放免となってしまう。フロラは直ちに夫との別居訴訟を起こし、二人の子どもの親権をめぐって争うこととなった。

一八三八年三月一四日、民事裁判所で夫との別居が正式に認められた。しかし子どもの親権に関しては一部しか認められず、エルネストは引き続き父親の元に残さねばならなかった。ほぼ敗訴した夫のシャザルは妻に対して「ヒステリックな憎悪」(6)を抱き、自分の人生を台無しにしたばかりか、社会の基盤そのものを揺るがす危険分子だとみなすようになる。やがて一種の錯乱状態に陥った彼は二丁のピストルを購入し、妻を付け狙うようになった。

一八三八年九月一〇日、フロラは自宅を出たところで夫に撃たれ、重傷を負った。即死は免れたものの、左胸に入った弾は心臓に近すぎて手術で取り出すことが困難だった。翌日には、サロンと文壇の寵児殺害未遂というこのセンセーショナルなニュースが新聞各紙に載り、『遍歴』のストックはこの一日で売り切れた。フロラは一時危篤状態に陥ったものの一〇日後には持ち直し、順調に回復して一か月後には仕事を再開した。

4　社会主義小説『メフィス』の出版

生死の境をさまよってから二か月足らずの一八三八年一一月、フロラは小説『メフィス』を出版する。これによって、彼女は『遍歴』で厳しく批判していた「虚構」を自ら執筆するという矛盾に陥っている。しかし、パスカル・ユスタッシュが指摘しているように(7)、彼女はこの作品において小説家としてではなく、「自らの経験からその材料を汲み取っていた」。さらに『遍歴』を執筆していた頃とは違い、フランスでは一八四〇年前後から、不平等な社会を告発し、社会改革を訴える「社会小説」または「社会主義小説」と呼ばれるジャンルが出現していた。とりわけ、下層階級をテーマにしたウージェーヌ・シューの『パリの秘密』が新聞小説として『デバ』紙に連載され（一八四二〜四三）、絶大な人気を博していた。しかもこの時代には、「社会に関する最も重々しい、最も真面目な言葉、すなわち医者や統計学者、博愛主義者や社会主義活動家たちの言葉には、常に小説的な脚色が施されていた[8]」のである。フロラもこうした傾向を先取りし、自らの社会思想を小説の中に組み入れ、民衆を啓蒙しようと考えたようだ。

「メフィス」とは、ゲーテの『ファウスト』で有名な悪魔の化身メフィストフェレスを省略したもので、物語の主人公ジャン・ラヴァルが自らにつけた名前である。彼は「磁気的な視線」で歌姫マレキタを誘惑する役どころであるが、実際は彼女に「真摯であると同時に純粋で、情熱的な真実の愛」を捧げる人物で、「悪（mal）の化身」というよりはむしろ、「不幸（mal）の化身」として登場する。彼は自ら「プロレタリア」を名乗り、マレキタと次のような会話を交わす。

〔メフィス〕私は民衆の人……今日ではプロレタリアという名前で呼ばれている者です。

〔マレキタ〕プロレタリアですって！……でも確か、フランスでは二五〇〇万人もいるとされていますが。

〔メフィス〕そうです。プロレタリアは数が多いために同情されず、人々はあたかも彼らの不幸に伝染するのを恐れるかのように彼らと縁を切っています。ああ！　土地の奴隷を押しつぶす数多くの悲惨な状況をあなたがご存じならば、〔…〕あの民衆の悲痛な苦しみをご存じならば、このプロレタリアという言葉を聞いて身震いされることでしょう！　そう、金持ちのエゴイズムに憤慨し、貧民の忍耐に驚かれることでしょう！　町や田舎に氾濫するあのぼろをまとった乞食たちの群れの蒼白い顔、痩せ細った手足を見れば、施療院や監獄、徒刑場がどうして満杯なのか理解されることでしょう。

メフィスは極貧に苦しむ漁師の一家に生まれたプロレタリア階級ではあるが、イギリス貴族の息子を救ったことで貴族の屋敷に引き取られる。そこで豊かな教養を身につけるが、身分違いの恋に破れ、多くの職業を転々としていた。物語では彼が受けてきた様々な迫害が語られている。この小説は、労働者階級の悲惨な実態を描いたというよりは、偽善的で偏見に満ちた社会を告発することに重きが置かれている。メフィスはマレキタに恋愛の自由による女性の解放を説き、一方でプロレタリア階級の解放を主張している。

物語は言わば、二人の悲劇的な恋愛と社会主義的な思想が絡み合う形で展開していく[9]。その意味では、水田珠枝が指摘しているように、この小説は「女性の主体的解放を要求するロマン主義思想」から、社会秩序への抵抗と変革を目指す「社会主義への転換」を示す作品の一つと言えよう[10]。自伝的要素としては、メフィスが自らの社会思想やユートピアの夢を語っている点、マレキタの容姿と不幸な恋愛に、作者自身の経験が投影されていると言える[11]。

一八三九年一月、夫シャザルの裁判が始まる。この時、前述のように夫側の弁護士がフロラの不品行の証拠として、『遍歴』の内容を引き合いに出した。弁護士は『メフィス』の中からも、若い娘が自らの意志で伴侶を選ぶことを擁護する主人公のセリフを例に挙げ、フロラの不道徳性を非難した[12]。当時の結婚観では、こうした主張は社会秩序を乱す危険思想とみなされていたのである。二月に判決が下り、シャザルは二〇年の徒刑を宣告される(13)。これによってフロラは長年にわたる夫の迫害から解放され、文筆活動に専念できるようになった。子どもと自分の姓をシャザルからトリスタンに変更し、彼女は夫との縁を完全に切った。

第五章　『ロンドン散策』——恒久的貧困を「見る」

資本主義体制の確立した一九世紀において、真面目に働いても最低の生活水準すら維持できず、財産とは無縁のプロレタリア階級が出現し、「恒久的貧困（paupérisme）[1]」という概念が生まれた。それに伴って犯罪者像も変容し、稀代の盗賊といった華々しく例外的な「怪物」から、「次第に人格的な要素を失い、匿名の形で都市を覆い尽くす[2]」貧困階級、すなわち労働者階級の中に投影されるようになる。ルイ・シュヴァリエの言葉を借りれば、「貧困はマージナルな現象であることをやめ、物事の中心となった[3]」。

こうしたイメージの変容をもたらした一因として、労働者階級に関する社会調査が挙げられる。その代表的なものに、一八四〇年に出版された三つの著作——H＝A・フレジエの『大都市の住民における危険な階級、およびその改善法について』（以下『危険な階級』）、ルイ＝ルネ・ヴィレルメの『労働者の肉体的、精神的状態のタブロー』（以下『タブロー』）、ウージェーヌ・ビュレの『イギリスおよびフランスにおける貧困について』——がある。

同じ範疇に属するのが、同年に出版されたフロラ・トリスタンの『ロンドン散策』である。当時、産業

19世紀当時のイギリスの貧困階級の家

革命が最も進んだイギリスでは、恒久的貧困の問題が深刻化していた。その原因を突き止め、将来のフランスに役立てようとする社会改革家たちは、「改革と実験の本場」(4)イギリスを視察に訪れた。フロラも一八三九年五月一〇日から八月末まで三か月間、イギリスに滞在して労働者階級の実態を調査した。それをまとめて翌年に出版したのがこの『ロンドン散策』である。彼女は序文で、執筆の意図を次のように明らかにしている。

私は見かけに惑わされなどしなかった。イギリスの表舞台のきらびやかで贅沢な装置にも眩惑されなかった。舞台裏に潜り込み、役者の紅白粉や飾り紐の銅をこの目で見、彼らの生の声を聞いた。現実と真正面から向き合い、物事を正確な価値基準で評価しようとした。本書は事実から、そして細心の注意を払って集めた観察から構成されている。

タイトルには「散策」とあるが、彼女の旅の目的はむろん名所旧跡めぐりなどではなかった。フランソワ・ベダリーダの言葉を借りれば、「階級と性の不平等のメカニズムを解析し、恒久的貧困の原因を抉り出し、富裕層と労働者階級とを隔てる巨大な溝を解明すること」、それと同時に「逸脱にいたる行程を分析すること」、「軽犯罪者や狂人、娼婦など、社会から排除され、疎外された者たちの運命を理解できるよう説明すること」を目的としていた(5)。

フロラはイギリス滞在中に、オーエン主義者やチャーチスト運動［一八三八〜四八年にイギリスで展開された普通選挙権獲得を目指す大衆運動」の指導者たちとも接触した。さらに政治の舞台である国会や、社交の場として名高いアスコット競馬場だけでなく、子どもの労働や売春、監獄制度を調査するためにそれらの施設に実地に赴いてじかに観察した。

本章ではこの『ロンドン散策』を取り上げ、貧困と労働者階級に関する彼女の思想を同時代の著作と比較しながら検証していきたい。

1　労働者階級に関する三つの著作

フロラ・トリスタンの独自性を探るうえで、まず同時期に社会調査を実施した男性著述家との立場の違いを明らかにしておこう。先述の三人のうち、フレジエは『危険な階級』において次のように述べている。

貧困階級と悪徳階級はあらゆる種類の犯罪者を生み出す最も肥沃な苗床であったし、将来にわたって常にそうあり続けるであろう。それをとりわけ我々は危険な階級というタイトルのもとで指し示している。(6)

つまりフレジエは貧困に苦しむ労働者階級と「危険な階級」をほぼ同一視し、その風俗や習慣、生活態度を調査することで「悪徳の侵入を防ぐための予防策」(7)を提示しようとしたのであった。セーヌ県庁の局長であるフレジエは体制側の人間であり、貧困を撲滅するというよりはむしろ、社会秩序を乱しかねない労働者階級の「危険性」を削ぐことを重要課題とした。

ヴィレルメは医学アカデミーのメンバーであり、人口統計学の権威となった医者である。彼の著作『タブロー』は政治・精神科学アカデミーの助成を受けて、一八三五年から三七年にかけてフランス北部と東部の織物工場の労働者について行った調査をまとめたものだ。同アカデミーは一八三五年頃から恒久的貧困に関する社会調査を奨励するようになっていたが、それは「貧困の増大を前にした支配階級の不安と、それ以上に革命への恐怖」[8]によるものであった。ヴィレルメ自身、裕福なブルジョワであり、この「不安と恐怖」を共有していた。したがって、彼は資本主義を貧富の格差をもたらす制度として否定することはせず、産業革命は不可逆的な進歩とみなすリベラルな立場にあった。一方で無制限な自由競争や労働者の過度な搾取は社会そのものを破壊すると考えてもいた。それゆえ工場での労働条件の改善、とりわけ子どもの労働時間の短縮や年齢制限を提唱した。

ヴィレルメは統計的データを駆使して労働者の貧窮状態を量的に計測し、その輪郭を正確に捉えようとした。一方、恒久的貧困に関しては楽観的で、工場主が労働者の労働条件を改善すると同時に、労働者自らが放縦な生活態度を正すことで解消されるとした。『タブロー』の最後が工場主に向けたメッセージで終わっているように、ヴィレルメもやはりあくまでも体制側に立った視点を取っていた。

ウージェーヌ・ビュレの『イギリスおよびフランスにおける貧困について』も、政治・精神科学アカデミーの一八四〇年のコンクール（課題：「貧困は何に存し、様々な国においてどのような兆候のもとに現れるのか。その原因は何か」）に入賞して出版された政策提言の書である。しかし、ビュレにはヴィレルメと大きく異なる点があった。フランシス・デミエによれば、ヴィレルメの『タブロー』は「一八三〇年代の終わりを告げる」もので、ビュレのこの本は「一八四〇年代の社会思想の不安な時期の開幕」を表していた。[9]

ビュレもヴィレルメと同様統計的データを駆使し、さらに議会の委員会報告や請願書など公的資料も援用した。しかし、彼はそれを「自由主義のイデオロギーに反する形で[10]」使った。単に貧困の実態を把握し、その原因を探るだけではなく、それを通して社会システムの根源を正す必要があると主張したのだ。ビュレの思想の第一の特徴は、恒久的貧困は労働者の怠惰や悪徳といった個人的資質に帰せられるものではなく、自由競争の原理と放任主義がもたらす社会的要因によって生じるとしたことだ。彼は恒久的貧困を「社会的災害、公的貧困」[11]と呼び、一部の資本家に富が集中して「資本と労働の乖離」が生じていることを問題視した。放任主義のもとで資本主義が推進されると、労働者は「商品」扱いされ、需要と供給に基づく市場の原理によって長時間労働と低賃金を余儀なくされる。さらに産業革命に伴う機械化と分業化によって、熟練工の仕事が低賃金の女性や子どもの労働に取って代わられ、貧困はますます激化する。困窮した労働者は現状を打破するために暴力的な手段を取り、革命の危険性が増す、とビュレは警告している。

さらにビュレは、こうした民衆の反乱を防ぐためにも法によって資本主義を規制し、日雇い農民には農地を、工場労働者には集団経営の工場を取得させること、雇用者側と労働者側の代表から成る評議会を創設して労使双方で賃金などを協議することを提案した。このように労働者自身が労働によって資本を獲得できる手段を講じるべきとした点が、フレジエやヴィレルメとは異なるビュレの主張の特徴であった。新聞記者であったビュレには、現状を批判的に把握するジャーナリストとしての視点と、労働者階級への深い理解があったと言える。

2 労働者階級と「パリア」

フロラの『ロンドン散策』は、思想的にはビュレに近く、労働者の視点に立っている。彼女はビュレを高く評価し、一八四二年版の『ロンドン散策』に付け加えた労働者階級への献辞や、後の著作『労働者連合』(一八四三)の中で、労働者たちに薦める本のリストのトップに彼の著作を挙げている。

彼女は『ロンドン散策』の冒頭で、労働者に向けて次のように呼びかけている。

> 労働者の皆さん。私のこの本はあなた方、男も女も含めたすべての労働者たちに捧げるものです。私がこの本を書いたのも、あなた方の置かれた状況についてあなた方自身に教えるためです。だから本書はあなた方のものです。

このように、彼女のメッセージの受け手は労働者階級であり、彼らを「危険な階級」とみなし政策を講じようとする体制側ではなかった。その目的は彼ら自身に、資本家階級に搾取されている実情を認識させることにあった。それはエンゲルスが『イギリスにおける労働者階級の状態』で、労働者階級に向けて同様のメッセージを贈る五年も前のことであった。

フロラの労働者階級に対する共感と連帯感は、自らが女性という弱い立場にあり、しかも貧しい労働者として働き続けてきたことや、アカデミーなど権威的な機関と関わりのない全く私的な調査であったことによるものであろう。すでに見たように、彼女は自らを社会から疎外された「パリア」と規定していた。フロラはイギリスの労働者階級に直接触れることで、彼らもまた同じく「パリア」であると認め、「イギリス社会のパリア」と呼んでいる。このように『ロンドン散策』は、調査に基づいた客観的な事実を列挙しただけのものではなく、同じ「パリア」としての共感と同情に基づいたメッセージと社会告発の書と言える。

3　急進的な社会思想

前述したように、『ロンドン散策』は労働者側の視点から書かれており、フロラはフレジエやヴィレルメのように貧困階級による革命を恐れるどころか、むしろ奨励さえしている。彼女は労働者階級に向けて「圧政への抵抗は人間の自然権」であり、「抑圧された時には反乱が聖なる義務となる」と語りかけている。彼女はまたリヨンの労働者たちが一八三一年と三四年に蜂起したその勇敢さを褒め称え、一方でイギリスの労働者を無気力で体制に従順すぎると批判した。彼女は彼らを次のように鼓舞している。

> 今や我々は、結果が言葉に対応しているか、〔一七〕八九年以来我々が示してきた手本をイギリスの兄弟たちが見習うか、見ていくことにしよう。彼らが戦いを挑み、城に火をつけ、自らの権利を取り戻すまで武器を捨てないかどうかを!!!

確かにこの檄文には、国籍を超えた人類愛を建前にしながらも、自国の優越を誇る「愛国主義的反応」[12]が垣間見える。しかしそれは、人間の尊厳を基本に据え、それが踏みにじられた時には抵抗する権利があると考える彼女の固い信念によるものだ。先に見たように、その片鱗はすでに奴隷制廃止を訴える『遍

チャーチストの1839年の叛乱

歴』の中に見出される。

フロラは、こうした反抗の精神をチャーチスト運動の中に見出した。『ロンドン散策』の第五章「チャーチスト」のエピグラフには、「飢えて死ぬより剣を手に死ぬ方がましだ」というチャーチストのスローガンが掲げられている。彼女はチャーチスト運動を階級闘争の中に位置づけ、富と政治権力を独占する土地所有者や資本家に対抗するものとして、労働者階級、すなわち「土地も資本も政治権力も何も持たず、しかしながら税金の三分の二を納め、陸海軍の新兵を供給する都市と農村の労働者」を措定した。ビュレも同様に「資本と労働の乖離」を批判したが、チャーチスト運動については否定的であった。彼はチャーチストが結成した労働者の組織を「工場システムを破壊する危険な武器」[13]とみなし、要求が受け入れられないとみるや機械の打ち壊しや放火に走る彼らの暴力行為を批判した。

一方、フロラはチャーチストがトーリー党やホイッグ党が非難するような「血に飢えた怪物」ではなく、彼らが目指しているのは「正義が支配する社会」だとした。そしてその実現のためには労働者の団結が必要であり、貴族階級に奪われた政治的・社会的権利を「力ずくででも」手に入れざるを得ないと考えていた。その点ではフロラはビュレより急進的で、むしろエンゲルスに近かった[14]。

フロラは同じく第五章で、チャーチスト集会の熱気を帯びた真剣な討論や指導者の有能ぶりを絶賛した後、次の章「国会訪問」では、上流階級に属する議員たちの女性蔑視と傲慢な態度を、怒りの込もった激しい口調で非難している。このように、彼女は二つの階級の違いを際立たせ、労働者擁護の立場を鮮明にしている。

4 「見る」ことの重視

『ロンドン散策』の第二の特徴は、「見る」ことを重視している点である。ヴィレルメやビュレも実際に現地に赴いて観察したが、それに加えて職種別の賃金の推移や死亡率、罹患率など統計的なデータを重用した。これに対してフロラの場合は、何よりも自分の眼で見て観察、経験することを重視した。そのために女人禁制の国会には男装して潜入し、警官でさえ足を踏み入れない最下層のアイルランド地区（セント＝ジャイルズ）やユダヤ人地区、または盗品市場にも赴いている。監獄や精神病院、売春宿にも「観察家」として訪れた。慈善事業の一環ではなく調査のためにこうした場所を訪れた女性は、彼女が初めてであった。

セント＝ジャイルズ地区では、フロラは悪臭による吐き気と頭痛に悩まされたが、その惨状を自らの眼で確かめることにこだわった。彼女は観察した事実を次のように詳細に報告している。

> この悪臭に満ちた下水溜めの泥の中を裸足で歩き回る男や女、子どもの姿を思い浮かべて欲しい。ある者は座る椅子がないために壁に寄りかかり、他の者は地面にうずくまっている。子どもたちは豚のように泥の中に横たわっている。いや、それを目撃した者でなければ、これほどおぞましい悲惨な状況を想像することはできないだろう！〔…〕そこで私は見たのだ、全裸の子どもたち、ぼろきれのようなシャツばかりを身にまとった裸足の娘や乳飲み子を抱えた女性たちを〔…〕。

フロラは貧困階級の「目撃者」として、惨状を克明に記録し、報告しようとしている。彼女は彼らの顔に見出された「野蛮な愚鈍さ」を、物質的貧困がもたらす精神的退廃の表徴とみなした。それゆえ貧困階級に道徳を説く前に、彼らが人間性を取り戻せるような環境を作ることが必要だと主張している。逆に言えば、貧困が極限まで達すると、「論理的必然」として盗みか売春しか選択肢として残らない。彼女の非難の矛先は犯罪者ではなく、民衆のそのような悲惨な状態を放置している政治家に向かい、彼らを「現代の食人種」と呼んで弾劾している。

ところでフロラの文章には、ここまでの引用でもわかるように感嘆符と強調、誇張的な表現が多用されており、フランソワ・ベダリーダが指摘しているように、「血気にはやり、不安定で極端に走る（それゆえ誇張した表現になる）作者の気質は、その科学的な野望と常に衝突している」[15]。しかし、ビュレやエンゲルスの著作でもロンドンの貧民窟の惨状は同じように描かれており[16]、フロラは決して事実を曲げて記述したのではなかった。

第七章「工場労働者」における彼女の考察も、その鋭さと的確さにおいて他の男性著述家に劣るものではない。工場労働者に関する彼女の指摘は次の四点にまとめられる。①イギリスの労働者は黒人奴隷以上に工場主に隷属している。②機械化による分業は人間の知性を愚鈍化し、労働者は機械の歯車と化している。③労働者は工場で取り扱う有害な物質や汚染された空気、湿気、熱などによって健康を著しく損い、死に至る危険に晒されている。④労働者にとって過酷な労働の慰めは飲酒しかなく、それが悲惨な状況を悪化させている。さらに巻末の「スケッチ」では若年労働の弊害にも言及し、総じて労働者の抱える問題をほとんど網羅していた。また第一六章「幼児学園《サル・ダジル》」では、労働者の子どもの教育の必要性を説き、オーエンの思想に基づいて、子どもの知能の発達段階に応じた教育を提唱している。

フロラは『ロンドン散策』執筆にあたり、貧困に関する多くの書物を渉猟した上、サン＝シモン主義、フーリエ主義、チャーチスト運動やオーエン主義など自身が深く関わった様々な社会主義思想をも自らの主張に取り入れている。しかし、どのイデオロギーにも完全に染まることはなく(17)、この作品を貫いているのは何より実体験と実地観察の重視であった。

5　売春に関する考察

『ロンドン散策』の三つ目の特徴は、女性に関する考察にある。とりわけ売春を扱った章でその独自性が発揮されている。

売春は一八世紀までは、女性の個人的な悪徳によるものとされ、娼婦は男を堕落させる「不純な魂(18)」の持ち主とされてきた。また、娼婦はあたかも遺伝的な欠陥によって「娼婦として生まれついた」かのようにみなされたり、あるいは自らの不道徳な行いの当然の報いとして身を持ち崩したと考えられてきた。こうした考えを覆したのが、パリの娼婦について調査研究を行ったアレクサンドル・パラン＝デュシャトレの一八三六年の著作『公衆衛生、道徳、行政の面から見たパリ市の売春について』（以下『パリ市の売春』）であった。この中で彼は、売春の原因として貧困や劣悪な家庭環境、失業など社会的要因を挙げている。パラン＝デュシャトレは自らが信奉する「数値的方法(19)」を用いて、娼婦たちの出身地、元の職業、教育の度合、性器を含む身体的特徴、悪癖や病気、娼家での待遇など細部にわたって科学的な調査を実施した。社会に根強く残る娼婦への道徳的偏見から脱して客観的な観察に徹したことが、彼の一番の功績であった。

『パリ市の売春』は当時としては画期的な研究で、バルザックやユゴー、シューなど社会派の小説家はこぞって彼の著作を引用し、その影響を受けている。フロラもパラン゠デュシャトレの「不屈の粘り強さ」を称賛し、『ロンドン散策』でも自らの観察を裏付ける資料としてしばしば彼の著作を引用している。『ロンドン散策』ではこの問題を扱うにあたり、フロラはまず、女性だけに貞節を強制し、男性には性的に寛容な道徳のダブルスタンダードを批判する。

もし女性が貞節を美徳として強制されていなければ（男性はそうした拘束を受けていない）、愛情に屈したために社会から排斥されることもないし、誘惑され、騙され、捨てられた娘が身を売る羽目に陥ることもなかったであろう。

こうした批判は男性の著作には全く見られない。パラン゠デュシャトレはむしろダブルスタンダードの道徳に基づき、男の性的欲望の捌《は》け口として娼婦の存在を「必要悪」とみなしていた。彼はもともと悪臭漂うパリの下水道の改善に努めた医者であった。娼婦に関しても同じく公衆衛生の立場から調査しており、彼は娼婦を「別種の下水渠」[20]と呼び、それをいかに衛生的で無害なものにするかを一番の課題としたのであった。要するに、パラン゠デュシャトレは娼婦の危険性を排除するために、風俗取締局の認可を受けた娼家に彼女らを隔離して監視しようとする規制主義者であった。

それに対してフロラは、徹底して道徳的偏見を売春の原因とみなし、「女性が男性や偏見の束縛の下にあり、職業教育を受けることも出来ず、市民権を剝奪されている限り、女性にとって道徳律は存在しない。〔…〕女性の解放が達成されない限り、売春は常に増大していくだろう」と述べている。彼女は売春の問題を、女性の解放と男女同権への要求と結びつけたのであり、そこに彼女の独自性があった。

実際、パラン＝デュシャトレには重要な視点が欠けていた。娼婦に関しては綿密な調査を行ったが、娼婦を買う側の男性については全く言及していないのである。アラン・コルバンの言葉を借りれば、「彼の本には男性客が全く姿を見せない」(21)。規制主義者パランにとって、客である男性は関心の外にあった。それとは逆に、フロラのロンドンでの実地調査の最大の関心は、フィニシュ（*finish*）と呼ばれる売春宿で一部始終を「見る」こと、娼婦よりも男性客の実態を見極めることにあった。貴族の青年が集まるフィニシュに関して、彼女は次のように描写している。

> フィニシュには様々な娯楽がある。最も人気のある娯楽の一つが、娼婦を酔いつぶれさせることである。その後、水に溶かした辛子と胡椒の入ったヴィネガーを一気に飲み込ませる。これを飲むとほとんどの場合、娼婦は恐ろしい痙攣に襲われる。哀れな女性が体をぴくぴく震わせ、身をよじる様子を見て立派なお歴々は大笑いし、大いに楽しむのだ。

彼女は「このような悪魔的な放蕩の光景は胸をむかつかせ、ぞっとさせる」と語り、上流階級の男たちの破廉恥ぶりを暴露している。それと同時に、売春によって生計を立てざるを得ない娼婦たちに限りない同情を寄せている。彼女は娼婦の寿命の短さに言及し、「犬でも主人の優しい視線に見守られながら死ぬというのに、娼婦は同情の眼差し一つ向けられず、道の車よけの端で死んでいく」と、イギリス社会の偽善と冷酷さを非難している。

フロラは売春に関しても労働者の問題と同様、富裕層（の男性）による貧困階級（の女性）の搾取とみなし、その腐敗と堕落ぶりを告発している。そこに男性作家とは異なる「女の視線」が見出せる。

6　客観的観察とロマン主義の融合

『ロンドン散策』のもう一つの特徴として、作品に現れたフロラのロマン主義的気質が挙げられる。第九章「監獄」において、彼女はたとえ囚人であっても「人間としての自らの尊厳」を意識し、毅然とした態度を取る者には共感を示している。それは「貴族の血」を引いた誇り高い「パリア」としての彼女の自負の現れであり、バイロンのロマン主義的な反抗精神に連なるものである。

また第一五章「ベツレヘム病院」［精神病患者を収容する公立病院］では、自らを「神の使者」だと信じるフランス人の「狂人」との運命的な出会いが描かれている。彼は預言者のような恍惚とした状態で、彼女に次のように呼びかける。

> よく聞いて下さい、妹よ。あなたもご存じのように、私はあなた方の神の代理人であり、イエス＝キリストによって予告された救世主なのです。私は神の示された仕事を完遂するためにやってきました。あらゆる奴隷状態を廃止させ、女性を男性への隷属から、貧しい人々を金持ちへの隷属から

〔…〕解放するためにこの世にやって来たのです。

彼は続いて、精神病院で滅びる運命にある自分に代わって、フロラに「救世主《メシア》」として神の思想を広めるよう求めた。女性や貧困階級の解放を唱える彼の言葉は、彼女自身の思想を代弁するものであった。この「狂人」の名が、かつて彼女に恋を語り、いまや消息不明となったメキシカン号の船長シャブリエと同じであった[22]だけに、彼女の受けた衝撃は大きかった。彼の言葉が一種の神託となって、彼女は「救世主」としての自らの使命を自覚するに至る。

彼女のロマン主義的気質をさらに端的に表しているのが、第七章「工場労働者」の文章である。そこでは、ガス工場の内部があたかも地獄の光景を写し取ったかのように描かれている。

ボイラー室は二階にあり、その下にコークスを受け取る穴倉があった。ボイラーマンたちが長い鉄の火かき棒を手にして炉の蓋を開け、そこからコークスを掻き出すと、めらめらと燃えるコークスが滝のように穴倉に落ちていった。炎を吐き出すこの口ほど、恐ろしくも荘厳なものはない！　滝の水が岩の高みから怒濤のように流れ落ち、深淵に飲み込まれていくように、落下する灼熱のコークスによって突然、赤々と照らし出されたこの穴倉ほど魔術的なものはない！　水から出たばかりのように汗びっしょりになり、あの身の毛のよだつ猛火に前後を照らし出されたボイラーマンの姿ほど恐ろしいものはない！　その炎の舌は、彼らを貪り食うために向かってくるかのようだ。そうだ！　これほどぞっとする光景はほかでは絶対見られないだろう！

傍線部のように、この場面には「炎を吐き出す口」、「炎の舌」など文学的比喩が散りばめられ、さらに、「地獄」のような炉の炎で赤々と照らし出された真っ黒なボイラーマンの姿は「悪魔」に喩えられている。「恐ろしい」「魔術的」「身の毛のよだつ」「ぞっとする」といった言葉の羅列は、暗黒小説《ロマン・ノワール》を彷彿とさせる。光と闇のコントラストのもとに描き出される「恐ろしくも荘厳な」光景が、産業革命時代のゴシック空間に移行し、「産業的崇高[23]」として顕現したものとも解釈できる。

このように、『ロンドン散策』には客観的な観察とロマン主義的な感性の融合が見られ、この点で数値のみを重視する他の社会調査と一線を画している。言い換えれば、その文学的表現が災いして、社会思想史の分野で彼女の著作が蔑ろにされることにもなった[24]。

第六章　労働者階級の解放に向けて

1 『労働者連合』の執筆

一八三九年八月末、フロラはロンドンからパリに戻り、早速執筆に専念した。翌年五月には『ロンドン散策』がパリとロンドンで同時に出版される。

『ロンドン散策』の出版にあたって、フロラは出版社を探すのに非常に苦労した。というのも、この本が『遍歴』のように波乱万丈の自伝的要素もなく、異国情緒豊かな旅行文学でもなかったからだ。その上、イギリスにおける労働者の悲惨な状況を告発するばかりか、労働者階級に革命を呼びかけるその内容は、イギリスに留まらずフランスにも革命の危険を波及させる恐れがあった。そのため出版後もフランスの大新聞は沈黙し、書評で取り上げたのは社会主義を標榜する新聞のみであった。

フロラは一八四二年にこの本を再版する際、大衆向けに易しく書き直し、新たに「労働者階級へ」と題した献辞をつけた。本の値段も七・五フラン［七五〇〇円相当］から二フラン［二〇〇〇円相当］にまで大幅に

19世紀の職人たち　左：フランス中を遍歴して修業する徒弟を描いた像。右：大工職人が製作した建物の精巧な模型（トゥール同業組合博物館蔵，同館パンフレットより）。

下げたため、民衆の手に届くようになり、労働者階級の間で大きな反響を呼んだ。この頃から、フロラの関心は専ら労働者階級の解放に向かうようになる。彼女の本を読んで集まってきた改革派の労働者たちと対話を重ね、資料を集めて次の著作の構想を練った。彼女が最後に行き着いたのが「労働者連合」を組織することであった。

フランスにはそれまでパン職人や大工など職業別の徒弟制度が強固に構築され、徒弟は国中を遍歴して様々な親方のもとで修行を積むという同業組合（compagnonnage）のシステムが存在していた。しかしそれももはや時代遅れとなっており、同業組合の内紛も絶えなかった。

フロラは、労働者たちが自らの利益を守るために職種も国境も越えたインターナショナルな組織を作る必要があると考え、『労働者連合《ユニオン・ウヴリエール》』を執筆した。さらに労働者たちから歌詞と曲を募って「仕事場のマルセイエーズ」という曲を作り、労働者の連帯を歌で訴えた。

しかしながら、政治的な結社自体が法律で禁じられていた一九世紀において、組合を組織することは政府転覆の企みとみなされる危険性があった。この本の出版を引き受ける出版社もなかなか見つからなかった。労働者の新聞『民衆の巣箱』では、フロラのテクストの掲載をめぐって査読会が開かれた。しかし、そこでも彼女が労働者の欠点［仕事の憂さを晴らすために居酒屋で稼ぎを散財してしまい、それが家族を悲惨な状況に追い

「仕事場のマルセイエーズ」楽譜（『労働者連合』より）

込んでもいる」を挙げていることが問題になった。査読会メンバーからは、労働者に不利なことはたとえ事実であろうとも公表すべきではないという意見が出た。それは、真実を述べることを信条とするフロラにとっては心外な反応であった。

フロラは結局、出版社を見つけることができなかった。そこで、運動に賛同してくれる人々から寄付を募り、そのお金で自費出版することを思いつく。寄付者のリストにはサンド、ラマルチーヌ、シューなど社会派の作家のほか、画家、彫刻家、建築家、医者、大学教授、政治家などが名を連ね、さらに無名の労働者たちも加わった。

一八四三年五月、ようやく『労働者連合』が出版された。これを読んだ労働者たちは大いに湧き、彼女に賛同する進歩的な労働者たちが続々と彼女の家に集まり、活発な討論が行われた。その中にはマルクスと親交の深いアーノルト・ルーゲもいて、当時パリに滞在していたマルクスはルーゲを通じてフロラの本を読んだとされている[1]。

フロラはこの本の中で、労働者たちがお金を出し合って「ユニオン殿堂」を建て、病気や怪我、老齢で働けなくなった労働者を収容すると同時に、子どもたちに教育と職業訓練を施すことを提案した。フロラの独自性は、労働者階級の解放は金持ちの慈善事業や政府の施策ではなく、労働者自らの手によって成し遂げねばならないと主張していることだ。それはマルクス、エンゲルスが『共産党宣言』で同種の主張をする八年も前のことであった。また、労働者階級の解放には女性の解放が不可欠だと唱えたことにも彼女の独自性がある。フロラは次のように述べている。

　我々の不幸な社会では、女性は生まれながらのパリアで奴隷の身分にある。義務によって不幸になり、ほとんどいつも、偽善か中傷かのどちらかを選ばねばならない。

プロレタリア階級が社会における「パリア」であるとすれば、プロレタリアの女性は二重の意味で「パリア」であった。それゆえ彼女は、女性の解放が急務であり、その後にプロレタリア階級の解放を推進すべきだと考えていた。そのためにも、女性は男性と同等の教育と職業選択の権利を獲得すべきだと主張した。しかし当時、労働者階級においても性別役割分業の考え方が主流で、彼女の考えに賛同する者は少なかった。(2) フロラは、自分の思想を普及させるためには、全国の労働者に自らこの本を配り、彼らと直接対話するべきだと感じるようになる。それが次に述べるフランス遍歴を彼女に決意させた。

2　「女の救世主」

フロラは一八四三年九月のボルドー訪問を皮切りに、翌年四月から七月までリヨン、ディジョン、シャロンなどブルゴーニュ地方を回り、七月から九月にかけてはアヴィニョン、マルセイユ、ツーロン、ニーム、モンペリエ、カルカソンヌ、ツールーズなど南仏を訪れて積極的に労働者たちと対話した。彼女のこうした言動は当時としては過激なもので、泊まっている部屋に警察に踏み込まれ、全書類を押収されてしまったこともあった。しかし、こうした当局からの厳しい監視にもひるむことなく、フロラはフランス遍歴を続けた。

ドミニック・デザンティは、フロラの人生における精神的な転期を段階に分けて考察している。(3) まず、愛情を神聖化し「絶対的な愛」を求めた第一段階。それが挫折した第二段階では、ペルーで政治的野心を抱き、権力者の地位に就くことで自己実現を果たそうとする。それも断念した第三段階では、自らを語り、自らの思想を書き記したいという思いに駆られるようになる。さらに第四段階では、自分の思想を社会に普及させるための実践的な行動へと移行していく。国内遍歴はこの時期にあたる。とりわけメッセージの受け手が文字を読めない、または読む暇のない労働者階級であったため、自ら直接赴いてメッセージを伝える必要があった。

憲兵に逮捕されるフロラ

彼女は自分について、文学的な才能よりも、存在全体で他者を魅惑する力を持っていると自覚していた。先に触れたような「磁気的視線」もその一つの現れである。自らの内に潜むカリスマ的な力を自覚した彼女は、次第に宗教的な使命を負った「預言者」の像を自身に付与していく。ロンドンのベツレヘム病院での「狂人との出会い」がまさに天啓としてこうした傾向に拍車をかけたのは言うまでもない。

こうした神秘的な傾向は単にフロラの個人的資質のみによるものではなく、時代の風潮でもあった。第一部で述べたように、当時ユゴーをはじめ多くのロマン主義作家たちは、作家が聖職者に代わって人類の魂を導く「祭司」の役割を担うと考えていた。さらにサン＝シモン主義者たちは、女性を「世界の救済者」とみなし、アンファンタンの主導で「女の救世主」を求めてエジプトに旅立つほどであった。

フロラもまた女性こそが人類を導き、平和な世界を築く役割を担うと考えていた。彼女はサンドに宛てた手紙の中で、サンドに「詩人」の、自らに「人類愛の使徒」の使命を付与し、次のように書いている。

奥様、詩人は使徒を助けることができると思います。私はまさに人類愛の使徒という資格で宣教の計画を立てるにあたり、あなたのお力添えをお願い申し上げるのです！　神は詩人と使徒をお作りになりました。神は、前者にはその快い歌の調べによって人々を魅惑することを、後者にはそのいかめしい言葉によって人々を教化することをお望みになったのです(4)。

さらに、夫シャザルの理不尽な暴力によって重傷を負った後は、自らの苦難をイエス＝キリストの受難に重ね合わせるようになる。殺害未遂事件の裁判の一週間後、彼女は支持者に宛てた手紙の中で次のように言っている。

今日から一週間前のちょうど同時刻に、私はカルヴァリオの丘〔キリストが磔刑にされたゴルゴタの丘のこと〕に登りました。主イエス＝キリストと同じように、二人の女泥棒の間で私は十字架にかけられたのです。[5]

それ以降、彼女は自分が被ったすべての挫折や迫害を「十字架の道」とみなし、自らを「殉教者」と同一視するようになる。このように、フロラ・トリスタンの内には実践的な社会活動家と神秘的な「使徒」ないし「殉教者」という二つの面が混在していた。デザンティが指摘しているように[6]、正規の教育を受けなかったフロラのような独学者にとって、自らの「使命」を正当化するためには、神を引き合いに出す必要があった。またはマイアー・クロスが解釈しているように、「救世主」という社会的ステイタスを「メッセージを伝えるための手段[7]」とみなすこともできる。彼女はそれによって男の政治家にも比する威厳を帯び、ジェンダーや階級を越えて労働者たちに影響を与えることが可能になった。実際、労働者たちの中には彼女を熱狂的に崇める「信者」のような支持者も現れた。

3　没後の忘却から再評価へ

フロラはフランス遍歴の途中、一八四四年にボルドーで力尽きて倒れ、一一月一四日に脳充血で亡くなる。四一年の短い生涯であった。

彼女は死後も労働者たちに影響を与え続けた。一八四五年にツーロンで起こった大規模なストライキは、フロラの考えに賛同した労働者たちによるものであった。さらに彼らは彼女の功績を称えるために記念碑を建てることを決め、金を出し合って一八四八年一〇月、ボルドーの彼女の墓地にその像を建立した。

しかし、労働者たちの解放への気運はその後の動乱に掻き消されていく。一八五一年のルイ＝ナポレオンによるクーデタ以降は厳しい出版統制が行われ、さらに一八七〇年の普仏戦争を経て七一年のパリ・コミューン後は激しい思想弾圧が行われた。やがて一九世紀後半には、フロラ・トリスタンの名は次第に忘れられていった。彼女が再評価されるのは二〇世紀半ばになってからである(8)。

ペルーにおいては先に触れたように、『遍歴』が出版されるや人々の怒りを買い、発禁処分になった。スペイン語版の『遍歴』がペルーで出版されるには、一九四六年まで待たねばならない。しかもその解説者をはじめペルーの歴史家たちは、むしろ叔父ピオの側に立ち、フロラを「並外れた野心を持つ気まぐれな女(9)」と酷評した。彼女がペルーで真の復権を果たすのは、世界的にフェミニズム運動が起こった一九六〇年代であった。現在では国民的作家として評価され、リマには彼女の名を冠した通りがあるという(10)。

一九七七年に、ペルーの作家カルロス・ラマは次のように語っている。


フロラ・トリスタンはペルーの人々を罵倒したりはしなかった。逆に、ペルーの悲惨な人々（奴隷、インディオ、召使、兵士、従軍女商人、貧しい人々、解放黒人奴隷［南北戦争終結時に解放を宣言されたが、実質上は奴隷の状態に置かれた人々］、混血、職人、漁師、水夫、農民）――要するにペルー人口の八〇パーセントを占める人々――を褒め称えようという関心を持っていた。この時代、そのような作家は彼女ただ一人であった(11)。

4　サンドとの友情と隔たり

『遍歴』を出版してパリで人気を博した頃、フロラはジョルジュ・サンドと比較されることがしばしばであった。最後に、同時代を生きたこの二人の女性作家の関係を探るとともに、その違いを明らかにすることで、フロラ・トリスタンの特異性を明確にしておきたい。

一八三八年九月一〇日、フロラが夫シャザルにピストルで胸を撃たれた時、被害者はジョルジュ・サンドだという誤報がパリ中を駆け巡った。サンドが著名人であっただけに人々の受けた衝撃は大きく、この誤報は直ちに新聞に大きく報じられた。犠牲者がサンドではなくフロラ・トリスタンであったことが判明したのはその翌日であった。

実は両者には多くの共通点があり、当時の人々が二人を混同したのも無理はなかった。サンドもフロラと同様、父親からはポーランド国王フリードリッヒ＝アウグストに遡る「貴族の血」を、小鳥屋の娘であった母親からは「庶民の血」を受け継いでいた。生まれた年もサンドが一八〇四年で、一八〇三年生まれのフロラより一四か月年下に過ぎなかった。不仲な夫との確執や別居裁判、さらには結婚制度への異議申し立てや、男女平等の権利を要求したことも共通している。どちらも男性優位の社会から非難を浴び、排除され、私生活がスキャンダラスなゴシップとして報じられたことも似ている。

サンドは一八三〇年代後半から社会主義に目覚め、キリスト教的社会主義者ラムネーや、政治社会哲学者ピエール・ルルーの影響を受けて「社会主義小説」を書き始めていた。一八四〇年代には二人とも社会派の作家として有名であった。さらに、フロラの『労働者連合』に大きな影響を与えた人物の一人で、同業組合の改革を唱えたアグリコル・ペルディギエ(12)はサンドとも親しく、サンドは彼をモデルに小説『フランス遍歴職人たち』を書いている。

　フロラとサンドは遅くとも一八三六年に知り合い、女性作家同士として友情を育んでいた[13]。『遍歴』の「序文」ではサンドを批判しているものの、フロラはサンドに心のこもった献辞を添えてこの本を献呈している。また、フロラの書いた記事が新聞に載るようサンドが便宜を図ることもあった。しかし一八四〇年以降、フロラが労働者階級の問題に専念し始めると、サンドの方が距離を置くようになる。一八四四年のジュール・ブコワラン宛の手紙で、サンドは次のように書いている。

　彼女［フロラ］は活動的で勇敢で、真面目な人だとは思いますが、傲慢で、自らの社会主義的な発見――それは幼稚なものに過ぎないのですが――の価値を過信しすぎています。あなた自身が彼女の話を聞いてそれを判断して下さればと思います。もし彼女の中に、あなたの村のプロレタリア階級に役立つ良いものが見出せるならば――彼女はプロレタリア階級の経済的な救済に少し入れ込みすぎていますが――彼女を手助けしてあげて下さい。そうでなければ、丁重に断って下さい[14]。

　サンドの社会改革の思想は理論的な次元に留まり、フロラのように不法な政治結社を組織してまで社会を変えることは考えていなかった。マドレーヌ・ルベリユーが指摘しているように、産業革命の先進国イギリスに直接赴き、「新しい労働者階級[15]」の悲惨な状況を目撃したフロラとは違い、サンドの外国への旅は常に恋人を伴った「愛情旅行[16]」で、彼女は旅の途中で労働者階級の実態を探ろうとはしなかった。確かに、サンドも『オラース』や『アンドレ』などで労働者階級の女性を描いている。しかし、彼女自身の生活基盤はあくまでも社交界やサロン、劇場といったブルジョワ社会であった。それに対してフロラの場合はむしろ、労働者階級との対話を年を重ねるごとに重視していく。その一方、労働者階級の救済という理想に燃えるあまり、同じく社会運動に携わる人々の個々の事情を深く省みず、彼らを容赦なく批判した[17]。彼女の思想を理解できない労働者たちに対してもしばしば怒りを露わにした。その態度をサンドは「傲慢」とみなし、苛立ちを覚えていたようだ。

ステファヌ・ミショーはこの二人の作家を比較して、その違いは、一方が「根っからの小説家」で「想像の世界」を選んだ[18]のに対し、他方は自らを直接テクストの中に投影し、最終的には「想像の世界」よりも「行動」を選んだ[19]ことにあるとした。サンドの場合、「虚構というマスクの下で、より普遍的な人間の真実に達することができた[20]」が、現実から距離を置いた「虚構」は、行動型のフロラには適していなかった。立ち止まることのない彼女の生き方は、その著作のタイトルに含まれる「遍歴」「散策」といった「行動（action）」と関わりのある言葉に如実に表れている。

その上、「救世主」として自らの思想を労働者たちに普及させようとするフロラの神がかり的な態度がサンドには気に入らなかったようだ。彼女はフロラの呼びかけに応えて『労働者連合』の出版のために四〇フランを寄付した。しかしその一方で、先に引用した手紙の中で、その思想を「幼稚」だと批判している。労働者詩人シャルル・ポンシーに宛てた手紙でも、サンドはフロラを「芝居がかった女[21]」と呼んで不信の念を示している。それに対してフロラの方はサンドに宛てた手紙の中で、「あなたは私の殉教を信じていない」が、「私は使徒として恐ろしい苦しみを舐めている！」と恨みごとを書いた[22]。

このように、二人は社会的な思想では共通点を持っていたが、心情的には互いに相容れないものがあった。フロラは労働者階級においてはエレオノール・ブランという熱狂的な信奉者を得たが[23]、サンドをはじめ、フェミニズム運動を推進する女性の活動家との間では真の連帯を実現することはできなかった。こうした運動においても孤立し、「パリア」として生きざるを得なかったところに彼女の悲劇がある。その上、サンドはフロラより一歳年下だが、作家としてのデビューは五年先んじていた。それゆえフロラの作品はサンドの亜流と過小評価され、彼女の名はサンドの陰に埋もれる結果となった。

以上のように、第四部ではフロラ・トリスタンが「パリア」から「救世主」へと変貌する過程を、人生と著書の二つの側面から辿った。フロラに見出せる顕著な特徴は、その矛盾に満ちた多元性にある。身体的に虚弱で、絶えず自殺の衝動に駆られていたのに、一旦信念を持って行動する時には、男性を凌ぐ意志の強さとエネルギーを発揮した。国籍としては、ペルーでは洗練されたフランス人、フランスではオリエントのイメージを伴うスペイン人とみなされ、言わば国籍不詳の女性として立ち現れている。

また、父からは「名門の血」を、母からは「民衆の血」を受け継いだが、最後までどちらの階級にも完全に属することはなかった。彼女は「民衆にとってはあまりにブルジョワ的で、ブルジョワにとっては民衆的でありすぎた[24]」。労働者の一人が彼女を「パリア＝大公妃（Paria-Archiduchesse）」と呼んだことはそれを象徴している。彼女は社会の犠牲者であると同時に、神に選ばれた「救世主」として、時には女王のような傲慢な態度を見せた。思想的にもサン＝シモン主義、フーリエ主義、オーエン主義など様々な社会主義思想に触れ、影響を受けながらも、それらに完全に染まることはなかった。

このように、フロラ・トリスタンは様々な矛盾を内に抱えながらも、自ら社会の外に身を置き、「パリア」の地位を引き受けることで、「真実」を述べる自由を担保した。そして、いかなる階級にもいかなる主義にも属さないがゆえに、人種、性別、階級を超えたインターナショナルな連帯を想像する自由をも獲得したのである。

アリーヌ

ポール・ゴーギャン

ところで、サンドとフロラの関係は、フロラの死後も続いた。フロラの娘アリーヌは母の死後、ジュール・ロールとポーリーヌ・ロランの世話でパリのバスカン女子寄宿学校に職を得た。この寄宿学校はサンドの娘ソランジュが少女時代を過ごしたところでもあり、サンドはロランの紹介でアリーヌと出会った。アリーヌは母親似のエキゾチックな美女で、サンドは「高慢で怒りっぽい」母親のフロラとは違い、「慎ましく情愛深い」娘だとアリーヌを非常にかわいがった。[25]

アリーヌは反体制派の新聞『ナショナル』紙の編集者クロヴィス・ゴーギャンと知り合い、一八四六年に彼と結婚した。二人の間に生まれた二人の息子のうち、一八四八年生まれの次男がのちのポール・ゴーギャンである。五一年のルイ＝ナポレオンのクーデタで亡命を余儀なくされたゴーギャン一家は、当時権力の絶頂にあったペルーの大叔父ピオの誘いでリマに向かう。その途中の船上で夫のクロヴィスは急死し、アリーヌと二人の息子はピオの元で四年間過ごすことになった。一八五五年、舅の危篤の知らせを聞いて、アリーヌは息子たちを連れてフランスに帰国した。大叔父ピオも一八六〇年に亡くなった。アリーヌは帽子工房を開いて生計を立て、母子三人で暮らしていたが、一八六七年、奇しくも母親と同じ四一歳で亡くなった。

息子ポール・ゴーギャンの画家としての活動は周知の通りである。フランスでの不遇と絶望の果てにタヒチ島に渡ったポールの内には、祖母フロラと同じく、貧困を生み出す現体制への憎悪が燃えていたのかもしれない。一方は社会思想、他方は芸術と領域は違えど、いずれも社会／表現の革命を夢見た大胆な先駆者であったことは興味深い。互いに顔を見ることはなかったものの、祖母から孫へと、反骨の魂が受け継がれたと言えよう。

おわりに

本書では、一八世紀後半から一九世紀前半にかけて、激動の時代を生きたフランスの女性作家たちを取り上げた。ジャンリス夫人は、後の国王ルイ・フィリップの教育に力を尽くすと同時に『アデルとテオドール』など教育論の著作を精力的に著し、革命後は歴史小説をはじめ様々なジャンルの作品を発表した。デルフィーヌ・ド・ジラルダンは、伝統的なサロン文化を引き継ぎながら、新しいメディアである新聞の第一線で活躍し、一二年にわたって時評「パリ通信」で当時の社会・風俗を活写した。フロラ・トリスタンは、「パリア」の立場から労働者階級と女性の解放を訴え、その結晶とも言える作品『労働者連合』を携えてフランス各地を経めぐった。

ジョルジュ・サンドを含め、これら四人の女性作家たちは、貴族階級、ブルジョワ階級、労働者階級と出自を異にし、思想も表現媒体も異なるものの、職業作家として身を立てた点で共通している。それぞれ「家庭」という「私的空間」の枠を越えて「公的空間」に飛び出し、社会的・政治的発言を行ったが、それに対する男性側からの反発は想像以上に激しかった。

ジャンリス夫人の場合、伝統的に男性のポストであった王族の「養育掛」に任命された時、様々な誹謗中傷を受けた。デルフィーヌ・ド・ジラルダンの場合、ローネイ子爵という男のペンネームを捨てて本名で体制批判をするや、集中攻撃を受けた。フロラ・トリスタンの場合、貧困に苦しみ、私生児として排除され、夫からは暴力を受けるという何重もの社会的疎外を引き受けながら、社会改革の夢へと向かった。まさに、バルザックが『ベアトリクス』で描いたように、「優れた女性」は男の領域を侵犯するがゆえに「怪物」とみなされ、社会から排斥される運命にあった。

しかしながら、彼女たちはいかなる迫害を受けようとも生涯「書くこと《エクリチュール》」を断念しなかった。そこまで「書くこと」にこだわったのは、それが生活の糧であるだけでなく、精神の糧であり、表現することと自己とが切り離せなかったからにほかならない。そして激動の時代の中で、「書くこと」が社会を動かす原動力となることを彼女たちは実感していたはずである。サンドがいみじくも語っているように、真の芸術家は「動揺したり嘆いたり、熱狂したり絶望したりする人類のこだま」(Sand, *Questions d'art et de littérature, Des femmes*, 1991, p.26)となり、個人の生を超越して「人類」に「真実」を伝える役目を担う——これは彼女たちの共通の確信であっただろう。

彼女たちにはさらに幾つかの共通点が見出せる。まず、自分の眼で「見る」ことを重視したことで、それによって自らの経験に基づいた実存的な言説が生み出された点である。また、服装という記号を読み取ることで社会分析を行ったり、女性の解放と売春問題を関連づけるなど、「女性独自の視点」に立った観察がなされている点も挙げられよう。さらに、デルフィーヌ・ド・ジラルダンにとりわけ顕著なように、当時のジェンダー規範の制約を受けながらも、それを巧みに迂回する戦略に長けていたことである。

ところでこの四人の女性作家は、ジャンリス夫人が一七四六年生まれとやや上の世代だが、ほかの三人はフロラが一八〇三年生まれ、デルフィーヌとサンドが一八〇四年生まれと、完全に同世代である。七月王政時代には、フロラもデルフィーヌもサンドと同じくらいの知名度を誇っていた。またジャンリス夫人の作品も、七月王政時代にはブルジョワ文学として広く普及していた。ところが、サンド以外の三人の名は次第に忘れられ、いまやフランス文学史でもほとんど言及されることはなくなっている。

しかし、男女同等教育を早くから主張したジャンリス夫人、ジャーナリストとしての才覚に秀でたデルフィーヌ、マルクス＝エンゲルスに先駆けて労働者自身による労働運動を唱えたフロラの業績は、男性優位の社会の中で「ペンによる社会変革」に挑んだ女性作家の重要な功績として、もっと注目されるべきではないだろうか。さらに、これら三人の作家の著作は、文学と政治、社会思想、風俗研究の領域の境界線上に位置し、その作品研究・作家研究が文学史や思想史にもたらす意義は小さくないはずである。

本書の目的は、歴史に埋もれた女性職業作家たちを発掘し、その功績を明らかにすることであった。その過程で、女性がペンを執る＝職業作家になることを志す場合、必ずと言ってよいほど男性中心社会の強い抵抗と偏見に直面することが明らかとなった。

これは必ずしも過去のことではない。二一世紀に至っても、いまだ女性は「子どもを産む身体」を強調され、「家庭」に閉じ込められがちである。ジェンダーに基づく性別役割分業観も根強く残っている。子どものいる女性宇宙飛行士が「ママさん宇宙飛行士」などと呼ばれることは、その端的な現れであろう（「パパさん宇宙飛行士」という呼称は決して出てこない）。また、フロラ・トリスタンが取り組んだ「恒久的貧困」の問題は、いまだ貧困が個人の「自己責任」とみなされがちな現代においても、多くの示唆を含んでいよう。

日本ではほぼ無名に近いフランス女性職業作家たちの生涯と作品を辿り、そこに表された思想を読み解くことから、このように現代にもつながる問題が抽出できたのではないかと思う。今後もさらに、こうした女性作家の発掘に努めていきたい。

本書の出版にあたって、多くの貴重な助言をして頂いた新評論編集部の吉住亜矢氏と編集長の山田洋氏に厚くお礼を申し上げたい。また、本書の内容の一部は、女性学コロキウム（大阪府立大学女性学研究センター主催）で発表したものである。同コロキウムに参加して頂いた方々にも感謝を申し上げる。

【初出一覧】

第一部:「『女流作家』と『女性作家』――バルザックにおける女性作家像　カミーユ・モーパン」、『女性学研究』(大阪府立大学女性学研究センター)第一三号、二〇〇六年三月

第二部

第一章〜第三章:「ジャンリス夫人の生涯とその思想」、『人間科学:大阪府立大学紀要』第五号、二〇一〇年三月

第四章:「国王ルイ・フィリップの養育掛　ジャンリス夫人の女子教育論――『アデルとテオドール』」、『女性学研究』第一七号、二〇一〇年三月

第三部:「デルフィーヌ・ド・ジラルダンの生涯とその作品――『ロマン派のミューズ』からジャーナリストへ」、『女性学研究』第一五号、二〇〇八年三月

第四部

第一章〜第四章、第六章:「『パリア』の作家誕生――労働者階級の作家フロラ・トリスタンの生涯と作品」、『女性学研究』第一六号、二〇〇九年三月

第五章:「一九世紀・女性ルポルタージュ作家から見た労働者階級――フロラ・トリスタンの『ロンドン散策』」、『女性空間』(日仏女性資料センター)第二七号、二〇一〇年六月

＊本書収録にあたり、すべて加筆修正を行った。

in *Femmes dans la Cité 1815-1871*, Créaphis, 1997, p.327.

（8） ジュール・ピュエシュ（Jules-L. Puech）が1929年に提出した博士論文『フロラ・トリスタンの生涯と作品』で，フロラの著作が注目を浴びるようになった。さらに下って1954年にアンドレ・ブルトンが彼の雑誌 *Le Surréalisme même* でフロラの功績を称えたことで，彼女の名は一層知られることになる。

（9） Magda Portal, « Ma découverte de Flora Tristan », in *Un fabuleux destin. Flora Tristan*, p.12.

（10） *Ibid.*, p.14.

（11） Carlos Rama, « El utopismo socialista en America latina », cité par Denys Cuche, « Le Pérou de Flora Tristan : du rêve à la réalité », in *Un fabuleux destin. Flora Tristan*, p.31.

（12） Cf. Tristan, *Union ouvrière*, p.148.

（13） Leo, *op.cit.*, p.89.

（14） George Sand, *Correspondance*, t.VI, Garnier, 1969, p.509.

（15） Madeleine Rebérioux, « George Sand, Flora Tristan et la question sociale », in *Flora Tristan, George Sand, Pauline Roland*, Créaphis, 1994, p.87.

（16） *Ibid.*, p.88.

（17） Cf. Didier Nourrisson, « Flora Tristan dans la Loire », in *Flora Tristan, George Sand, Pauline Roland*, p.24.

（18） Stéphane Michaud, « En miroir : Flora Tristan et George Sand », in *Un fabuleux destin. Flora Tristan*, pp.201, 208.

（19） *Ibid.*, p.208.

（20） *Ibid.*, p.201.

（21） Sand, *op.cit.*, p.410.

（22） Tristan, *La Paria et son rêve*, p.238.

（23） 洗濯女だったエレオノール・ブラン（Éléonore Blanc）はフロラの熱狂的な信奉者として彼女に付き従い，フロラの死後，『フロラ・トリスタン伝』（1845）を出版した。

（24） Bloch-Dano, *op.cit.*, p.265.

（25） Sand, *op.cit.*, p.789.

（7） *Ibid.*, p.16.

（8） Francis Démier, « Le *Tableau* de Villermé et les enquêtes ouvrières du premier XIXe siècle », Préface de *Tableau de l'état physique et moral des ouvriers...* de Villermé, EDI, 1989, p.35.

（9） *Ibid.*

（10） *Ibid.*

（11） Eugène Buret, *De la misère des classes laborieuses en Angleterre et en France*, t.I, Paulin, 1840, p.108.

（12） Bédarida, *op.cit.*, p.36.

（13） Buret, *op.cit.*, t.II, p.51.

（14） Cf. エンゲルス『イギリスにおける労働者階級の状態』一條和生・杉山忠平訳，岩波文庫，下巻，1998年，104-105頁。

（15） Bédarida, *op.cit.*, p.28.

（16） Cf. Buret, *op.cit.*, t.I, pp.315-327. エンゲルス，前掲書，上巻，68-79頁。

（17） フロラは1840年版『ロンドン散策』の「オーエン」の章（1842年版では削除）の冒頭で次のように言っている。「あらゆる誤解を避けるため，私はサン=シモン主義者でもフーリエ主義者でもオーエン主義者でもないと言明しておきたい。」

（18） Rétif de la Bretonne, *Le Pornographe*, Slatkine Reprints, 1988, p.38.

（19） Alexandre Parent-Duchâtelet, *De la prostitution dans la ville de Paris, de l'hygiène publique, de la morale et de l'administration*, t.I, Baillère, 1837, p.23.

（20） *Ibid.*, p.7.

（21） Alain Corbin, Introduction de *La prostitution à Paris au XIXe siècle* de Parent-Duchâtelet, Seuil, 1981, p.18.

（22） 正確には，船長はChabrié，「狂人」はChabrier と綴りが違っていたが，発音はどちらも「シャブリエ」で，フロラは彼を「もう一人のシャブリエ」と呼び，船長の分身とみなしている。

（23） Michel Baridon, « Flora Tristan peintre de "la ville-monstre" dans les *Promenades dans Londres* », in *Un fabuleux destin. Flora Tristan,* p.49.

（24） 例えば，ヴィレルメの『タブロー』の1989年版の編者は，19世紀前半の社会調査の代表的文献としてフレジエやパラン=デュシャトレ，ビュレ，アドルフ・ブランキ，アレクシス・（ド・）トクヴィルなど42の著作を挙げているが，そこにフロラの名前は見当たらない。マルクス，エンゲルスも彼女の著作を読んだはずだが，彼らの著作にも彼女への言及は見られない。

●第六章

（1） Cf. Leo, *op.cit.*, pp.158-159.

（2） Cf. Perrot, « L'éloge de la ménagère dans le discours des ouvriers français au XIXe siècle », in *Mythes et représentations de la Femme au dix-neuvième siècle*, Champion, 1976.

（3） Desanti, *op.cit.*, pp.227-228.

（4） Tristan, *La Paria et son rêve*, p. 236.

（5） *Ibid.*, p. 105.

（6） Desanti, *op.cit.*, p.229.

（7） Màire Cross, « L'itinéraire d'une femme engagée dans la cité, Flora Tristan. Un exemple à éviter ? »,

述べている。

(5) 奴隷制廃止を求める政治的な動きは，フランス革命におけるジャコバン政権に発する。この時期に奴隷制廃止が検討され，1794年に国民公会で宣言された。しかしそれに呼応してサント・ドミンゴ島（現在のハイチ共和国）で黒人奴隷が反乱を起こすと，ナポレオンによって制圧されてしまった。サント・ドミンゴ島は結局1804年に独立を果たすが，アフリカを含めフランスの全植民地の奴隷制廃止は1848年まで待たねばならない。

(6) Leo, *op.cit.*, p.54.

(7) Desanti, *op.cit.*, p.111.

●第四章

(1) Flora Tristan, *Nécessité de faire un bon accueil aux femmes étrangères,* L'Harmattan, 1988, p.83.

(2) *Ibid.*, p.56.

(3) *Ibid.*, p.57.

(4) 『アルティスト』紙の記者はこの本に関して「彼女の成熟した才能は，高度な哲学思想を予感させる」と称賛している（cité par Leo, *op.cit.*, p.86）。

(5) Leo, *op.cit.*, pp.96-97.

(6) *Ibid.*, p.103.

(7) Pascale Hustache, Préface de *Méphis*, t.I, Indigo & Côté-femmes, 1996, p.12.

(8) Judith Lyon-Caen, « Lectures politiques du roman-feuilleton sous la Monarchie de Juillet », in *Les Mots*, « *Les langages du populaire* », No. 54, mars 1998, p.121.

(9) 『メフィス』の詳細に関しては，水田珠枝『女性解放思想史』ちくま学芸文庫，1994年，442-452頁および加藤節子による邦訳（水声社，2009年）を参照のこと。

(10) 水田，同上，443, 444頁。

(11) マレキタの容姿は次のように描写されている。「彼女の顔つき，肌の色，とりわけ見事な髪は，彼女が明らかにセルバンテスの祖国の出であることを示していた。」さらに，彼女の眼が放つ「磁気的な炎」，気位の高さ，「傲慢な国王でさえ彼女の前では身を屈するほどの堂々とした態度」もやはり作者自身の特徴を反映している。

(12) Leo, *op.cit.*, p.107.

(13) シャザルは17年間刑に服した後，1856年にナポレオン3世の恩赦を受け，その4年後に死亡した。

●第五章

(1) フランス語のpaupérismeは英語（pauperism, 1815）から派生した語で，フランスでの初出は1823年。

(2) Louis Chevalier, *Classes laborieuses et classes dangereuses*, Perrin, 2002, p.69.

(3) *Ibid.*, p.156.

(4) François Bédarida, Introduction de *Promenades dans Londres...* de Flora Tristan, La Découverte, 2003, p.16.

(5) *Ibid.*, p.11.

(6) H.-A.Frégier, *Des classes dangereuses de la population dans les grandes villes, et des moyens de les rendre meilleures*, t.I, Baillière, 1840, p.7.

呼称だが，これを偽善的と捉える不可触民も多く，彼（女）らは自らをダリット（Dalit, 字義は「抑圧されている人々」）と呼ぶ。インドでは1947年に憲法でカースト差別が禁じられたにもかかわらず，不可触民はその後も差別され続けている。

（8） フランス革命中の1792年に離婚法が一旦成立するが，王政復古時代の1816年に議会で廃止が可決された。

（9） Leo, *op.cit.*, p. 38.

（10） *Ibid.*

（11） 『19世紀ラルース大辞典』（*Grand Dictionnaire universel du XIX*[e] *siècle* de Larousse）の « paria » の項による。

（12） Christine Planté, « Entre le rêve et l'action : *Les Pérégrinations d'une paria* », in Stéphane Michaud (éd.), *De Flora Tristan à Mario Vargas Llosa*, Presses Sorbonne Nouvelle, 2004, p.40.

（13） Madame de Staël, *De la littérature*, GF-Flammarion, 1991, p. 342.

（14） Cf. Planté, *op.cit.*, p.41.

（15） Leo, *op.cit.*, p. 41.

（16） *Gazette des Tribunaux*, 1er février 1839, cité par Leo, *op.cit.*, p.44.

（17） 以下のペルー旅行に関する内容は，主にフロラ自身の著書『遍歴』（*Pérégrinations d'une paria*）に基づく。

●第二章

（1） シャブリエ船長は後に，ペルーのフロラの滞在先まで会いに来て結婚を迫った。それに対して彼女は，自分への愛の証しとして両親の結婚証明書を偽造してくれれば結婚しようと応じた。正義漢であったシャブリエはそれを断り，憤然として彼女の元から去った。その後再び彼の船はフランスに向けて出発したが，途中で消息を絶ったという。フロラ自身は後にこの「条件」について，シャブリエを遠ざけるために心にもない嘘をついたと述べている。

（2） Michelle Perrot, « Flora Tristan enquêtrice », in Stéphane Michaud (éd.), *Un fabuleux destin. Flora Tristan*, Éditions Universitaires de Dijon, 1985, p.84.

（3） Flora Tristan, *La Paria et son rêve*, Presses Sorbonne Nouvelle, 2003, p.116.

（4） Catherine Nesci, *Le flâneur et les flâneuses. Les femmes et la ville à l'époque romantique,* ELLUG（Université Stendhal）, 2007, p.366.

（5） Planté, *op.cit.*, p.39.

●第三章

（1） Desanti, *op.cit.*, p.159.

（2） Nesci, *op.cit.*, p.340.

（3） 『遍歴』の「序文」には次のようにある。「事実を語るだけならば，それを見る眼があれば十分であろう。しかし人間の知性や情熱を評価するには，教育だけでは十分ではない。さらに苦しんだ経験，非常に苦しんだ経験を有していることが必要だ。人間が自分や他人の価値を正しく知ることは，不幸な経験によってのみ可能となるのだから。」

（4） フロラはアレキパの料理について，「食材はまずく，料理法は未開なままだ」と評し，「文明国」ヨーロッパの食卓と比べて「不潔」で「野蛮」だと偏見に満ちた感想を

妹，婚約者の3人の女性が涙にくれている最中，突然アドリアンが奇跡的に助かったという知らせが入る。しかし年老いた母親には急激な喜びはショックが強すぎて倒れる可能性があるので，周りの者が慎重な配慮をしてショックを和らげ，最後は母と息子の幸せな再会で終わるという筋書きであった。

（3） Jules Janin, *Critique dramatique, Œuvres diverses de Jules Janin*, t.IX, Librairie des Bibliophiles, 1877, pp.107-108.

（4） ユゴーと降霊術に関しては，稲垣直樹『ヴィクトル・ユゴーと降霊術』水声社，1993年を参照のこと。

（5） Cité par Lassère, *op.cit.*, p.293.

（6） Gautier, *op.cit.*, p.XII.

（7） Cité par Lassère, *op.cit.*, p.304.

（8） Cité par Malo, *op.cit.*, p.281.

（9） 第一章で触れたエルサンによる肖像画は，母親のソフィの遺言でヴェルサイユ美術館に寄贈されていた。

（10） 彼女は「パリ通信」の中で，男女の性差を肯定し，女性は「直感」と「本能」において男性より優れ，男性は「理性」「論理」において女性より優れているとして，女性は生半可な知識を振りかざす代わりに，生まれながらに持つ「巫女」の能力を発揮するよう勧めている。

第四部

●はじめに

（1） Jules Janin, « Madame Flora Tristan », in *Sylphide*, 5 janvier 1845, cité par Gerhard Leo, *Flora Tristan. La révolte d'une paria*, Les Éditions de l'Atelier, 1994, p.92.

●第一章

（1） フロラ・トリスタンの生涯については，主にDominique Desanti, *Flora Tristan. La femme révoltée*, Hachette, 1972 ; Gerhard Leo, *Flora Tristan. La révolte d'une paria*, *op.cit.* ; Evelyne Bloch-Dano, *Flora Tristan. La femme-messie*, Grasset, 2001を参照した。

（2） 住民あたりの貧困者の割合は，最も少ない2区が28.6人に1人なのに対し，12区は6.82人に1人となっている（Eugène Buret, *De la misère des classes laborieuses en Angleterre et en France*, t.I, Paulin, 1840, p.267）。

（3） 12区の貧困階級における男女差は，子どもではほとんどない（男児1932名，女児2028名）のに，大人では男2759名に対し女4645名と圧倒的に女性が多い（*Ibid.*）。

（4） *Ibid.*, p.268.

（5） Alexandre Parent-Duchâtelet, *De la prostitution dans la ville de Paris, de l'hygiène publique, de la morale et de l'administration*, t.I, Baillère, 1837, p.575.

（6） Desanti, *op.cit.*, p.13.

（7） 不可触民パリア（paria／pariah，サンスクリットではハリジャンHarijan）は，インドのカースト制度の「外」に位置づけられ，最も差別されている人々。皮革業や屠畜，民俗芸能などを生業にしている。字義は「神の子」で，マハトマ・ガンディーが提唱した

（9）*Ibid.,* p. 315.

（10）「パリ通信」は1837年に38回，38年に 9回，39年に29回，40年に29回，41年に17回掲載された後，一旦中断する。そのためローネイ子爵は実は41年8月10日に亡くなった異母姉のオドネル伯爵夫人だったのではないかという噂が立ち，それを否定するために連載が再開され，42年12月から48年9月まで断続的に35回掲載された。

（11） Malo, *La Gloire de Vicomte de Launay. Delphine Gay de Girardin*, Émile-Paul Frères, 1925, p.44.

（12） Sainte-Beuve, *Causeries du lundi*, Garnier Frères, t.III, 1859, p.395.

（13） 1823年にアンビギュ=コミック座で上演されたメロドラム［器楽演奏つき，波瀾万丈の筋立ての通俗劇］『アドレの宿屋』で名優フレデリック・ルメートルがロベール・マケールという悪党を演じ，大評判になった。それを受けてカリカチュア作家オノレ・ドーミエがマケールを風刺画に仕立て上げ，『シャリヴァリ』紙に1836年から38年にかけて連作を掲載し，人気を博した。以来，ロベール・マケールは七月王政下の拝金主義的なブルジョワ体制を体現する人物の代名詞となった。

（14） ジュディス・ウェクスラー『人間喜劇　19世紀パリの観相術とカリカチュア』高山宏訳，ありな書房，1987年，124頁。

（15） 同上，123頁。

（16） 同上。

（17） ユゴーの言葉に「男は光明（rayon）を，女は反映（reflet）を所有している」（*Océan*, Bouquins［Robert Laffont］, 1989, p.337）とあるように，当時，女は男が放つ光を反映するだけの消極的な存在でしかない，という考え方が主流であった。

（18） Gautier, *op.cit.*, p.IX.

●第四章

（1） ジラルダンが破格の購読料で『プレス』紙を創刊すると，ライヴァル紙は彼に敵意を抱き，激しく非難した。とりわけリベラル派の政治紙『ボン・サンス』の記者カポ・ド・フイイドはジラルダン個人を中傷する記事を書き，ジラルダンは名誉毀損で彼を告訴した。するとフイイドは『ナショナル』主筆を務めていたアルマン・カレルに『ボン・サンス』を擁護する記事を書いてくれるよう頼み，カレルがそれに応じた。これが原因でジラルダンとカレルは決闘する羽目になり，その結果，ジラルダンは腿に弾を受けて5週間床についただけで命はとりとめたが，カレルは銃創が元で決闘の2日後に死んでしまった。

（2） 1839年3月2日の選挙でジラルダンが再選された時，ティエール派がジラルダンはフランス国籍ではないというデマを流したため，彼の被選挙権の有無が国会で取り沙汰された。その結果，ジラルダンは議員資格を剥奪されたが，その後の裁判で彼のフランス国籍が確認された。

（3） Lassère, *op.cit.*, p.274.

（4） Cité par Lassère, *op.cit.*, p.278.

●第五章

（1） Gautier, *op.cit.*, p.VIII.

（2） 舞台は海難事故で亡くなった船乗りアドリアンの葬儀の場面から始まる。彼の母親，

●第二章

(1)　Malo, *op.cit.*, p.317.

(2)　*Poésies complètes de Madame Émile de Girardin*（*Delphine Gay*）, Charpentier, 1842, p.353. 訳は伊藤冬美による（伊藤，前掲書，92頁）。

(3)　Lassère, *op.cit.*, p.127.

(4)　Giacchetti, *op.cit.*, p.82.

(5)　*Ibid.*, p.92.

(6)　*Ibid.*, p.96.

(7)　ブリュンチエール夫人は総裁政府時代に「だて女（merveilleuse）」として名を馳せた女性である。後にシメイ公妃となったタリアン夫人の私生児で，兄エドゥアール・カバリュスと共にジラルダンと同じ寄宿学校に預けられていた。長じて医者となった兄エドゥアールはデルフィーヌのサロンの常連であった。後に決闘事件で負傷したジラルダンの手当てをしたのも，胃癌で苦しむデルフィーヌの主治医として治療に当たったのも彼だった。テレジアはジラルダンの助けを借りて投機事業家となって活躍した。ジラルダンとの間にアレクサンドルという名の息子を設けるが，後に株投機の失敗で息子を残してイギリスに逃亡した。デルフィーヌは1844年にアレクサンドルを養子として正式に引き取った。

(8)　Lassère, *op.cit.*, p.152.

(9)　Giacchetti, *op.cit.*, p.30.

(10)　*Ibid.*

●第三章

(1)　1836年，デルフィーヌにのぼせ上がった若いデュラントンが彼女の気を引くために賭博にのめり込み，破産したあげくジラルダン家に押しかけて駆け落ちを迫って断られ，彼女の目の前でピストル自殺をした。世間ではデルフィーヌが浮気な夫に復讐するためにデュラントンとの恋愛事件を起こしたという噂が立った。

(2)　『ラ・モード』誌に掲載した作品を，バルザックがジラルダンの了解を得ずに本にして出版したため，ジラルダンが抗議し，二人は決裂した。

(3)　『バルザック氏のステッキ』は次のような文章で終わっている。「ステッキはどうなったのだろう，と皆さんは問いかけることだろう。[…] ステッキはバルザック氏の手に戻り，そして新作『ボワルージュの相続人たち』が間もなく出版の予定である！」

(4)　Balzac, *Correspondance*, t.III, Garnier, 1964, pp.88-89.

(5)　Lassère, *op.cit.*, p.159.

(6)　Cf. Arlette Michel, Présentation de *Nouvelles*（*Le Lorgnon, Il ne faut pas jouer avec la douleur, La Canne de M. de Balzac*）, Slatkine Reprints, 1979, p.VII.

(7)　Andrea Del Lungo, « Aux racines de la distinction. Une lecture sociologique de l'œuvre narrative de Delphine de Girardin », in *La littérature en bas-bleus. Romancières sous la Restauration et la monarchie Juillet (1815-1848),* sous la direction de Del Lungo et Brigitte Louichon, Classiques Garnier, 2010, p. 314.

(8)　*Ibid.,* pp. 314-315.

（2） デルフィーヌ・ド・ジラルダンの生涯に関しては以下を参照した。François de Bondy, *Une femme l'esprit en 1830. Madame de Girardin*, Pierre Lafitte, 1928 ; Claudine Giacchetti, *Delphine de Girardin la muse de Juillet*, L'Harmattan, 2004 ; Madeleine Lassère, *Delphine de Girardin. Journaliste et femme de lettres au temps du romantisme*, Perrin, 2003 ; Henri Malo, *Une muse et sa mère. Delphine Gay de Girardin*, Émile-Paul Frères, 1924 et *La Gloire de Vicomte de Launay. Delphine Gay de Girardin*, Émile-Paul Frères, 1925; 伊藤冬美『フランス・ロマン派のミューズ　ジラルダン夫人の生涯』TBSブリタニカ，1990年。

●第一章

（1） Giacchetti, *op.cit.*, p. 25.

（2） 『ナポリーヌ』は恋を失ったデルフィーヌの悲しみを投影し，次のような内容となっている。貧しい孤児のナポリーヌ（実はナポレオンの私生児）は，出自を隠したまま青年将校アルフレッド・ド・ナルセ伯爵と交際する。ある時，恋人が裕福なブルジョワ女性にダンスを申し込むのを目撃したナポリーヌは，功利的で醜悪な現実に打ちひしがれ，失望のあまり自殺する。アルフレッドという名前と軍人という身分（ヴィニーはナポレオン帝政に夢を託して軍人となった）の一致，経済的理由による心変わりというエピソードから，ナルセ伯爵にヴィニーの影が色濃く反映していることは明らかである。

（3） 伊藤冬美，前掲書，36頁。

（4） Malo, *Une muse et sa mère. Delphine Gay de Girardin*, p.197.

（5） *Mémoires, souvenirs et journaux de la Comtesse d'Agoult*, t.I, Mercure de France, 1990, p.241.

（6） Cité par Malo, *op.cit.*, pp.215-216.

（7） Anne Martin-Fugier, *La vie élégante ou la formation du Tout-Paris 1815-1848*, Fayard, 1990, p.277.

（8） *Mémoires, souvenirs et journaux de la Comtesse d'Agoult*, *op.cit.*, t.I, p.239.

（9） Martin-Fugier, *op.cit.*, p.277.

（10） 『バルザック氏のステッキ』には，主人公のタンクレードが結婚することになるクラリスという娘が登場する。彼女はリモージュから母親に連れられてパリに出てきた17歳の若き詩人で，D夫人（これもデルフィーヌ自身を投影している）のサロンで母親が娘の才能を売り出そうと躍起になる様子が滑稽なタッチで描かれている。

（11） Cf. Giacchetti, *op. cit.*, p. 37.

（12） *Ibid.*, p.41.

（13） *Ibid.*, p.42.

（14） Cf. Malo, *op. cit.*, p.242.

（15） Cité par Lassère, *op.cit.*, p.119.

（16） ユゴーが演劇における三単一の法則（時間・場所・筋が単一であること）を破る戯曲『エルナニ』を執筆したことで，ロマン派と古典派の間に緊張が生じ，この芝居がこの日，古典主義の牙城フランス座［コメディー・フランセーズ］で上演されるや，両者の小競り合いは一気に暴動に転じた。その後の論争を通じて，『エルナニ』はロマン主義の勝利を決定づけるものとなった。

（17） Théophile Gautier, Introduction du *Vicomte de Launay, Lettres parisiennes*, t.I, Michel Lévy Frères, 1862, p.III.

がこうした完全な無私の心に導くことができるということを心に銘じるようにしなさい。」

（11） ダルマヌ夫人は親しい友人から出資を募り，そのお金で小規模の学校を作り，そこで6人の10歳の貧しい少女たちに，17歳まで読み書きや計算，刺繍など手仕事を教え，卒業後の働き口を世話した。アデルは学校の主宰者として校則を作り，少女たちが使うキリスト教と道徳教育の本を書く役目を担った。

（12） Marie-Emmanuelle Plagnol, « Le théâtre de Mme de Genlis. Une morale chrétienne sécularisée », in *Dix-huitième siècle*, n° 24, 1992, p. 369.

（13） ゴンクール兄弟『ゴンクール兄弟の見た18世紀の女性』鈴木豊訳，平凡社，1994年，25頁。

（14） Cf. アラン・ドゥコー『フランス女性の歴史3　革命下の女たち』渡辺高明訳，大修館，1987年，8-9頁。

（15） Broglie, *op.cit.*, p.139.

（16） Poortere, *op.cit.*, p.36.

（17） Plagnol, *op.cit.*, p. 375.

（18） Martin, *op.cit.*, pp.56-57.

（19） Martin, *op.cit.*, p.57.

（20） Masseau, *op.cit.*, pp.34-35.

（21） Cf. Martine Reid, Avant-propos de *Madame de Genlis. Littérature et éducation*, p.11. リードはその理由として次の4点を挙げている。①男性中心の文学史において女性作家がもともと低い地位にあったこと。②ジャンリス夫人の作品は18世紀と19世紀の二つの世紀をまたいでいるため，フランス革命前と革命後を区別して論じる批評家にとって都合が悪かったこと。③ジャンリス夫人の著作の膨大な数と「百科全書的」に広がるジャンルの多様さが批評の支障となったこと。④ジャンリス夫人は宗教と王政を支持し，古典主義を信奉したのに対し，フィロゾフ派でロマン主義の先駆者となったスタール夫人の方が，イデオロギー的にも美学的にも近代的とみなされたこと（*Ibid.*, pp.11-14）。

（22） Isabelle Brouard-Arends, « Trajectoires de femmes, éthique et projet auctorial, Mme de Lambert, Mme d'Épinay, Mme de Genlis », in *Dix-huitième siècle*, n° 36, 2004, p.196.

（23） Reid, *Des femmes en littérature*, Belin, 2010, p.187.

（24） ジャンリス夫人が1779年に初めての本の出版（『少女のための戯曲』）を決意したのは，傷害の罪でボルドーの商人に訴えられ，損害賠償金を払えないために終身刑を宣せられた貴族たちを救うお金を捻出するためであった。『女流作家』のナタリーが姉の忠告に反して本を出版したのも，同様の人道的な動機によるものだ。当時，上流階級の女性が本を出版するには，何らかの口実が必要で，男性作家のように文学的栄光を求めることは慎みに欠けるとして，非難の的となった。

第三部

●はじめに

（1） 「パリ通信（*Courrier de Paris*）」はその後，本にまとめられ，前半部（1836-39）は1843年に*Lettres parisiennes*というタイトルでCharpentierから，後半部（1840-48）は1853年に*Correspondance parisienne*というタイトルでMichel Lévyから出版された。

（6）　Broglie, *op.cit.*, p.373.
（7）　スタール夫人『ドイツ論 2』中村加津・大竹仁子訳，鳥影社，2002年，106頁。
（8）　Poortere, *op.cit.*, p.2.
（9）　George Sand, *Œuvres autobiographiques*, t.I, Pléiade, 1970, p.629.
（10）　Broglie, *op.cit.*, p.422.
（11）　ジャンリス夫人は，1826年にアナトール・モンテスキューに宛てた手紙の中で，ロマン主義運動を迷路に喩えて次のように言っている。「昨日初めて家の周りの庭園を散歩しました。素晴らしい庭園だと聞いたからです。でもぞっとするような迷路で，幻想も喜びも味わうことなく，迷ってしまいました。出口に通じる戸が見つかってやっと，喜びを感じたのです。この迷路はロマン派に似ています。[…] ロマン派の作品は私には全く理解できず，私は何の心残りもなく読むのを止めることができます。後には退屈と混乱，無秩序しか残りません」（Cité par Poortere, *op.cit.*, p.68）。
（12）　Madame de Genlis, *Adèle et Théodore, ou lettres sur l'éducation, contenant tous les principes relatifs aux trois différents plans d'éducation des Princes et des jeunes personnes de l'un et l'autre sexe,* Presses Universitaires de Rennes, 2006, p.308.
（13）　Didier Masseau, Introduction de *Mémoires de Madame de Genlis*, Mercure de France, 2004, p.30.
（14）　Madame de Genlis, *Dernières lettres d'amour*, 1954, cité par Laborde, *op.cit.*, pp.58-59.
（15）　*Mémoires de Louis-Philippe, duc d'Orléans*, cité par Poortere, *op.cit.*, p.193.

●第四章

（1）　Madame de Genlis, *Le petit La Bruyère*, cité par Suellen Diaconoff, « Feminized Virtue : Politics and Poetics of a New Pedagogy for Women », in *Papers on French Seventeenth-Century Literature*, n° 46, 1997, p.128.
（2）　Christophe Martin, « Sur l'éducation négative chez Mme de Genlis（*Adèle et Théodore, Zélie ou l'Ingénue*）», in François Bessire (éd.), *Madame de Genlis. Littérature et éducation*, publications des Universités de Rouen et du Havre, 2008, p.52.
（3）　Masseau, « Pouvoir éducatif et vertige de la programmation dans *Adèle et Théodore* et quelques autres ouvrages », in *Madame de Genlis. Littérature et éducation*, p.30.
（4）　*Ibid.*, p.31.
（5）　Rousseau, *op.cit.*, p.693.
（6）　水田珠枝『女性解放思想史』ちくま学芸文庫，1994年，85頁。
（7）　Cf. Broglie, *op.cit.*, p.137.　ランベール夫人の女子教育論に関しては，赤木昭三・赤木富美子『サロンの思想史』名古屋大学出版会，2003年，279-282頁を参照のこと。
（8）　Broglie, *op.cit.*, p.137.
（9）　Masseau, *op.cit.*, p.33.
（10）　ラガレイ氏は愛娘の死後，人類愛に目覚めて慈善活動に打ち込むようになる。彼は工場を建てて，貧しく職のない人々に働き口を与え，不毛な土地を開拓して農地に変え，広大な城を改造して病院に，豪華な庭園を菜園に変えて人々を養い，村の子どもたちには読み書きを教える学校を作るなどの活動を通じてユートピア的共同体を実現した。ダルマヌ男爵は息子のテオドールに次のように言っている。「決してこの偉大な人物［＝ラガレイ氏］を忘れてはいけない。彼の崇高な徳を思い出す時には，宗教と信仰心のみとされている。モンテッソン夫人は，このシュルヴィル夫人が学識を衒った女性として否定的に描かれていることが自分への侮辱だとして，怒りを露わにした（Cf. Isabelle Brouard-Arends, Note 66 d' *Adèle et Théodore*, Presses Universitaires de Rennes, 2006, pp.645-646）。

（14） Victor Hugo, *Choses vues*, dans *Histoire, Œuvres complètes*, Bouquins（Robert Laffont）, 1987, p.669.

（15） Jean-Jacques Rousseau, *Émile, Œuvre complètes,* t. IV, Pléiade, 1969, p.346.

（16） Hugo, *op.cit.*, p.669.

●第二章

（1） Broglie, *op.cit.*, p.189.

（2） *Ibid.*, p.190.

（3） ルイ・フィリップはジャンリス夫人に宛てた手紙の中で次のように書いている。「私たちが二人だけの時，あなたをお母さん（Maman）と呼ぶのを許して頂くためにこの手紙を書いています。あなたがこの恩恵を拒否されないと信じています。あなたは，最も優しい息子が母親を愛しているのと同じくらい私があなたを愛していることを，ご存じのはずですから」（Lettre inédite de Louis-Philippe à Madame de Genlis, 28 octobre 1789, cité par Broglie, *op.cit.*, p.191）。

（4） デュムーリエはジロンド派内閣の元陸軍大臣で，当時ルイ・フィリップの上官であった。ベルギーを占領した彼は，1793年2月にオランダに侵攻し，オーストリア軍に敗北した後，その司令官コーブルクと取引してベルギーを明け渡し，パリに進撃して武力で国民公会を解散させて王政を再建しようと考えた。そして自分を罷免するために派遣された国民公会の委員を逮捕すると，オーストリア軍に引き渡した。この行為に怒った部下の軍隊に反撃され，オーストリア軍に逃げ込んだデュムーリエは，フランス側から「裏切り者」として糾弾されることになった。

（5） Cf. Broglie, *op.cit.*, p.273.

●第三章

（1） ジャンリス夫人は『回想録』の中で次のように述べている。「しばらくしてラヴァレット伯［ナポレオンの側近で，ジョゼフィーヌの姪と結婚した］から手紙が届き，後に皇帝となる第一執政［ナポレオンのこと］が私に，政治，金融，文学，道徳をはじめ，私の頭をよぎるあらゆる事柄について2週間ごとに手紙を書くことを望んでいるとのことだった。しかし私はナポレオンに2週間ごとに手紙を送ることも，政治，金融について書くことも決してなかった。ほぼ毎月手紙を送ったが，その中で語ったのは宗教と道徳，文学と前世紀の哲学についてだけである」。

（2） Georgette Ducrest, *Mémoires sur l'impératrice Joséphine ses Contemporains, la cour de Navarre et de la Malmaison,* 1828, cité par Broglie, *op.cit.*, p.365.

（3） *Ibid.*, p.370.

（4） Cf. Anna Nikliborc, « Histoire d'une animosité littéraire : Mme de Genlis contre Mme de Staël », in *Acta Universitatis Wratislaviensis*, No. 59, 1963.

（5） Cf. Machteld De Poortere, *Les idées philosophiques et littéraires de Mme de Staël et de Mme de Genlis*, Peter Lang, 2004, pp.100-104.

第二部

●はじめに

（1） ジャンリス夫人に対する新聞・雑誌の批評に関しては，Marie-Emmanuelle Plagnol-Diéval, « La presse contemporaine et l'œuvre romanesque de madame de Genlis », in *Journalisme et fiction au XVIIIe siècle*, Peter Lang, 1999 ; « Aimer ou haïr Madame de Genlis », in *Portraits de femmes*, Université de Bruxelles, 2000を参照のこと。

（2） Musset-Pathay, *Contes historiques*, 1826, cité par Plagnol-Diéval, « Aimer ou haïr Madame de Genlis », *op.cit.*, p.97.

（3） Stendhal, *Correspondance*, t.I, Gallimard, 1962, p.293.

●第一章

（1） ジャンリス夫人の生涯に関しては，主にGabriel de Broglie, *Madame de Genlis*, Perrin, 1985 ; Alice M. Laborde, *L'Œuvre de Madame de Genlis*, Nizet, 1966を参照した。

（2） *Mémoires de Madame de Genlis*, Mercure de France, 2004, p.55.

（3） C.-A. Sainte-Beuve, *Causeries du lundi*, t.III, Garnier Frères, 1859, p.22.

（4） *Ibid.*, p.23.

（5） ルソーがジャンリスの領地シルリ産のワインを気に入り，2本送ってくれと頼んだところ，伯爵は25本のワインを籠に詰めて送った。これに自尊心を傷つけられたルソーは，激怒してワインを送り返した。彼は伯爵の行為を貴族の「傲慢さ」の現れとみなしたのだ。さらに，ルソーの芝居がコメディー・フランセーズで上演された時，ジャンリス夫人がルソーを伴って観劇したことについて，ルソーは自分が「縁日の野蛮な獣」のように観客の前で晒し者にされたと感じて怒った。夫人はそれ以来，彼との交際が途絶えたと『回想録』の中で語っている。

（6） Cf. Gabriel de Broglie, *op.cit.*, p.49.

（7） Duchesse d'Abrantès, *Histoire des Salons de Paris*, 1837, cité par Broglie, *op.cit.*, p.476.

（8） パレ・ロワイヤルは，もともとはルイ13世の宰相リシュリュー卿が1629年に建てた私邸であったが，リシュリューの死後王家に移譲され，それ以降「パレ・ロワイヤル（王宮）」と称されるようになった。その後ルイ14世がヴェルサイユに宮殿を移した折に弟のオルレアン公フィリップ1世に譲られ，代々オルレアン家が受け継ぐこととなった。

（9） ジャンリス夫人に敵対する陣営は，パメラを夫人とシャルトル公との間にできた隠し子だとして誹謗したが，ブログリなど多くの研究者はそれを否定している（Broglie, *op. cit.*, pp102-104.）。

（10） Friedrich Melchior Grimm, *Correspondance*, vol. VII, Garnier, 1880, cité par Laborde, *op.cit.*, p.29.

（11） Broglie, *op.cit.*, p.95.

（12） Grimm, *Correspondance littéraire*, cité par Nicole Pellegrin, « Une pratique féminine de l'histoire : quelques remarques sur le cas de Mme de Genlis », in *Madame de Genlis. Littérature et éducation*, Publications des Universités de Rouen et du Havre, 2008, p.242.

（13） 『アデルとテオドール』に登場するシュルヴィル夫人はモンテッソン夫人がモデル

(6) *Paris, ou le Livre des Cent-et-un*, t.XIII, Ladvocat, 1833, p.245.

(7) Nicole Mozet, *Balzac au pluriel*, PUF, 1990, p.173.

(8) *Trésor de la Langue française. Dictionnaire de la Langue du 19ᵉ et du 20ᵉ siècle*, « bas-bleu » の項目参照。

(9) Jules Janin, « Le Bas-bleu », in *Les Français peints par eux-mêmes. Encyclopédie morale du dix-neuvième siècle*, t.V, L. Curmer, 1842, p.201.

(10) *Ibid.*, p.225.

(11) Balzac, *Avertissement du « Gars »*, t.VIII, Pléiade, 1977, p.1669.

(12) Planté, *op.cit.*, p.48.

(13) *Ibid.*, p.49.

(14) Arlette Michel, *Le mariage chez Honoré de Balzac. Amour et féminisme*, Belles Lettres, 1978, p.109.

●第二章

(1) Balzac, *Lettres à Madame Hanska*, t.I, *op. cit.*, p.502.

(2) *Ibid.*, p.441.

(3) Regard, Introduction à l'édition Pléiade de *La Femme auteur*, *op. cit.*, p.599.

(4) Balzac, *Lettres à Madame Hanska*, t.I, p.442.

(5) Nicole Mozet, *George Sand écrivain de romans*, Christian Pirot, 1997, p.24.

(6) Jeannine Guichardet, « Balzac et le conte de fée », in *Revue des sciences humaines*, 1979-3, p.117.

(7) 霧生和夫の『人間喜劇』語彙集（コンコルダンス）によれば，« monstruosité » という語は『人間喜劇』全体で単数形が17回，複数形が22回使われており，そのうち6回が『ベアトリクス』に出てくる。

(8) フェリシテが住むレ・トゥーシュの館は，デュ・ゲニック家を中心とするゲランドの町と，様々な点――地方とパリ，伝統と文明，質素・倹約と贅沢・浪費，自然と人工など――で対立している。

(9) « infirmité » という語には，「弱さ」の他に，肉体的欠陥，「不具」という意味もある。

(10) Françoise Van Rossum-Guyon, « Le portrait comme autoportrait: Camille Maupin dans *Béatrix* », dans *Balzac. La Littérature réfléchie. Discours et autoreprésentations*, Paragraphes, Université de Montréal, 2002, p.84.

(11) Balzac, *Lettres à Madame Hanska*, t.I, p.441.

(12) *Ibid.*, p.443.

(13) Aline Mura, *Béatrix ou la logique des contraires*, Honoré Champion, 1997, p.270.

(14) ヴィニョンがカミーユに次のように言うくだりがある。「あなたは心に子ども時代を持っていない。あなたの精神は深すぎて，純真（naïve）であったことが一度もないし，これからもないでしょう」。

(15) Madeleine Ambrière-Fargeaud, Introduction et Histoire du texte à l'édition Pléiade de *Béatrix*, t.II, 1976, p.608.

(16) Van Rossum-Guyon, *op.cit.*, p.88.

(17) Isabelle Naginski, « Les deux *Lélia* : une réécriture exemplaire », in *Revue des sciences humaines*, 1992-2, p.69.

(18) *Ibid.*

注

第一部

●はじめに

(1) このコンティという人物にはリストの他に，サンドの元恋人であり，一時バルザックの秘書を務めたジュール・サンドーの性格が投影されている。実際，バルザックはハンスカ夫人に宛てた手紙で「コンティはサンドーを音楽家にした人物像です」と述べている（Balzac, *Lettres à Madame Hanska*, t.I, Bouquins, Robert Laffont, 1990, p.684）。
(2) 「強いられた愛」のテーマについては，『ベアトリクス』の本文テクストでも言及されているバンジャマン・コンスタンの『アドルフ』からの影響が大きい。
(3) ロール・シュルヴィルは，兄バルザックの生前にも『子ども新聞』にレリオというペンネームで様々な教訓話を掲載していた。また，バルザックの『人生の門出』は，ロールが書いた原稿『乗合馬車での旅』をもとに書かれたとされている。ただし，ロールが匿名または実名で出した本は，『バルザックの女性たち』（1851）をはじめとする3作品のみで，すべて兄の死後に出版された。
(4) Christine Planté, *La petite sœur de Balzac. Essai sur la femme auteur*, Seuil, 1989, p.26.

●第一章

(1) Maurice Regard, Introduction à l'édition Pléiade de *La Femme auteur*, t.XII, 1981, p.599. ルガールはさらに，ジャラント夫人の娘時代の名前 Albertine Becker と，1832年にモンティヨン賞を受賞した女性の名 Albertine Necker との類似を指摘している。
(2) 『トレゾール辞典』によれば「ブルーストッキング」は，ドランという人物が1757年に書いた書物の中で，ロンドンのモンタギュー夫人の屋敷に集まった文芸クラブのメンバーを指す言葉として使われたのが最初だという。このクラブには知的関心の高い女性たちが集まったが，何人かの男性も入会を許された。そのうちの一人が当時の儀礼的な服装に反発して，青のウールの長靴下をはいてきた。そこから「ブルーストッキング協会」という名称が生まれたという。初めは男性も含むメンバーすべてを指していたのが，次第に女性メンバーだけを意味するようになった。1804年頃からはさらに，文学への野望を持つ女性の総称となった。
(3) ジョルジュ・デュビィ，ミシェル・ペロー監修『女の歴史Ⅳ　19世紀Ⅰ』杉村和子・志賀亮一監訳，藤原書店，1996年，30頁。
(4) 原文は« on se met en dehors de son sexe en devenant un écrivain »で，« on » はこの場合，« une femme »（女性）を指している。
(5) Cf. Paul Bénichou, *Le Sacre de l'écrivain*（*1750-1830*）, José Corti, 1973 ; *Le temps des prophètes, Doctrines de l'âge romantique*, Gallimard, 1977.

Sand, Pauline Roland.

Rétif de la Bretonne: *Le Pornographe*, Slatkine Reprints, Genève-Paris, 1988.

Sand（George）:*Correspondance,* t.VI, Garnier, Paris, 1969.

Scheler（Lucien）: « La geste romantique de Flora Tristan », in *Flora Tristan. Morceaux choisis*, La Bibliothèque française, Paris, 1947.

Staël（Madame de）: *De la littérature*, GF-Flammarion, Paris, 1991.

Vargas Llosa（Mario）:Préface de *La Paria et son rêve. Correspondance établie par Stéphane Michaud*, Presses Sorbonne Nouvelle, Paris, 2003.

Villermé（Louis-René）: *Tableau de l'état physique et moral des ouvriers employés dans les manufactures de coton, de laine et de soie,* ETI（Études et documentation internationales）, Paris, 1989.

エンゲルス『イギリスにおける労働者階級の状態』一條和生・杉山忠平訳，岩波文庫，2巻，東京，1998年。

カスー（ジャン）『1848年　二月革命の精神史』野沢協監訳，二月革命研究会訳，法政大学出版局，東京，1997年。

ダーントン（ロバート）『パリのメスマー　大革命と動物磁気催眠術』稲生永訳，平凡社，東京，1987年。

バルガス=リョサ（マリオ）『楽園への道』田村さと子訳，河出書房新社，東京，2008年。

Desanti（Dominique）: *Flora Tristan. La femme révoltée*, Hachette, Paris, 1972.

——————: « Flora... Messie du temps des prophètes ou Messie parce que femme ? » in *Un fabuleux destin. Flora Tristan.*

——————: « *Témoignage*: Flora, la Résistance, le communisme et le néo-féminisme des années 1970 », in *De Flora Tristan à Mario Vargas Llosa.*

Fraisse（Geneviève）: « L'usage du droit naturel », in Un *fabuleux destin. Flora Tristan.*

Frégier（H.-A.）: *Des classes dangereuses de la population dans les grandes villes, et des moyens de les rendre meilleures*, 2 vols, Baillière, Paris, 1840.

Hart（Kathleen）: « Tracing New Routes: Flora Tristan's *Peregrinations of a Pariah* », dans *Revolution and Women's Autobiography in Nineteenth-Century France*, Rodpi, Amsterdam/ New York, 2004.

Hoock-Demarle（Marie-Claire）: « Le langage littéraire des femmes enquêtrices », in *Un fabuleux destin. Flora Tristan.*

Hustache（Pascale）: « *Méphis*, entre roman populaire et roman moral », in Maurice Agulhon, Stéphane Michaud（éd.）, *Flora Tristan, George Sand, Pauline Roland. Les femmes et l'invention d'une nouvelle morale 1830-1848*, Créaphis, Paris, 1994.

——————: Préface de *Méphis*, 2 vols, Indigo & Côté-femmes, Paris, 1996.

Michaud（Stéphane）: « En miroir: Flora Tristan et George Sand », in *Un fabuleux destin. Flora Tristan.*

——————: « Deux approches du changement social: Flora Tristan et Pauline Roland au miroir de leur correspondance », in *Flora Tristan, George Sand, Pauline Roland.*

——————: Introduction de *La Paria et son rêve. Correspondance établie par Stéphane Michaud*, Presses Sorbonne Nouvelle, Paris, 2003.

——————: Préface de *Pérégrinations d'une paria*, Actes Sud, Arles, 2004.

Lejeune（Paule）: Présentation de *Réalisations Œuvres*, L'Harmattan, Paris, 2003.

Leo（Gerhard）: *Flora Tristan. La révolte d'une paria*, Les Éditions de l'Atelier, Paris, 1994.

Leveque（Pierre）: « Mission impossible ? Flora Tristan en Bourgogne, vue par la presse locale », in *Un fabuleux destin. Flora Tristan.*

Lyon-Caen（Judith）: « Lectures politiques du roman-feuilleton sous la Monarchie de Juillet », in *Les Mots, « Les langages du populaire »,* No 54, mars 1998.

Nesci（Catherine）: « Promenades dans Lima ; la peinture des mœurs dans les *Pérégrinations d'une paria* de Flora Tristan », in *De Flora Tristan à Mario Vargas Llosa.*

Nourrisson（Didier）: « Flora Tristan dans la Loire », in *Flora Tristan, George Sand, Pauline Roland.*

Parent-Duchâtelet（Alexandre）: *De la prostitution dans la ville de Paris, de l'hygiène publique, de la morale et de l'administration*, 2 vols, Baillère, Paris, 1837.

Perrot（Michelle）: « L'éloge de la ménagère dans le discours des ouvriers français au XIXe siècle », in *Mythes et représentations de la Femme au dix-neuvième siècle*, Champion, Paris, 1976.

——————: « Flora Tristan enquêtrice », in *Un fabuleux destin. Flora Tristan.*

Planté（Christine）: « Flora Tristan, écrivain méconnu ? », in *Un fabuleux destin. Flora Tristan.*

——————: « Entre le rêve et l'action : *Les Pérégrinations d'une paria* », in *De Flora Tristan à Mario Vargas Llosa.*

Portal（Magda）: « Ma découverte de Flora Tristan », in *Un fabuleux destin. Flora Tristan.*

Rebérioux（Madeleine）: « George Sand, Flora Tristan et la question sociale », *in Flora Tristan, George*

ン散策　イギリスの貴族階級とプロレタリア』小杉隆芳・浜本正文訳，法政大学出版局，東京，1997年）

Réalisations Œuvres, L'Harmattan, Paris, 2003.

Union ouvrière, Des femmes, Paris, 1986.

2　研究書・研究論文など

Agmogathe（Daniel）et Grandjonc（Jacques）: « *L'Union ouvrière* de Flora Tristan : internationalisme et organisation de la classe ouvrière », in Stéphane Michaud（éd.）, *Un fabuleux destin. Flora Tristan,* Éditions Universitaires de Dijon, Dijon, 1985.

――――――――――: Introduction d' *Union ouvrière*, Des femmes, Paris, 1986.

Baele（Jean）: « Une romantique oubliée: Flora Tristan », in *Bulletin de l'Association Guillaume Budé*, No.4, 1970.

――――: *La vie de Flora Tristan. Socialisme et féminisme au 19e siècle*, Seuil, Paris, 1972.

Baridon（Michel）: « Flora Tristan peintre de "la ville-monstre" dans les *Promenades dans Londres* », in *Un fabuleux destin. Flora Tristan.*

Bessis（Henriette）: « Flora Tristan et l'art », in *Un fabuleux destin. Flora Tristan.*

Bédarida（François）: Introduction de *Promenades dans Londres ou L'aristocratie et les prolétaires anglais,* La Découverte, Paris, 2003.

Bloch-Dano（Evelyne）: *Flora Tristan. La femme-messie*, Grasset, Paris, 2001.

――――――: *Flora Tristan. « J'irai jusqu'à ce que je tombe »*, Payot, Paris, 2001.

Buret（Eugène）: *De la misère des classes laborieuses en Angleterre et en France*, 2 vols, Paulin, Paris, 1840.

Carballo（Fernando）: « Double regard sur Flora Tristan », in Stéphane Michaud（éd.）, *De Flora Tristan à Mario Vargas Llosa*, Presse Sorbonne Nouvelle, Paris, 2004.

Chaline（Jean-Pierre）: « Louis-René Villermé: l'homme et l'œuvre », Préface de *Tableau de l'état physique et moral des ouvriers employés dans les manufactures de coton, de laine et de soie* de Louis-René Villermé, ETI（Études et documentation internationales）, Paris, 1989.

Chevalier（Louis）: *Classes laborieuses et classes dangereuses*, Perrin, Paris, 2002.（シュヴァリエ，ルイ『労働階級と危険な階級』喜安朗・木下賢一・相良匡俊訳，みすず書房，東京，1993年）

Club Flora Tristan de Paris, « Flora Tristan et le mouvement féministe et syndical d'aujourd'hui », in *Un fabuleux destin. Flora Tristan.*

Corbin（Alain）: Introduction de *La prostitution à Paris au XIXe siècle* de Parent-Duchâtelet, Seuil, Paris, 1981.

Cross（Màire）: « L'itinéraire d'une femme engagée dans la cité, Flora Tristan. Un exemple à éviter ? », in *Femmes dans la Cité 1815-1871*, Créaphis, Grâne, 1997.

Cuche（Denys）: « Le Pérou de Flora Tristan: du rêve à la réalité », in *Un fabuleux destin. Flora Tristan.*

――――: l'Introduction de *Nécessité de faire un bon accueil aux femmes étrangères*, L'Harmattan, Paris, 1988.

Démier（Francis）: « Le *Tableau* de Villermé et les enquêtes ouvrières du premier XIXe siècle », Préface de *Tableau de l'état physique et moral des ouvriers employés dans les manufactures de coton, de laine et de soie* de Louis-René Villermé, EDI（Études et documentation internationales）, Paris, 1989.

年）

Mémoires, souvenirs et journaux de la Comtesse d'Agoult, 2 vols, Mercure de France, Paris, 1990.

Michel（Arlette）：Présentation de *Nouvelles*（*Le Lorgnon, Il ne faut pas jouer avec la douleur, La Canne de M. de Balzac*）, Slatkine Reprints, Paris/Genève, 1979.

Morgan（Cheryl A.）, « Entre le vrai et le vraisemblable : enjeux du roman historique chez Sophie Gay », in *La littérature en bas-bleus. Romancières sous la Restauration et la monarchie de Juillet*（*1815-1848*）.

Pellissier（Pierre）：*Émile de Girardin. Prince de la Presse*, Denoël, Paris, 1985.

Presse & Plumes. Journalisme et littérature au XIXe siècle, sous la direction de Marie-Ève Thérenty et Alain Vaillant, Nouveau Monde Éditions, Paris, 2004.

Séché（Léon）：*Delphine Gay. Mme de Girardin dans ses rapports avec Lamartine, Victor Hugo, Balzac, Rachel, Jules Sandeau, Dumas, Eugène Sue et George Sand*, Mercure de France, Paris, 1910.

Tassé（Henriette）：*Salons français du dix-neuvième siècle*, Montréal, 1952.

Thérenty（Marie-Ève）, Vaillant（Alain）：*1836, L'An I de l'ère médiatique,* Nouveau Monde Éditions, Paris, 2001.

Thérenty（Marie-Ève）：*La littérature au quotidien. Poétique journalistiques au XIXe siècle,* Seuil, Paris, 2007.

伊藤冬美『フランス・ロマン派のミューズ　ジラルダン夫人の生涯』TBSブリタニカ，東京，1990年。

稲垣直樹『ヴィクトル・ユゴーと降霊術』水声社，東京，1993年。

ウェクスラー（ジュディス）『人間喜劇　19世紀パリの観相術とカリカチュア』高山宏訳，ありな書房，東京，1987年。

鹿島茂『新聞王伝説』筑摩書房，東京，1991年。

坂本千代『マリー・ダグー　19世紀フランス伯爵夫人の孤独と熱情』春風社，東京，2005年。

辻昶・丸岡高弘『ヴィクトル＝ユゴー』清水書院，東京，1981年。

デザンティ（ドミニック）『新しい女　19世紀パリ文化界の女王　マリー・ダグー伯爵夫人』持田明子訳，藤原書店，東京，1991年。

第四部

1　フロラ・トリスタン（Tristan, Flora）の著作

Méphis, Indigo & Côté-femmes, 2 vols, Paris, 1996.（『メフィス』加藤節子訳，水声社，東京，2009年）

Nécessité de faire un bon accueil aux femmes étrangères, L'Harmattan, Paris, 1988.

La Paria et son rêve. Correspondance établie par Stéphane Michaud, Presses Sorbonne Nouvelle, Paris, 2003.

Le Tour de France. Journal 1845-1844, Indigo & Côté-femmes, 2 vols, Paris, 1998.

« Lettres à un Architecte Anglais I », in *Revue de Paris*, vol. 37, 1837 et « Lettres à un Archicte Anglais II », *Revue de Paris*, vol. 38, 1837.

Pérégrinations d'une paria, Actes Sud, Arles, 2004.（『ペルー旅行記1833-1834　ある女パリアの遍歴』小杉隆芳訳，法政大学出版局，東京，2004年）

Promenades dans Londres ou L'aristocratie et les prolétaires anglai, La Découverte, Paris, 2003.（『ロンド

第三部

1　デルフィーヌ・ド・ジラルダン（Girardin, Delphine de）の著作

Chroniques Parisiennes 1836-1848, Des femmes, Paris, 1986.

Contes d'une vieille fille à ses neveux, Paul Duval, Elbeuf/Paris.

La Canne de M. de Balzac, Bateau Ivre, Paris, 1946.

Lettres parisiennes dans les *Œuvres complètes de Mme Émile de Girardin*, 4 vols, Michel Lévy Frères, Paris, 1862-1863.

Lettres parisiennes du vicomte de Launay, 2 vols, Mercure de France, Paris, 1986.

Martin de Montmartre, Paul Duval, Elbeuf / Paris.

Nouvelles（*Le Lorgnon, Il ne faut pas jouer avec la douleur, La Canne de M. de Balzac*）, Slatkine Reprints, Paris / Genève, 1979.

Poésies complètes de Madame Émile de Girardin（*Delphine Gay*）, Charpentier, Paris, 1842.

Girardin（Mme Émile de）, Gautier（Théophile）, Sandeau（Jules）, Méry, *La Croix de Berny*, éditions France-Empire, Paris, 1980.

2　研究書・研究論文など

Balzac（Honoré de）: *Correspondance*, t.III, Garnier, Paris, 1964.

Barbay-d'Aurevilly（Jules）: « Mme Émile de Girardin », dans *Les Bas-bleus, Les Œuvres et les hommes*, t.V, Slatkine Reprints, Genève, 1968.

Bondy（François de）: *Une femme l'esprit en 1830. Madame de Girardin*, Pierre Lafitte, Paris, 1928.

Del Lungo（Andrea）: « Aux racines de la distinction. Une lecture sociologique de l'œuvre narrative de Delphine de Girardin », in *La littérature en bas-bleus. Romancières sous la Restauration et la monarchie de Juillet*（*1815-1848*）.

Gautier（Théophile）: Introduction du Vicomte de Launay, *Lettres parisiennes*, t.I, Michel Lévy, Paris, 1862.

Giacchetti（Claudine）: *Delphine de Girardin la muse de Juillet*, L'Harmattan, Paris, 2004.

————————: « L'Art du renoncement à l'art: création littéraire et stratégies d'écriture dans l'œuvre de Delphine de Girardin », in *Création au féminin, volume 1 : Littérature*, Éditions universitaires de Dijon, Dijon, 2006.

Janin（Jules）: *Critique dramatique, Œuvres diverses de Jules Janin*, t.IX, Librairie des Bibliophiles, Paris, 1877.

Lassère（Madeleine）: *Delphine de Girardin. Journaliste et femme de lettres au temps du romantisme*, Perrin, Paris, 2003.

Lorusso（Silvia）, « la voix l'Ellénore. Sophie Gay corrige Constant », in *La littérature en bas-bleus. Romancières sous la Restauration et la monarchie de Juillet*（*1815-1848*）.

Malo（Henri）: *Une muse et sa mère. Delphine Gay de Girardin*, Émile-Paul Frères, Paris, 1924.

————————: *La Gloire de Vicomte de Launay. Delphine Gay de Girardin*, Émile-Paul Frères, Paris, 1925.

Martin-Fugier（Anne）: *La vie élégante ou la formation du Tout-Paris 1815-1848*, Fayard, Paris, 1990.（マルタン＝フュジエ，アンヌ『優雅な生活〈トゥ＝パリ〉，パリ社交集団の成立1815-1848』前田祝一監訳，前田清子・八木淳・八木明美・矢野通子訳，新評論，東京，2001

———————————: *Bibliographie des écrivains français: Madame de Genlis*, Memini, Paris, 1996.

———————————: « La presse contemporaine et l'œuvre romanesque de madame de Genlis », in *Journalisme et fiction au XVIIIe siècle*, Peter Lang, New York, 1999.

———————————: « Aimer ou haïr Madame de Genlis », in *Portraits de femmes*, Université de Bruxelles, Bruxelles, 2000.

———————————: « Entre fête vertueuse et fête mondaine: le théâtre de Madame de Genlis », in *Fête et imagination dans la littérature du XVIe au XVIIIe siècle*, Université de Provence, Aix-en-Provence, 2004.

———————————: « Les Mémoires de Mme de Genlis: apprentissage et reconstruction de l'histoire », in *Histoires d'historiennes*, Université de Saint-Étienne, Saint- Étienne, 2006.

Poortere（Machteld De）: *Les idées philosophiques et littéraires de Mme de Staël et de Mme de Genlis*, Peter Lang, New York, 2004.

Reid（Martine）: Présentation de *La Femme auteur*, Folio（Gallimard）, Paris, 2007.

——————: Avant-propos et « Ma vie littéraire » in *Madame de Genlis. Littérature et éducation*.

Rousseau（Jean-Jacques）: *Émile, Œuvre complètes*, t. IV, Pléiade（Gallimard）, Paris, 1969.（ルソー『エミール』樋口謹一訳，3巻，白水社，東京，1986年）

Sand（George）: *Œuvres autobiographiques*, 2 vols, Pléiade（Gallimard）, Paris, 1970.

Schlick（Yaël）: « Beyond the boundaries: Staël, Genlis, and the impossible "femme célèbre"», in *Symposium*, n° 50-1, Spring, 1996.

Stendhal : *Correspondance*, Gallimard, t.I, Paris, 1962.

Strien-Chardonneau（Madeleine）: « Madame de Genlis et le roman historique », in *Histoire, jeu, science dans l'aire de la littérature*, Rodopi, Amsterdam, 2000.

Trousson（Raymond）: Introduction de *Mademoiselle de Clermont*, dans *Romans de femmes du XVIIIe siècle*, Bouquins（Robert Laffont）, Paris, 1996.

Zanone（Damien）: « Madame de Genlis romancière: à propos des *Parvenus* », in *Repenser la Restauration*, Nouveau Monde, Paris, 2005.

——————: « Morale de la mémoire（sur les *Mémoires* de Mme de Genlis）», in *Madame de Genlis. Littérature et éducation*.

ゴンクール兄弟（エドモン・ド／ジュール・ド）『ゴンクール兄弟の見た18世紀の女性』鈴木豊訳，平凡社，東京，1994年。

芝生瑞和編『図説フランス革命』河出書房新社，東京，1989年。

スタール夫人『ドイツ論1』梶谷温子・中村加津・大竹仁子訳，鳥影社，東京，2000年。

——————『ドイツ論2』中村加津・大竹仁子訳，鳥影社，東京，2002年。

——————『ドイツ論3』エレーヌ・ド・グロート，梶谷温子，中村加津，大竹仁子訳，鳥影社，東京，1996年。

ドゥコー（アラン）『フランス女性の歴史3　革命下の女たち』渡辺高明訳，大修館，東京，1987年。

Mme d'Épinay, Mme de Genlis », in *Dix-huitième siècle*, n° 36, 2004.

————————: Introduction et Notes à l'édition de Presses Universitaires de Rennes d' *Adèle et Théodore*, 2006.

————————: « Les jeux intertextuels dans *Adèle et Théodore*: le discours éducatif entre contrainte et liberté », in *Madame de Genlis. Littérature et éducation*.

Brucker（Nicolas）: « Éducation et religion dans l'œuvre de Mme de Genlis », in *Madame de Genlis. Littérature et éducation*.

Charles（Shelly）: « Mme de Genlis et le dilemme du roman », in *Madame de Genlis. Littérature et éducation*.

Craveri（Benedetta）: « Mme de Genlis et la transmission d'un savoir-vivre », in *Madame de Genlis. Littérature et éducation*.

Diaconoff（Suellen）: « Feminized Virtue : Politics and Poetics of a New Pedagogy for Women », in *Papers on French Seventeenth-Century Literature*, n° 46, 1997.

Didier（Béatrice）: « Mémoires et autobiographie chez Mme de Genlis », in *Madame de Genlis. Littérature et éducation*.

Dow（Gillian）: « On reviewing Mme de Genlis », in *SVEC*, 2004-7.

————————: « « The best system of education ever published in France » : *Adelaïde and Theodore* en Angleterre », in *Madame de Genlis. Littérature et éducation*.

Gautier（Théophile）: Préface de *Mademoiselle de Maupin*, dans *Œuvres complètes, Romans, contes et nouvelles*, t.1, Honoré Champion, Paris, 2004.

Grosperrin（Bernard）: « Un manuel d'éducation noble : *Adèle et Théodore* de Madame de Genlis », in *Cahiers d'histoire*, n° 19, 1974.

Hugo（Victor）: *Choses vues*, dans *Histoire, Œuvres complètes*, Bouquins（Robert Laffont）, Paris, 1987.

Laborde（Alice M.）: *L'Œuvre de Madame de Genlis*, Nizet, Paris, 1966.

Louichon（Brigitte）: « Mme de Genlis: homme de lettres et grand-mère », in *Madame de Genlis. Littérature et éducation*.

Marcoin（Francis）: « *Les Petits Émigrés*, entre Lumières et romantisme », in *Madame de Genlis. Littérature et éducation*.

Martin（Christophe）: « Sur l'éducation négative chez Mme de Genlis（*Adèle et Théodore, Zélie ou l'Ingénue*）», in *Madame de Genlis. Littérature et éducation*.

Masseau（Didier）: Introduction de *Mémoires de Madame de Genlis*, Mercure de France, Paris, 2004.

————————: « Pouvoir éducatif et vertige de la programmation dans *Adèle et Théodore* et quelques autres ouvrages », in *Madame de Genlis. Littérature et éducation*.

Mistacco（Vicki）: « Genlis à contre-courant: *De l'influence des femmes* », in *Madame de Genlis. Littérature et éducation*.

Nikliborc（Anna）: « Histoire d'une animosité littéraire: Mme de Genlis contre Mme de Staël », in *Acta Universitatis Wratislaviensis*, No. 59, 1963.

Pellegrin（Nicole）: « Une pratique féminine de l'histoire: quelques remarques sur le cas de Mme de Genlis », in *Madame de Genlis. Littérature et éducation*.

Plagnol-Diéval（Marie-Emmanuelle）: « Le théâtre de Mme de Genlis. Une morale chrétienne sécularisée », in *Dix-huitième siècle*, n° 24, 1992.

monarchie de Juillet（*1815-1848*）.

Planté（Christine）: *La petite sœur de Balzac. Essai sur la femme auteur,* Seuil, Paris, 1989.

Prendergast（Christopher）: « Fonction et personnage: réflexions sur Madame du Guénic », in *L'Année balzacienne 1973.*

Regard（Maurice）: Introduction et les notes à l'édition Garnier Frères de *Béatrix*, Paris, 1962.

―――――: Introduction à l'édition Pléiade de *La Femme auteur*, t.XII, 1981.

Reid（Martine）: « La couleur d'un bas », in *La littérature en bas-bleus. Romancières sous la Restauration et la monarchie de Juillet*（*1815-1848*）.

Trésor de la Langue française. Dictionnaire de la Langue du 19e et du 20e siècle, Paris, 1971.

Van Rossum-Guyon（Françoise）: « Le portrait comme autoportrait: Camille Maupin dans *Béatrix* », dans *Balzac. La littérature réfléchie. Discours et autoreprésentations*, Paragraphes, Université de Montréal, 2002.

バルザック『ジャーナリズム性悪説』鹿島茂訳・注，ちくま文庫，東京，1997年。

第二部

1　ジャンリス夫人（Madame de Genlis）の著作

Adèle et Théodore ou lettres sur l'éducation, contenant tous les principes relatifs aux trois différents plans d'éducation des Princes et des jeunes personnes de l'un et l'autre sexe, 3 vols, Lambert, Paris, 1785.

Adèle et Théodore, ou lettres sur l'éducation, contenant tous les principes relatifs aux trois différents plans d'éducation des Princes et des jeunes personnes de l'un et l'autre sexe, Presses Universitaires de Rennes, Rennes, 2006.

De l'influence des femmes sur la littérature française, comme protectrices des lettres et comme auteurs ; ou précis de l'histoire des femmes françaises les plus célèbres, Maradan, Paris, 1811.

Inès de Castro, Ombres, Toulouse, 1995.

La Femme auteur, Folio（Gallimard）, Paris, 2007.

Les chevaliers du cygne, ou la cour de Charlemagne, conte historique et moral, pour servir de suite aux Veillées du Château, et dont tous les traits qui peuvent faire allusion à la révolution française, sont tirés de l'Histoire, 3 vols, Lenierre/ Fauche, Paris/ Hambourg, 1795.

Mademoiselle de Clermont, dans *Romans de femmes du XVIIIe siècle*, Bouquins（Robert Laffont）, Paris, 1996.

Mémoires de Madame de Genlis, Mercure de France, Paris, 2004.

Les veillées du château ou cours de morale à l'usage des enfants, illustrée de dessins par G. Staal, Garnier Frères, Paris, 1859.

2　研究書・研究論文など

Bessire（François）: « Mme de Genlis ou l'« ennemie de la philosophie moderne » », in Bessire（éd.）, *Madame de Genlis. Littérature et éducation*, Publications des Universités de Rouen et du Havre, Rouen, 2008.

Broglie（Gabriel de）: *Madame de Genlis*, Perrin, Paris, 1985.

Brouard-Arends（Isabelle）: « Soumission et indépendance: la dynamique intertextuelle à l'égard de l'*Émile* dans *Adèle et Théodore* de Madame de Genlis », in *Études Jean-Jacques Rousseau*, no 9, 1997.

―――――: « Trajectoires de femmes, éthique et projet auctorial, Mme de Lambert,

Barry (Catherine) : « Camille Maupin: Io to Balzac's Prometheus? », in *Nineteenth-Century French Studies*, Volume 20, Fall-winter, 1991-1992.

Baudry (Marie) : « Le romancier et le bas-bleu », in *La littérature en bas-bleus. Romancières sous la Restauration et la monarchie de Juillet* (*1815-1848*), sous la direction d'Andrea Del Lungo et Brigitte Louichon, Classiques Garnier, Paris, 2010.

Bénichou (Paul) : *Le Sacre de l'écrivain* (*1750-1830*), José Corti, Paris, 1973.

——————: *Le temps des prophètes, Doctrines de l'âge romantique*, Gallimard, Paris, 1977.

Bodin (Thierry) : « Du côté de chez Sand », in *L'Année balzacienne 1972.*

Daumier (Honoré) : *Intellectuelles et femmes socialistes,* éditions Michèle Trinckvel, Milan, 1974.

Frappier-Mazur (Lucienne) : « Balzac et l'androgyne », in *L'Année balzacienne 1973.*

Grand Dictionnaire universel du XIXe siècle, Pierre Larousse, Paris, 1866-1876.

Gracq (Julien) : « Béatrix de Bretagne », dans *Préférences*, José Corti, Paris, 1989.

Guichardet (Jeannine) : « Balzac et le conte de fée », in *Revue des sciences humaines*, 1979-3.

Guyon (Bernard) : « *Adolphe, Béatrix et La Muse du Département* », in *L'Année balzacienne 1963.*

Janin (Jules) : « Le Bas-bleu », dans *Les Français peints par eux-mêmes. Encyclopédie morale du dix-neuvième siècle*, L. Curmer, t.5, Paris, 1842.

Kiriu (Kazuo) : *Vocabulaire de Balzac* (http://www.v2asp.paris.fr/commun/v2asp/musees/balzac/kiriu/concordance.htm)

Labouret (Mireille) : « L'opéra et son double: une lecture duelle de *Massimilla Doni et Béatrix* », in *Romantisme*, No. 57, 1987.

Louichon (Brigitte) : « La littérature en bas-bleus : une question de genre et de nombre », in *La littérature en bas-bleus. Romancières sous la Restauration et la monarchie de Juillet* (*1815-1848*).

Mastière (Philippe) : « Guérande dans *Béatrix* ou l'extravagance du lieu balzacien », in *L'Année balzacienne 1980.*

——————: « La mise en fiction de l'histoire dans *Béatrix*. Propositions et hypothèses du travail », in *L'Année balzacienne 1981.*

Michel (Arlette) : « Balzac juge du féminisme. Des *Mémoires de deux jeunes mariées* à *Honorine* », in *L'Année balzacienne 1973.*

——————: *Le mariage chez Honoré de Balzac. Amour et féminisme,* Belles Lettres, Paris, 1978.

Mozet (Nicole) : *La ville de province dans l'œuvre de Balzac*, CDU et SEDES, Paris, 1982.

——————: *Balzac au pluriel,* PUF, Paris, 1990.

——————: *George Sand écrivain de romans*, Christian Pirot, Saint-Cyr-Sur-Loire, 1997.

Naginski (Isabelle) : « Les deux Lélia: une réécriture exemplaire », in *Revue des sciences humaines*, 1992-2.

Mura (Aline) : *Béatrix ou la logique des contraires,* Honoré Champion, Paris, 1997.

Paris, ou le Livre des Cent-et-un, Ladvocat, Paris, 1833, t.13.

Planté (Christine) : *La petite sœur de Balzac. Essai sur la femme auteur*, Seuil, Paris, 1989.

Parturier (Françoise) : Préface des *Intellectuelles et femmes socialistes* (Honoré Daumier), éditions Michèle Trinckvel, Milan, 1974.

Pion (Delphine) : « De la femme supérieure. À la dixième muse, les fausses positions d'une femme auteur, Caroline Marbouty », in *La littérature en bas-bleus. Romancières sous la Restauration et la*

参考文献

複数の部・章で参考にした文献

Adler（Laure）: *À l'aube du féminisme: Les premières journalistes*（*1830-1850*）, Payot, Paris, 1979.

Cohen（Margaret）: *The Sentimental Education of the Novel,* Princeton University Press, Princeton, 1999.

Duby（Georges）et Perrot（Michelle）: *Histoire des femmes 4. Le XIXᵉ siècle*, Plon, Paris, 1991.（デュビイ，ジョルジュ＆ペロー，ミシェル監修『女の歴史Ⅳ　19世紀Ⅰ』，『女の歴史Ⅳ　19世紀Ⅱ』杉村和子・志賀亮一監訳，藤原書店，東京，1996年）

Nesci（Catherine）: *Le flâneur et les flâneuses. Les femmes et la ville à l'époque romantique,* ELLUG（Université Stendhal）, Grenoble, 2007.

Reid（Martine）: *Des femmes en littérature,* Belin, 2010.

Sainte-Beuve（C.-A.）: *Causeries du lundi,* Garnier Frères, Paris, 16 vols, 1859.

——————: *Portrais de femmes,* Folio（Gallimard）, Paris, 1995.

赤木昭三・赤木富美子『サロンの思想史　デカルトから啓蒙思想へ』名古屋大学出版会，名古屋，2003年。

アロン（ジャン＝ポール）編『路地裏の女性史　19世紀フランス女性の栄光と悲惨』片岡幸彦監訳，新評論，東京，1984年。

佐藤夏生『スタール夫人』清水書院，東京，2005年。

ドゥコー（アラン）『フランス女性の歴史4　目覚める女たち』山方達雄訳，大修館，東京，1981年。

水田珠枝『女性解放思想史』ちくま学芸文庫，東京，1994年。

村田京子『娼婦の肖像　ロマン主義的クルチザンヌの系譜』新評論，東京，2006年。

第一部

1　バルザック（Balzac, Honoré de）の著作

バルザックのフランス語テクストはすべて *La Comédie humaine,* édition publiée sous la direction de Pierre-Georges Castex, Gallimard. Coll. « Bibliothèque de la Pléiade », Paris, 1976-1981, 12 volsを用いた。

2　研究書・研究論文など

Ambrière-Fargeaud（Madeleine）: « Une lecture de *Béatrix* », in *L'Année balzacienne 1973.*

——————: Introduction et Histoire du texte à l'édition Pléiade de *Béatrix,* t.II, 1976.

——————: Préface à l'édition Folio（Gallimard）de *Béatrix,* Paris, 1979.

Barbéris（Pierre）: Introduction à l'édition Pléiade d'*Un Début dans la vie,* t.I, 1976.

ルベリユー，マドレーヌ（Madeleine Rebérioux） 232
レオ，ゲルハルト（Gerhard Leo） 171, 202
レカミエ夫人，ジュリエット（Jeanne-Françoise-Julie-Adélaïde Bernard Récamier 1777-1849） 106, 111, 115
ロスチャイルド兄弟（Karl Rothschild 1788-1855, James Rothschild 1792-1868） 106
ロック，ジョン（John Locke 1632-1704） 85
ロッシーニ，ジョアキーノ＝アントーニオ（Gioachino Antonio Rossini 1792-1868） 106
ロベスピエール，マクシミリアン（Maximilien Marie Isidore de Robespierre 1758-94） 70, 71, 72
ロラン，ポーリーヌ（Pauline Roland 1805-52） 202, 235

メスメル，フランツ・アントン（Franz-Anton Mesmer 1734-1815） 155, 181, 182
メリ，ジョゼフ（Joseph Méry 1797-1866） 154
メリメ，プロスペル（Prosper Mérimée 1803-70） 106
モレ伯爵，ルイ=マチュー（Louis-Mathieu Molé, comte de 1781-1855） 106, 144
モンテスキュー（Montesquieu［Charles-Louis de Secondat］1689-1755） 62
モンテッソン夫人，シャルロット（Madame de Montesson, Charlotte-Jeanne Béraud de La Haye de Riou, marquise 1738-1806） 48, 49, 51, 52, 57, 61, 74

ヤ行

ユゴー，ヴィクトル（Victor-Marie Hugo 1802-85） 1, 63, 64, 80, 106, 112, 114, 129, 134, 151, 154, 157, 192, 218, 228
ユスタッシュ，パスカル（Pascale Hustache） 203

ラ行

ラ・アルプ，ジャン=フランソワ・ド（Jean-François de La Harpe 1739-1803） 56, 89
ラ・フォンテーヌ，ジャン・ド（Jean de La Fontaine 1621-95） 90
ラクロ，コデルロス・ド（Pierre Choderlos de Laclos 1741-1803） 69, 70
ラシーヌ，ジャン（Jean Racine 1639-99） 91, 154
ラシェル（Mademoiselle Rachel［Élisabeth Rachel Félix］1821-58） 106, 152
ラセール，マドレーヌ（Madelene Lassère） 130, 146
ラファイエット夫人（Madame de La Fayette, Marie-Madeleine Pioche de La Vergne, comtesse 1634-93） 1, 90, 104
ラマ，カルロス（Carlos Rama） 230
ラマルチーヌ，アルフォンス=マリー=ルイ（Alphonse-Marie-Louis de Prat de Lamartine 1790-1869） 80, 106, 116, 117, 118, 144, 145, 150, 156, 168, 225
ランソン，ギュスターヴ（Gustave Lanson 1857-1934） 102
ランブイエ侯爵夫人（marquise de Rambouillet, Catherine de Vivonne 1588-1665） 106
ランベール侯爵夫人（marquise de Lambert, Anne-Thérèse de Marguenat de Courcelles 1647-1733） 89
リスト，フランツ（Franz Liszt 1811-86） 10, 29, 106
リチャードソン，サミュエル（Samuel Richardson 1689-1761） 91
リード，マルチーヌ（Martine Reid） 103
ルイ14世（Louis XIV 1638-1715） 53, 76
ルイ15世（Louis XV 1710-74） 46, 50, 51, 53, 54
ルイ16世（Louis XVI 1754-93） 53, 54, 66, 69, 70, 71
ルイ・フィリップ（Louis-Philippe Ier, Louis-Philippe d'Orléans 1773-1850） 2, 15, 16, 46, 53, 54, 59, 62, 63, 64, 65, 69, 70, 72, 79, 81, 82, 93, 119, 135, 139, 144, 145, 172
ルイ・フィリップ1世（オルレアン公 Louis-Philippe Ier d'Orléans 1725-85） 52, 66
ルイ・フィリップ2世ジョゼフ（フィリップ・エガリテ，シャルトル公，のちオルレアン公 Louis-Philippe II Joseph, duc de Chartres, puis duc d'Orléans 1747-93） 53, 54, 56, 57, 59, 60, 66, 67, 69, 70, 71, 72, 81
ルイス，マシュー・グレゴリー（Matthew Gregory Lewis 1775-1818） 84
ルーゲ，アーノルト（Arnold Ruge 1802-80） 225
ルソー，ジャン=ジャック（Jean-Jacques Rousseau 1712-78） 50-51, 57, 58, 61, 62, 63, 80, 83, 85, 86, 88, 98, 101, 190
ルドリュ=ロラン，アレクサンドル（Alexandre Ledru-Rollin 1807-74） 145

プラニョル=ディエヴァル，マリー=エマニュエル（Marie-Emmanuelle Plagnol-Diéval） 96
ブラン，ルイ（Louis-Jean-Joseph Blanc 1811-82） 145
プランテ，クリスチーヌ（Christine Planté） 13
フーリエ，シャルル（François-Marie-Charles Fourier 1772-1837） 94, 201, 202
ブルトン，アンドレ（André Breton 1896-1966） 163
フレジエ，H.-A.（H.-A. Frégier 1789-?） 207, 208
プレヴォー，アントワーヌ=フランソワ（アベ・プレヴォー［Abé Prévost］ Antoine-François Prévost 1697-1763） 92, 104
ブログリ，ガブリエル・ド（Gabriel de Broglie） 78, 89
フロベール，ギュスターヴ（Gustave Flaubert 1821-80） 23
ベダリーダ，フランソワ（François Bédarida） 208, 216
ペルディギエ，アグリコル（Agricol Perdiguier 1805-75） 231
ベルタル（Bertall［Charles Albert d'Arnoux］ 1820-82） 107, 108
ベルナルダン・ド・サン=ピエール，ジャック=アンリ（Jacques-Henri Bernardin de Saint-Pierre 1737-1814） 169
ペロー，ミシェル（Michelle Perrot） 18, 181
ペロン，エバ（María Eva Duarte de Perón 1919-52） 180
ベンヤミン，ヴァルター（Walter Bendix Schoenflies Benjamin 1892-1940） 160
ボーアルネ，ジョゼフィーヌ・ド（Joséphine de Beauharnais 1763-1814） 74, 151
ボードレール，シャルル（Charles Pierre Baudelaire 1821-67） 160
ボナパルト，ナポレオン（Napoléon Bonaparte［Napoléon Ier］ 1769-1821） 2, 74-76, 79, 104, 110, 151, 184, 196
ボナパルト，ルイ=ナポレオン（Charles Louis-Napoléon Bonaparte 1808-73） 151, 230
ボーモン夫人，ジャンヌ=マリー・ルプランス・ド（Jeanne-Marie Leprince de Beaumont 1711-80） 1, 109
ポリニャック夫人（Madame de Polignac, Yolande Martine Gabrielle de Polastron, duchesse 1749-93） 69
ボリバル，シモン（Simón José Antonio de la Santísima Trinidad Bolívar y Palacios 1783-1830） 165, 174

マ行

マソー，ディディエ（Didier Masseau） 81
マリー・アントワネット（Marie-Antoinette d'Autriche 1755-93） 57, 69, 70
マリヴォー，ピエール・カルル・ド・シャンブラン（Pierre Carles de Chamblain de Marivaux 1688-1763） 104
マルクス，カール（Karl Heinrich Marx 1818-83） 162, 225, 226, 239
マルタン，クリストフ（Christophe Martin） 98, 100
マルブーティ，カトリーヌ（Caroline Marbouty 1803-90） 13
マルモンテル，ジャン=フランソワ（Jean-François Marmontel 1723-99） 56, 62
ミシュレ，ジュール（Jules Michelet 1798-1874） 24
ミショー，ステファヌ（Stéphane Michaud） 233
水田珠枝 88, 205
ミュッセ，アルフレッド・ド（Alfred de Musset 1810-57） 106, 191
ミラボー，オノレ=ガブリエル・リケティ（Honoré Gabriel Riqueti, Comte de Mirabeau 1732-1804） 67

デザンティ，ドミニック（Dominique Desanti） 167, 227, 229
デピネ夫人，ルイーズ（Louise d'Épinay ［Louise-Florence Pétronille Tardieu d' Esclavelles］1726-83） 61, 90, 102
デミエ，フランシス（Francis Démier） 210
デムーラン，カミーユ（Lucie-Simplice-Camille-Benoist Desmoulins 1760-94） 67
デュビイ，ジョルジュ（Georges Duby） 18
デュマ，アレクサンドル（Alexandre Dumas père 1802-70） 106, 132, 156, 182
デュムーリエ，シャルル=フランソワ（Charles-François du Périer Dumouriez 1739-1823） 72
ドゥニ夫人（Madame Denis, Marie-Louise Mignot 1712-90） 54
ドーミエ，オノレ（Honoré Daumier 1808-79） 20, 140, 150
トリスタン，フアン・ピオ・デ（Juan Pío de Tristán y Moscoso 1773-1860） 165, 173-174, 177, 178, 180, 192, 196, 201, 236
トリスタン，フロラ（Flora Tristan［Flore-Célestine-Thérèse-Henriette Tristán Moscoso Laisnay］1803-44） 3, 122, 160, 162-236, 237, 238, 239
　『ある女パリアの遍歴 1833-34』（『遍歴』） 163, 167, 169, 174, 178, 182, 184, 186, 187, 188-198, 201, 203, 205, 213, 223
　『外国人女性を歓待する必要性について』 199-200
　『メフィス』 182, 203-205
　『労働者連合』 167, 224-226, 231, 233, 237
　『ロンドン散策』 207-208, 212-222, 223
トリスタン，マリアノ・デ（Mariano de Tristán y Moscoso ?-1807） 164-165, 173, 186

ナ行

ナジンスキー，イザベル（Isabelle Naginski） 40
ニボワイエ，ウジェニー（Eugénie Niboyet 1796-1883） 202
ネッケル，ジャック（Jacques Necker 1732-1804） 67

ハ行

ハイネ，ハインリヒ（Christian Johann Heinrich Heine 1797-1856） 106
バイロン，ジョージ=ゴードン（George Gordon Byron 1788-1824） 21, 115, 168, 220
バザール，アルマン（Armand Bazard 1791-1832） 170, 171
パメラ（本名ナンシー・シムズ　Pamela［Nancy Syms］1773-1831） 58, 70
パラン=デュシャトレ，アレクサンドル（Alexandre Parent-Duchâtelet 1790-1836） 166, 217, 218, 219
バルザック，オノレ・ド（Honoré de Balzac 1799-1850） 1, 2, 10, 11, 12, 13, 15, 16, 18, 20, 22, 24, 25, 27, 28, 30, 31, 36, 37, 38, 39, 40, 41, 42, 43-44, 62, 104, 106, 128-131, 132, 155, 181, 182, 218, 238
ハンスカ夫人（Comtesse Hańska, Évelyne［Ewelina Rzewuska］1801-82） 27
ビーチャー=ストウ，ハリエット（Harriet Beecher Stowe 1811-96） 194
ビュフォン，ジョルジュ=ルイ・ルクレール（Georges-Louis Leclerc Buffon, comte de 1707-88） 56
ビュレ，ウージェーヌ（Eugène Buret 1810-42） 166, 207, 210-211, 212, 214, 215, 216
フィッツジェラルド卿，エドワード（Lord Edward FitzGerald 1763-98） 58
フェヌロン，フランソワ・ド・サリニャック・ド・ラ・モット（François de Salignac de La Mothe-Fénelon 1651-1715） 85
フォントネル，ベルナール・ル・ボヴィエ・ド（Bernard Le Bovier de Fontenelle 1657-1757） 62

『旅行者ガイド』 73
シュー，ウージェーヌ（Eugène Sue 1804-57） 132, 204, 218, 225
ジュイ，エチエンヌ・ド（Victor-Joseph Étienne de Jouy 1764-1846） 19
シュヴァリエ，ルイ（Louis Chevalier） 207
シュルヴィル，ロール（Laure Surville 1800-71） 13
ショパン，フレデリック（Frédéric Chopin 1810-49） 106, 191
ジラルダン，エミール・ド（Émile de Girardin 1806-81） 106, 117, 118, 120, 121, 122, 123, 124, 127, 128, 129, 131, 132, 134, 142-145, 147-148, 151, 156, 157, 158, 200
ジラルダン，デルフィーヌ・ド（Delphine de Girardin 1804-55） 3, 13, 16, 104, 106-160, 162, 183, 201, 237, 238, 239
　『ヴィジョン』 113, 114, 115
　『英雄オシアンに寄せて歌うナポレオンの死』 111
　『エルヴィールの婚礼』 111
　『ギリシア人のための募金』 115
　『クレオパトラ』 152
　『クロワ・ド・ベルニー』 154
　『幻滅』 125
　『失望』 117
　『詩の試作』 112
　『ジャーナリスト学校』 143, 152
　『ジュディト』 152
　『絶望』 126
　『時計屋の帽子』 153
　『ナポリーヌ』 112, 123, 124
　『鼻眼鏡』 120
　「パリ通信」 106, 131-141, 142, 143, 144, 145, 147, 148, 152, 155, 160, 183, 237
　『バルザック氏のステッキ』 115, 128-129, 130, 131
　『マチルド』 120
　『マルグリットまたは二つの愛』 154
　『喜びは恐怖をもたらす』 153
　『私はもう愛していない』 117
スキュデリー，マドレーヌ・ド（Madeleine de Scudéry 1607-1701） 48
スコット，ウォルター（Walter Scott 1771-1832） 72, 168
スタール夫人（Madame de Staël, Anne-Louise-Germaine de 1766-1817） 2, 16, 46, 75, 76, 77, 78, 104, 110, 113, 130, 162, 168, 169
スタンダール（Stendhal［Marie-Henri Beyle］1783-1842） 1, 46, 72, 79, 80
スーリエ，フレデリック（Frédéric Soulié 1800-47） 20, 132
セヴィニエ（侯爵）夫人（Marquise de Sévigné, Marie de Rabutin-Chantal 1626-96） 90, 104
ゾラ，エミール（Émile Zola 1840-1902） 149

タ行

ダヴィッド，ジャック=ルイ（Jacques-Louis David 1748-1825） 64, 67
ダグー伯爵夫人，マリー（Comtesse d'Agoult, Marie Catherine Sophie de Flavigny 1805-76） 10, 11, 29, 113, 115, 121, 122
タッソ，トルクァート（Torquato Tasso 1544-95） 91
ダブランテス公爵夫人，ロール=アデライド=コンスタンス（Laure-Adélaïde-Constance, Junot, duchesse d'Abrantès 1784-1838） 13, 52, 106
ダランベール，ジャン・ル・ロン（Jean le Rond D'Alembert 1717-83） 62
タルマ（Talma［François-Joseph］1763-1826） 115
タレイラン（=ペリゴール），シャルル=モーリス・ド（Charles-Maurice de Talleyrand-Périgord 1754-1838） 75
ティエール，ルイ・アドルフ（Louis Adolphe Thiers 1797-1877） 135, 142, 143
ディドロ，ドゥニ（Denis Diderot 1713-84） 1, 61, 62

132, 134, 141, 152, 154, 156, 181, 182
コルネイユ，ピエール（Pierre Corneille 1606-84） 55, 91
コルバン，アラン（Alain Corbin） 219
ゴンクール兄弟（Edmond de Goncourt 1822-96, Jules de Goncourt 1830-70） 94
コンシデラン，ヴィクトル（Victor Considerant 1808-93） 201

サ行

サン=シモン，クロード=アンリ・ド・ルヴロワ（Claude-Henri de Rouvroy, comte de Saint-Simon 1760-1825） 170, 171
サント=ブーヴ，シャルル=オーギュスタン（Charles-Augustin Sainte-Beuve 1804-69） 48, 138
サンド，ジョルジュ（本名オーロール・デュドヴァン George Sand［Amandine-Aurore-Lucile Dupin, Baronne Dudevant］1804-76） 2, 10, 11, 12, 16, 25, 27-28, 29, 30, 31, 36, 39, 79, 102, 104, 106, 107, 108, 130, 134, 146, 156, 157, 162, 188-189, 190, 225, 228, 237, 238
サンド，モーリス（Maurice Sand［Jean-François-Maurice-Arnauld, baron Dudevant］1823-89） 12, 28
サンドー，ジュール（Jules Sandeau 1811-83） 12, 154, 156
シメイ公妃（タリアン夫人 Princesse de Chimay［Thérèse Cabarrus, Madame Tallien］1773-1835） 110
ジャケッティ，クロディーヌ（Giacchetti, Claudine） 122, 124
シャザル，アンドレ=フランソワ（André-François Chazal 1798-1860） 167, 168, 172, 202-203, 205, 206
シャトーブリアン，フランソワ=ルネ・ド（François-René, vicomte de Chateaubriand 1768-1848） 80, 120, 134, 154
ジャナン，ジュール（Jules-Gabriel Janin 1804-74） 21, 22, 23, 24, 153, 156, 162
シャルトル公（のちオルレアン公）夫人，ルイーズ・マリー・ド・ブルボン=パンティエーヴル（Louise-Marie-Adélaïde de Bourbon-Penthièvre 1753-1821） 54, 56, 57, 70
シャルル10世（アルトワ伯 Charles-Philippe de Bourbon, comte d'Artois 1757-1836） 53, 113, 115, 119, 134, 172
ジャンリス伯爵（Charles-Alexis Brûlart, marquis de Sillery, comte de Genlis 1737-93） 50, 57, 67, 71, 72
ジャンリス（伯爵）夫人，ステファニー=フェリシテ・デュ・クレスト・ド・サン=トーバン（Madame de Genlis［Stéphanie-Félicité du Crest de St-Aubin, comtesse de Genlis］1746-1830） 2, 15, 16, 44, 46-104, 160, 190, 237, 238, 239
　『アデルとテオドール，または教育に関する書簡』 61, 83-101, 104, 237
　『女哲学者』 77
　『回想録』 48, 51, 57, 60, 67, 80-81, 84, 190
　『幸福と真の哲学の唯一の基盤とみなされる宗教』 62
　『社交界劇場』 59
　『修道院の廃止と女性の公教育に関する弁論』 95
　『少女のための戯曲』 59, 90
　『女子教育のための農村学校の計画』 95
　『女性による男子教育，とりわけ王族の子弟の教育に関する試論』 61
　『女流作家』 97, 102, 103, 104
　『城の夜のつどい』 62, 90
　『成り上がり者たち』 79
　『白鳥の騎士またはシャルルマーニュの宮廷』 72
　『バチュエカス族』 79
　『フランス文学に対する女性の影響について』 88-89, 103
　『マントノン夫人』 76
　『ラ・ヴァリエール伯爵夫人』 76

人名索引

＊本書で主に取り上げたジャンリス夫人，デルフィーヌ・ド・ジラルダン，フロラ・トリスタンについては主要作品名の項目を設けた。
＊現代の研究者については生没年を示していない。

ア行

アディソン，ジョゼフ（Joseph Addison 1672-1719） 86
アデライド・ドルレアン（Adélaïde d'Orléans 1777-1847） 57, 58, 61, 70, 71, 72
アンファンタン，バルテルミー=プロスペル（Barthélemy-Prosper Enfantin 1796-1864） 170, 171, 228
ヴィニー，アルフレッド・ド（Alfred-Victor, comte de Vigny 1797-1863） 106, 112, 117, 156
ヴィレルメ，ルイ=ルネ（Louis-René Villermé 1782-1863） 207, 210, 215
ウェルギリウス（Publius Vergilius Maro 70BC-19BC） 90
ヴォルテール（Voltaire [François-Marie Arouet] 1694-1778） 54-55, 61, 62, 91
エンゲルス，フリードリヒ（Friedrich Engels 1820-95） 212, 214, 216, 226, 239
オーエン，ロバート（Robert Owen 1771-1858） 201, 217
オドネル夫人，エリザ=ルイーズ（Elisa-Louise O'Donnell 1800-41） 126

カ行

カヴェニャック，ルイ=ウージェーヌ（Louis-Eugène Cavaignac 1802-59） 147, 148, 151
ガマラ夫人，パンチャ・デ（Pancha de Gamarra 1801-1834） 180, 182, 183, 184, 196
カール，アルフォンス（Alphonse-Jean-Baptiste Karr 1808-90） 24
カルモンテル，ルイ・ド（Louis de Carmontelle 1717-1806） 64
カレル，アルマン（Jean-Baptiste-Nicolas-Armand Carrel 1800-36） 142
ギシャルデ，ジャニンヌ（Jeannine Guichardet） 31
ギゾー，フランソワ=ピエール=ギヨーム（François-Pierre-Guillaume Guizot 1787-1874） 106, 144
キュスチーヌ，アストルフ・ド（Astolphe-Louis-Léonor, Marquis de Custine 1790-1857） 134
グリム，フリードリヒ=メルキオール（Friedrich Melchior Grimm 1723-1807） 59, 60, 62
グリュック，クリストフ=ヴィリバルト（Christoph Willibald Gluck 1714-87） 56
クロス，マイアー（Màire Cross） 229
ゲイ，ソフィ（Sophie Gay [Marie-Françoise-Sophie de la Valette] 1776-1852） 106, 109-110, 115, 116, 117, 118, 121, 124
ゲーテ，ヨハン・ヴォルフガング・フォン（Johann Wolfgang von Goethe 1749-1832） 204
ゴーギャン，アリーヌ（Aline Gauguin [Aline Chazal] 1825-67） 169, 170, 173, 199, 202, 235-236
ゴーギャン，ポール（Paul Gauguin 1848-1903） 163, 235-236
ゴーチエ，テオフィル（Pierre-Jules-Théophile Gautier 1811-72） 101, 106, 119,

著者紹介

村田京子（むらた・きょうこ）

京都大学大学院文学研究科博士課程修了。パリ第7大学文学博士。現在，大阪府立大学人間社会学部教授。専門は19世紀フランス文学（特にジェンダー研究）。著書に *Les métamorphoses du pacte diabolique dans l'œuvre de Balzac*（Osaka Municipal Universities Press / Klincksieck, 2003），『娼婦の肖像—ロマン主義的クルチザンヌの系譜』（新評論，2006）。共著に『バルザック』（駿河台出版社，1999），*Balzac Loin de nous, Près de nous*（Surugadai-Shuppansha, 2001），『バルザックとこだわりフランス』（恒星社，2003），*Balzac Géographe Territoires*（Christian Pirot, 2004），*Les héritages de George Sand aux XXe et XXIe siècles*（Keio University Press, 2006），『テクストの生理学』（朝日出版社，2008）などがある。

女がペンを執る時　19世紀フランス・女性職業作家の誕生

2011年4月10日　初版第1刷発行

著者　村田京子

発行者　武市一幸

発行所　株式会社　新評論

〒169-0051　東京都新宿区西早稲田3-16-28
http://www.shinhyoron.co.jp

電話　03（3202）7391
FAX　03（3202）5832
振替　00160-1-113487

定価はカバーに表示してあります
落丁・乱丁本はお取り替えします

装訂　山田英春
印刷　神谷印刷
製本　手塚製本

ISBN978-4-7948-0864-6
Printed in Japan